कड़ियाँ

भीष्म साहनी

जन्म : 8 अगस्त, 1915 को रावलपिंडी (पाकिस्तान) में।

शिक्षा : हिन्दी-संस्कृत की प्रारम्भिक शिक्षा घर में। स्कूल में उर्दू और अंग्रेजी। गवर्नमेंट कॉलेज, लाहौर से अंग्रेजी साहित्य में एम.ए., फिर पंजाब विश्वविद्यालय से पी-एच.डी.।

बँटवारे से पूर्व थोड़ा व्यापार, साथ-ही-साथ मानद (ऑनरेरी) अध्यापन। बँटवारे के बाद पत्रकारिता, इप्टा नाटक मंडली में काम, बंबई में बेकारी। फिर अम्बाला में एक कॉलेज में तथा खालसा कॉलेज, अमृतसर में अध्यापन। तत्पश्चात् स्थायी रूप से दिल्ली विश्वविद्यालय के ज़ाकिर हुसैन कॉलेज में साहित्य का प्राध्यापन। इस बीच लगभग सात वर्ष 'विदेशी भाषा प्रकाशन गृह', मॉस्को में अनुवादक के रूप में कार्य। अपने इस प्रवासकाल में उन्होंने रूसी भाषा का यथेष्ट अध्ययन और लगभग दो दर्जन रूसी पुस्तकों का अनुवाद किया। करीब ढाई साल 'नई कहानियाँ' का सौजन्य-सम्पादन। प्रगतिशील लेखक संघ तथा अफ्रो-एशियाई लेखक संघ से सम्बद्ध।

प्रकाशित पुस्तकें : *भाग्यरेखा, पहला पाठ, भटकती राख, पटरियाँ, वाङ्चू, शोभायात्रा, निशाचर, पाली, डायन* (कहानी-संग्रह); *झरोखे, कड़ियाँ, तमस, बसंती, मय्यादास की माड़ी, कुंती, नीलू नीलिमा नीलोफ़र* (उपन्यास); *माधवी, हानूश, कबिरा खड़ा बज़ार में, मुआवजे, सम्पूर्ण नाटक* (दो खंड) (नाटक); *आज के अतीत* (आत्मकथा); *गुलेल का खेल* (बालोपयोगी कहानियाँ)।

सम्मान : *तमस* के लिए साहित्य अकादमी पुरस्कार तथा हिन्दी अकादमी, दिल्ली का शलाका सम्मान।

साहित्य अकादमी के महत्तर सदस्य रहे।

निधन : 11 जुलाई, 2003

भीष्म साहनी

कड़ियाँ

राजकमल पेपरबैक्स

पहला पुस्तकालय संस्करण
राजकमल प्रकाशन प्राइवेट लिमिटेड द्वारा
1970 में प्रकाशित

राजकमल पेपरबैक्स में
पहला संस्करण : 1998
पाँचवाँ संस्करण : 2024

राजकमल पेपरबैक्स : उत्कृष्ट साहित्य के जनसुलभ संस्करण

राजकमल प्रकाशन प्रा.लि.
1-बी, नेताजी सुभाष मार्ग, दरियागंज
नई दिल्ली-110 002
द्वारा प्रकाशित

शाखाएँ : अशोक राजपथ, साइंस कॉलेज के सामने, पटना-800 006
पहली मंजिल, दरबारी बिल्डिंग, महात्मा गांधी मार्ग, प्रयागराज-211 001
1, अनमोल सोराबजी संतुक लेन, धोबी तलाव, मरीन लाइंस, मुम्बई-400 002
वेबसाइट : www.rajkamalprakashan.com
ई-मेल : info@rajkamalprakashan.com

बी.के. ऑफसेट
नवीन शाहदरा, दिल्ली-110 032
द्वारा मुद्रित

मूल्य : ₹299

KARIYAN
Novel by Bhishma Sahni

ISBN : 978-81-267-0056-1

परीक्षित को

एक

कर्ज़न रोड पर से हटकर वह फीरोज़शाह रोड पर आ गया। मोटरों-स्कूटरों का ताँता यहाँ सहसा कम हो गया था, ट्रेफिक का शोर थम गया था। उसे लगा, जैसे सड़क खुलकर और चौड़ी हो गई है। दोनों ओर छोटे-छोटे बँगलों की पीली दीवारों पर नवंबर महीने की दोपहरी की हलकी-हलकी धूप खिली थी। वह पहले से ज्यादा आश्वस्त महसूस करने लगा। सुषमा का फ्लैट अब बहुत पीछे रह गया था। अब आशंका का कोई कारण नहीं था। न तो सुषमा के फ्लैट में से निकलते समय ही और न सड़क पर किसी परिचित ने उसे देखा था। यों दिन के वक्त सुषमा के फ्लैट में जा पहुँचना और ऐन ऐसे वक्त वहाँ से निकलना जब दफ्तर बन्द हो रहे हों, बड़े जोखिमवाली बात थी। उसने जेब में से रूमाल निकालकर फिर एक बार अपना चेहरा पोंछा, अपने होंठ पोंछे, कन्धों और कॉलर पर से अपना कोट पोंछा। उसे लगा, जैसे सुषमा के शरीर की गंध अभी भी उसके कपड़ों में अटकी हुई है, जिसे वह निकाल नहीं पाया। वह धीमी-सी गंध उसे अधिक तीखी लगने लगी थी, सुषमा का शरीर भी उसे अधिक स्थूल, अधिक मांसल, लगने लगा था।

एक जगह पर सड़क के किनारे एक माली घास को पानी दे रहा था। पानी देने का नल घास की सतह पर ही, चश्मे के पानी की तरह फूट-फूटकर निकल रहा था, और उसके साथ रबर की नली रखी थी। महेन्द्र ने पास से गुज़रते हुए झट से झुककर उस उफनते पानी से कुल्ला कर लिया, और रूमाल से हाथ-मुँह पोंछता हुआ, नज़दीक ही मौलश्री के एक पेड़ के नीचे बैंच पर जा बैठा। वह बेहद उखड़ा-उखड़ा महसूस कर रहा था और घर लौटने से पहले

अपने विचारों को तरतीब दे देना चाहता था।

सुषमा के फ्लैट में से निकलते समय, सुषमा की नज़र उसके कॉलर के पास अटके एक लम्बे-से बाल पर पड़ गई थी, और सुषमा की आँखें फैल गई थीं और भागकर ब्रुश उठा लाई थी। "मुँह-हाथ धो लो।" उसी ने कहा था और उसे स्वयं गुसलखाने में धकेल दिया था।

पर उसे लगा, जैसे सुषमा के सिर का बाल अभी भी उसके कपड़ों में कहीं अटका हुआ है, और उसके पाउडर की गंध और शरीर की गंध उसे अपनी लपेट में लिए हुए है।

उसने सिर झटक दिया : "मैंने कोई गुनाह नहीं किया है। एक छोटी-सी बात को तूल दिए जा रहा हूँ।"

सुषमा के फ्लैट की घंटी बजाने से पहले क्षण-भर के लिए उसका हाथ ठिठका था। क्षण-भर के लिए उसकी टाँगों में भी हलका-सा कंपन हुआ था और उसकी साँस तेज़ चलने लगी थी। 'ऊँह। पुराने संस्कार हैं।' उसने मन-ही-मन कहकर सिर झटक दिया था और घंटी बजा दी थी। सुषमा से मिल पाने की उत्तेजना एक बाढ़ की तरह उसे सिर से पाँव तक सराबोर कर गई थी। थोड़ी देर तक अन्दर से कोई आहट नहीं आई तो वह शंकित हो उठा था कि सुषमा घर पर है भी या नहीं। वही मन, जो घंटी बजाने से पहले ठिठका था, अब अन्दर से उत्तर न मिलने पर खिन्न और हताश-सा अनुभव करने लगा था। घंटी बजाने के बाद भी वह लौटना चाहता तो लौट सकता था, केवल पीठ मोड़कर सीढ़ियाँ उतर जाने की बात थी।

फिर अन्दर, दरवाज़े के पीछे क़दमों की आहट आई थी और उसका दिल फिर से धक्-धक् करने लगा था।

"कौन है?"

"मैं हूँ, महेन्द्र," उसने धीमी-सी आवाज़ में कहा।

दरवाज़ा खुलने पर सुषमा ने अपनी बड़ी-बड़ी आँखों से उसकी ओर देखते हुए, धीमी, अलसाई-सी आवाज़ में कहा था : "आओ।"

सुषमा जब भी बात करती, निस्सहाय, धीमी-सी आवाज़ में, लगता, बीच में ही आवाज़ दम तोड़ देगी।

"मैं डरती थी, तुम नहीं आओगे," उसने पलकें उठाकर धीमे से कहा, और चुपचाप, शिथिल-सी, एक ओर को, दरवाज़े के साथ लगकर खड़ी हो गई थी।

सुषमा की बड़ी-बड़ी आँखों और बेहोश होती-सी आवाज़ में उसे क्षण-भर

के लिए हलके-से स्वाँग का भास हुआ था, पर क्षण-भर ही बाद उसे उसी आवाज़ में गहरे अपनत्व का, आत्मीयता का भास भी होने लगा था।

दोनों अन्दर आ गए थे और महेन्द्र दीवार के साथ लगी सेटी पर बैठ गया था। महेन्द्र ने मुस्कराने की कोशिश की थी, दबी-सी, फीकी-सी मुस्कान उसके होंठों पर आई थी। उसके मन में एक प्रकार की जड़ता आ गई थी, अन्दर क़दम रखते ही जैसे उसकी छाती पर मनों बोझ पड़ गया हो। उसकी आँखें, अपलक-सी, सुषमा के कन्धे को देखे जा रही थीं। पर उसी समय उसे उस कमरे की और सुषमा के शरीर की विशिष्ट गंध का भी भास होने लगा था।

"मैं हर रोज़ तुम्हारी राह देखती रहती हूँ। हर रोज़ अपने को यह कहकर झुठलाती रहती हूँ कि आज तुम ज़रूर आओगे, आज ज़रूर आओगे।"

सुषमा ने साड़ी के पल्लू को, जो कन्धे पर से फिसल गया था, कन्धे पर रखते हुए कहा और फिर महेन्द्र के दोनों हाथ अपने हाथों में लेती हुई, उसके सामने की कुर्सी पर बैठ गई।

"मेरे लिए तुम्हारे पास कोई समय नहीं है ना? मैं तुमसे कुछ माँगती तो नहीं हूँ।"

सुषमा ने अपनी टूटती, बेहोश होती-सी आवाज़ में कहा था, "तुम मुझसे कटे-कटे क्यों रहते हो?"

"नहीं, यह बात तो नहीं है," महेन्द्र ने लड़खड़ाती-सी आवाज़ में कहा था, और फिर सामने की ओर देखने लगा था।

"मैं तुम्हें किसी से छीन तो नहीं रही हूँ," सुषमा की आवाज़ पहले से भी ज्यादा अलसा गई थी। "मैं तुमसे कुछ नहीं माँगती, महेन्द्र! केवल कभी-कभी तुम्हारे साथ दो घड़ियाँ बिताना चाहती हूँ। बस, इतना ही। इसमें किसी को क्या एतराज़ होना चाहिए? तुम्हारे वक्त से जो दो घड़ियाँ टूटकर मेरी गोद में पड़ जाएँ, मैं उन्हीं से संतुष्ट हूँ।"

क्षण-भर के लिए महेन्द्र को ये वाक्य किसी नाटक के रटे-रटाए वाक्य लगे थे, शायद बीसियों बार दोहराए हुए। ये सब गुदगुदी बातें हैं, औरत का पुराना हथियार है, एक मीठी फ़रेब, जिसके प्रभाव को स्त्रियाँ भली-भाँति जानती हैं, पर दूसरे ही क्षण उसे सुषमा के ये वाक्य सप्राण और सच्चे भी लगने लगे थे, जैसे सुषमा की आत्मीयता ने उनमें प्राण फूँक दिए हों। अगर यह फ़रेब भी है, तो भी मैं इसमें डूबे रहना चाहता हूँ, इसमें खोए रहना चाहता हूँ।

"तुम कितने थके-थके लग रहे हो, क्या तुम्हें बहुत काम करना पड़ता है?

बहुत काम क्यों करते हो?" और सुषमा उसके नज़दीक सिमट आई थी, और उसका हाथ महेन्द्र के हाथ को सहलाने लगा था, "क्या बहुत सोचते रहते हो?" उसकी आँखें एकटक महेन्द्र के चेहरे पर लगी थीं। सहसा वह सीधी होकर बैठ गई थी।

"ठहरो, मैं तुम्हारे लिए चाय बनाकर लाती हूँ। चाय पियोगे ना?" और वह उठकर हलके-हलके पाँव रखती हुई रसोईघर की ओर जाने लगी थी। जाने से पहले आँगन की ओर खुलनेवाली दोनों खिड़कियों पर पर्दा गिराती गई थी। अब आँगन-पार के फ्लैटों में से अन्दर कोई नहीं देख सकता था।

पर्दे गिरा देने से कमरे में अधिक स्निग्धता आ गई थी, यों भी कमरे के वातावरण में अलसाहट भी, विलास का भास मिलता था। यहाँ समय धीमी गति से चलता जान पड़ता था, रेशमी कपड़ों में लिपटा-सा। सामने, सोफ़ा-कुर्सी की पीठ पर सुषमा की एक साड़ी अस्त-व्यस्त-सी पड़ी थी और ब्लाउज़ बाँह पर से नीचे लटक रहा था। दफ्तर से लौटने पर उसने साड़ी बदल ली होगी, महेन्द्र ने सोचा। रंगों के चुनाव में लाल रंग कमरे में अधिक छिटका हुआ था, सेटी का कवर लाल रंग का। लाल रंग विलासिता का रंग है, काला रंग शायद घोर वासना का रंग है, फुंकारते नागों का रंग है, उसने किसी के वाक्य को मन-ही-मन दोहराया। सामने की दीवार के साथ रखे एक सोफ़े पर कुछेक ग्रामोफ़ोन रेकार्ड बिखरे पड़े थे और बगल में एक तिपाई पर ग्रामोफ़ोन खुला रखा था। लगता था, उसके आने से पहले सुषमा रेकार्ड बजाती रही थी। इसी कमरे में सुषमा का ड्रेसिंग टेबल भी था जहाँ एक ट्रे में बहुत-सी काँच की चूड़ियाँ, झूठे मोतियों और तरह-तरह के मणकों के हार, तीन-चार तरह की लिपस्टिक, पाउडर, क्रीम...महेन्द्र की उत्तेजित कल्पना सुषमा को ड्रेसिंग टेबल के सामने खड़े शृंगार करते देखने लगी। इस घर में पालतू बिल्ली भी होनी चाहिए, उसने मन-ही-मन कहा था, जिसे सुषमा गोद में लेकर सहलाती रहती होगी, बिल्ली इस वातावरण के अनुकूल बैठेगी। तभी अनायास उसकी नज़र अँगीठी पर गई, छोटी-छोटी गुड़िया, पुरुष और स्त्री के मिट्टी के बने दो चेहरे, एक ही ओर देखते हुए, और अँगीठी के ऐन ऊपर एक छिपकली। वह छिपकली की ओर देर तक देखता रहा था। जब वह हिली-डुली नहीं तो वह उठकर अँगीठी के पास चला गया और वहाँ खड़े-खड़े उसे देखने लगा।

तभी दो प्याले हाथ में उठाए सुषमा कमरे में आई थी और उसे छिपकली की ओर देखते हुए हँस पड़ी थी।

"बहुत लोगों को सचमुच ही छिपकली का धोखा होता है। लो! न जाने

किस मिट्टी में से बनाई गई है, पर हू-ब-हू छिपकली-सी है।"

कहते हुए वह महेन्द्र के साथ सेटी पर बैठ गई थी। तभी सचमुच एक सफेद गुदगुदी-सी बिल्ली किचन में से उसके पीछे-पीछे चली आई थी और कूदकर सुषमा की गोद में चढ़कर बैठ गई थी।

"तुम्हें बिल्ली पालना अच्छा लगता है?"

"यह तो बड़ी प्यारी बिल्ली है, मुझ अकेली को इसी का सहारा है," सुषमा ने बिल्ली को सहलाते हुए कहा, फिर प्याला नीचे रखकर, बिल्ली को दोनों हाथों से उठा लिया और उसकी पीठ अपने गाल के साथ सटाकर बोली, "यह रोज़ रात को चुपचाप मेरे बिस्तर में आकर सो जाती है। यह बड़ी अच्छी है। यह न हो तो यह फ्लैट मुझे काटने को दौड़े," और सुषमा ने बिल्ली को थूथने पर चूमकर नीचे फ़र्श पर रख दिया।

चाय पीने के बाद वह एक बार सहसा उठ खड़ा हुआ था।

"मैं सोचता हूँ, अब मैं चलूँगा।"

पर सुषमा महेन्द्र के शब्दों से विचलित नहीं हुई थी, इसके विपरीत वह समझ गई थी कि अब महेन्द्र नहीं जाएगा। वह जानती थी कि द्विविधा की भीत पर आखिरी धक्के पड़ रहे हैं और वह शीघ्र ही भुरभुराकर गिर जाएगी।

"जाओगे? इतनी जल्दी? अभी तो आए हो!" सुषमा ने जख़्मी-सी आवाज़ में कहा था। "मेरा तुम पर कोई हक़ नहीं है क्या?" और उसका हाथ अपने हाथ में ले लिया था।

"दफ़्तर में तो तुम मेरी तरफ़ आँख उठाकर भी नहीं देखते।" सुषमा ने हँसकर कहा। "दफ़्तर में मेरा बड़ा जी चाहता है, तुम्हारे साथ बातें करूँ, सीधी तुम्हारे कमरे के अन्दर चली जाऊँ और तुम्हारे सामने जाकर बैठ जाऊँ। पर तुम तो मेज़ पर से सिर ही नहीं उठाते, गुमसुम बने रहते हो।"

"नहीं, ऐसा मत करना," महेन्द्र ने सचेत होकर कहा था, "ऐसा नहीं करना, लोग बातें बनाएँगे।"

"हाय नहीं, मैं क्यों ऐसा करने लगी? मैं तो कई बार फ़ाइल उठाकर जाती हूँ और तुम्हारे दरवाज़े पर से ही लौट आती हूँ। चपरासी ने एक बार कहा भी कि साहब ख़ाली हैं, फिर भी मैं नहीं गई।" उसका हाथ फिर से महेन्द्र के कोट के कॉलर के साथ खेलने लगा था।

महेन्द्र की कमीज़ का एक बटन टूटा देखकर, सुषमा की आँखें फैल गई थीं।

"मैं अभी लगा देती हूँ।" उसने कहा था और उठकर ड्रेसिंग टेबल की

ओर चली गई थी।

तभी जब सुई-धागा दाँतों के नीचे दबाकर, डिबिया में से बटन निकालती हुई चली आई थी, और उसके कोट का बटन खोलकर कमीज़ में बटन टाँकने लगी थी, तभी गहरी आत्मीयता की लहरें भी उठने लगी थीं, और सुषमा अपनी लगने लगी थी, उसकी छोटी-छोटी उँगलियाँ, और माथे पर झूलती हुई उसके बालों की लट। तभी सुषमा के होंठों के ऊपर उसे हलके-हलके नमी के कतरे नज़र आए थे, और उसने अनायास ही रूमाल निकालकर उन्हें पोंछ दिया था।

''तुम्हारी पत्नी तुम्हारी देखभाल नहीं करती,'' सुषमा ने उलाहने के-से स्वर में कहा, फिर गम्भीर होकर बोली, ''तुम्हें कोई क्लेश तो नहीं, महेन्द्र? तुम अपने सारे क्लेश मुझे दे दो।'' उसने फिर अलसाई, टूटती-सी आवाज़ में कहा।

महेन्द्र थोड़ी देर तक चुप बना रहा था, फिर बोला, ''ठीक है, चल रहा है।''

''कभी-कभी मेरा इतना जी चाहता है, मैं अपने हाथ से तुम्हें खाना बनाकर खिलाऊँ। तुम्हारे कपड़े तह करके रखा करूँ। तुम्हारी चीज़ों को दिन में बीसियों बार छूती रहा करूँ। सचमुच, महेन्द्र, मुझे क्या हो गया है? ऐसा मैंने पहले कभी महसूस नहीं किया। परसों तुम दफ़्तर में नहीं आए, मुझे इतना सूना-सूना लगा, मैं अपने कमरे में बैठ ही नहीं सकी। रात को लेटती हूँ तो सोचती रहती हूँ, इस वक्त महेन्द्र क्या कर रहा होगा, वह लेटे-लेटे किताब पढ़ रहा होगा, अपने बेटे के साथ खेल रहा होगा, मुझे लगता है, तुम्हारा बेटा मेरा बेटा है, तुम्हारा घर मेरा अपना घर है...।'' कहते हुए सुषमा की आँखें भर आई थीं और वह महेन्द्र के पास सट आई थी, ''यह मुझे क्या हो गया है, महेन्द्र? मैं दिन-रात तुम्हारे इर्द-गिर्द घूमती रहती हूँ, मैं अपना सबकुछ खो बैठी हूँ।''

क्षण-भर के लिए महेन्द्र को फिर रटे-रटाए वाक्यों का भास हुआ। सब गुदगुदी बातें हैं, सुषमा झूठ बोल रही है, यह बीसियों के साथ शायद यही झूठ बोल चुकी होगी। यह झूठ है, पर यही झूठ मैं बार-बार इसके मुँह से सुनते रहना चाहता हूँ। वासना के साथ-साथ प्रेम के छोटे-छोटे झूठ बोले जाते हैं ताकि वासना निपट वासना न लगे। प्रेम में भीगी-भीगी वासना। वासना के साथ-साथ प्रेम की बातें फबती हैं, इनसे वासना की नग्नता छिपी रहती है। क्या मालूम शायद वासना में से ही प्रेम का जन्म होता है। उसने आँखें उठाकर सुषमा के चेहरे की ओर देखा था। सुषमा के होंठ गदराए हुए हैं, प्यारे हैं,

सुषमा मेरी है, इसका अंग-अंग मेरा अपना है, सुषमा कितनी निरीह-सी है... उस समय आत्मीयता का ज्वार-सा उठा था और सब संशय, सब संकोच बहाकर ले गया था।

हवा में पतझड़ की गंध थी। सड़क के किनारे माली ने बहुत-से सूखे पत्ते बटोरकर जला दिए थे और उनकी कड़वी गंध हवा में फैल गई थी। दीवारों पर से दोपहर की झीनी-सी धूप की परत झरकर गिर गई थी, मृतप्राय रोगी के चेहरे पर आई क्षणिक कांति की तरह, और आकाश में से अवसाद के साए उतरने लगे थे।

महेन्द्र का मन फिर खिन्न हो उठा था। ज़िंदगी के पैंतीस वर्षों तक जिस निष्ठा को सर्वोपरि मानकर सँजोए हुए था, उसे एक दिन में लुटा आया हूँ, मैं कितना कमज़ोर आदमी हूँ। उसकी आँखों के सामने प्रमिला का—अपनी पत्नी का चेहरा उभर आया। सुषमा की तुलना में प्रमिला में कितना बाँकपन है, कैसी देवी-सी लगती है, उसके शरीर का सारा गठन, निखरा-निखरा-सा और आश्वस्त, घर में घंटों छोटे-छोटे कामों में उलझी, शांत और स्थिर बनी रहती है। उसके मन को कोई बात व्याकुल नहीं करती, वह छटपटाती नहीं, उसकी बड़ी-बड़ी आँखों में विश्वास छाया रहता है, मेरे जीवन में यदि कोई स्थिरता है तो उसी के कारण बनी हुई है।

महेन्द्र अपनी मानसिक छटपटाहट के बावजूद हँस दिया। जब घर पर होता हूँ तो प्रमिला फूहड़ लगने लगती है, जड़, बासी, जिसके शरीर से और कपड़ों से बासी गंध उड़ती रहती है, पिछड़ी घरेलू प्रमिला, और मुझे लगता है, मेरे पैरों में जंजीरें पड़ी हैं। तब सुषमा के प्रति स्नेह के अतल सोते फूट उठते हैं, और उत्तेजना का ज्वार-सा उठने लगता है, और मन सुषमा के पास जाने को तड़पने लगता है। यह क्या ड्रामा चल रहा है, मेरे साथ?

सामनेवाले बँगले में से काले रंग का बैग झुलाते हुए एक महिला निकली। अल्हड़-सी, गदराए शरीरवाली महिला, जो सड़क पर पहुँचकर भी बच्चों की तरह बैग झुलाए जा रही थी। सफेद-सी रंग की साड़ी पर ग्रे रंग का बढ़िया-सा शाल कन्धों पर रखे थी। दो-एक बार पीछे मुड़कर उसने बँगले की ओर देखा, फिर बैग झुलाती हुई कर्ज़न रोड के गोल दायरे की ओर जाने लगी। बँगलों की कतार में आखिरी बँगले तक पहुँचने से पहले ही बँगलों के बीच की गली में से एक आदमी निकला, काले रंग का सूट पहने हुए था—महेन्द्र को लगा, जैसे महिला के इंतज़ार में ही गली में कहीं छिपा खड़ा था, और दोनों झट से कर्ज़न रोड की ओर घूम गए। 'कोई मामला चल रहा है,' महेन्द्र ने मन-ही-गन

कहा, और सहसा उसका मन छटपटा उठा। क्या मालूम, साथ-ही-साथ, सुषमा का भी कोई और मामला चल रहा हो? क्या मालूम, इस वक्त कोई दूसरा आदमी सुषमा के फ्लैट में मौजूद हो, और सुषमा उसके कोट के कालर के साथ खेलती हुई वही वाक्य फुसफुसा रही हो जो उसे सुनाती रही थी? उसका मन चाहा भागकर जाए, और सुषमा को रँगे हाथों पकड़ ले। मेरे सामने प्रेम की सौगंध खाती रही, मुझे तो न दीन का छोड़ा और न जहान का और खुद ये करतूतें कर रही है? उसे लगा, जैसे सुषमा की काली-काली चमकती आँखों के पीछे, दूर कहीं, सुषमा के अभिसारों की स्मृतियाँ बंद पड़ी हैं, और उन पर ढक्कन इतने जोर से बंद किया गया है कि वह कभी भी खुलता नहीं। और उसके बाहर, भुलावे के लिए, सुषमा की आँखें चमकती रहती हैं, ताकि किसी को भास न हो पाए कि उनके पीछे कोई कक्ष है, जिसमें अभिसारों के नाग भरे पड़े हैं। क्षण-भर के लिए उसे लगा, जैसे सुषमा की काली चमकती आँखें किसी नाग की चमकती आँखें हैं जो अभिसारों के कक्ष की रखवाली कर रही हैं।

महेन्द्र विचलित हो उठा। यह औरत, जो अभी-अभी यहाँ से होकर गई है, यही क्यों, सड़क पर चलनेवाली प्रत्येक स्त्री की स्वच्छ, सरल, चमकती आँखों के पीछे उसके अभिसारों की स्मृतियाँ बंद पड़ी रहती हैं, किसी को पता नहीं चल पाता कि उस स्त्री ने किस-किसके साथ छल किया है।

तभी महेन्द्र को सुषमा की छाती पर झूलते लॉकेट की याद आई। पतली-सी सुनहरी चेन के साथ लगा हुआ लॉकेट, नीचे-गले के ब्लाउज़ के ऊपर, कभी छाती के ऐन बीचोंबीच, टिक ज़ाता, कभी फिसलकर एक ओर को लुढ़क जाता था। कभी सुषमा बातें करती हुई चेन को मुँह में दबा लेती और लॉकेट उसकी ठुड्डी के ऊपर लटक जाता। कभी तकिए के सहारे अधलेटी उसे दाएँ हाथ की तर्जनी पर लपेट लेती। तभी महेन्द्र की नज़र लॉकेट में लगे चित्र पर पड़ी थी। लॉकेट में महेन्द्र की तस्वीर लगी थी, छोटी-सी, कहीं से काटकर लगाई हुई। उसे पहचानकर महेन्द्र हैरान भी हुआ था और विचलित भी, और सुषमा खिलखिलाकर हँस पड़ी थी :

"अब जनाब की नज़र गई अपनी तस्वीर पर, मैं घंटों से उसे हिला-डुला रही हूँ कि अब देखते हैं, अब देखते हैं।"

"यह कहाँ से ले आई हो, सुषमा? यह तो...यह तो...तुम्हें नहीं पहनना चाहिए।"

"मैं दफ़्तर में तो इसे नहीं पहनती हूँ, मैं तो केवल घर पर पहनती हूँ।"

"नहीं, नहीं, तुम इसे उतार दो। यह तस्वीर तुम्हें कहाँ मिली?"

"दफ़्तर के ही एक पुराने ग्रुप-फ़ोटोग्राफ़ में से।"

मन की घबराहट के बावजूद महेन्द्र सुषमा के स्नेह से प्रभावित हुए बिना नहीं रह सका। सुषमा ने बाएँ हाथ से चेन को उठाया, क्षण-भर उसमें लगे महेन्द्र के चित्र को देखती रही, फिर उसे चूम लिया। और चूमते ही उसकी आँखें भर आईं :

"नहीं चाहोगे तो नहीं पहनूँगी। पर मैं इसे अपने पास रख तो सकती हूँ ना? या इसकी भी इजाज़त नहीं है?"

साये गहराने लगे थे। हवा में ठंडक बढ़ गई थी। महेन्द्र को एकाध बार कँपकँपी भी हुई। सिर बोझिल हो रहा था। विचारों को कोई तरतीब नहीं दी जा सकती थी। 'मैंने कुछ भी बुरा नहीं किया है। ये मेरे संस्कार हैं जो मुझे परेशान कर रहे हैं। जवानी के पाँच-सात साल बाकी रह गए हैं, और जिन बातों में मेरा विश्वास नहीं है, उनसे मैं चिपटा नहीं रहूँगा, जहाँ से प्रेम मिलेगा, लूँगा।' वह बुदबुदाया। कभी उसे लगता, सुषमा शुरू से आखिर तक स्वाँग रचती रही है, उसकी भावनाओं के साथ खिलवाड़ करती रही है। उसे झूठ और फरेब के रेशमी डोरों में बाँधती रही है, और वह अपना बचा-खुचा अपनापन भी वहाँ खो आया है। 'यह निष्ठा सब बकवास है। कैसी निष्ठा?' वह अपने से पूछने लगता। बीच-बीच में कहीं प्रमिला की शांत आकृति अपनी झलक दे जाती, 'मेरा फ़र्ज़ है कि मैं उसे सबकुछ बता दूँ, और जैसे भी हो, मानसिक स्थिरता हासिल करूँ। इस तरह तो मैं पागल हो जाऊँगा।...सुषमा ठीक कहती थी, मैं सोचता बहुत हूँ। हर वक़्त सोचता रहता हूँ।' और उसे सुषमा का सहलाता हाथ अपने माथे पर महसूस हुआ, 'तुम्हें कोई क्लेश तो नहीं, तुम हर वक़्त सोचते रहते हो, तुम अपना सारा क्लेश मुझे दे दो।' और सुषमा ने जैसे अपना दामन पसार दिया था...

दो

दरवाज़ा खुला।

"आज बड़ी देर लगा दी," प्रमिला ने धीरे-से कहा और उन्हीं क़दमों घूम गई। उसने आँख उठाकर महेन्द्र की ओर देखा तक नहीं, महेन्द्र का तनाव कुछ ढीला हुआ। प्रमिला को संदेह नहीं हुआ था। प्रमिला के बाल उलझे हुए थे और उसके कंधे पर धोकर निचुड़े हुए दो-तीन कपड़े रखे थे, जिन्हें वह बरामदे में अलगनी पर डाले जा रही थी। उसके हाथ में महेन्द्र का एक बनियान था, जिसमें से पानी की बूँदें चू-चूकर गिर रही थीं। कपड़े धोते समय बालों को सँभाले रखने के लिए प्रमिला ने गर्दन पर कसकर जूड़ा बाँध रखा था, मगर बालों की लटें माथे पर और कानों के ऊपर झूल रही थीं। फ़र्श पर बैठकर कपड़े धोने के कारण उसकी कमीज़ और सलवार के पाँचे गीले हो रहे थे।

पीठ पीछे से प्रमिला उसे सुंदर नज़र आई। इसके शरीर का गठन शाहज़ादियों-जैसा है, उसने मन-ही-मन कहा। चाल में सहज कमनीयता है। महेन्द्र को असीम सन्तोष का भास हुआ। इसका शरीर सुडौल है, इसके स्वभाव में भी सहज सन्तुलन है, यह मेरी नाव का लंगर है, यह मुझे कभी भी डाँवाडोल नहीं होने देगी। उसे लगा, जैसे थका-माँदा मुसाफ़िर अपनी मंज़िल पर पहुँच गया हो। महेन्द्र का दिल भर आया। क्षण-भर के लिए वह कमरे के बीचोंबीच ठिठका-सा खड़ा रहा, फिर आगे बढ़कर प्रमिला से लिपट गया और बेतहाशा उसके बाल, उसकी गर्दन, उसके कन्धे चूमने लगा। प्रमिला को बाँहों में लिए हुए महेन्द्र को लगा जैसे वह किसी गहरे कुएँ में

गिरता जा रहा है, किसी अँधेरे गहरे कुएँ में, और कोई चीज़ उसे थाम नहीं पा रही है, रोक नहीं पा रही है। इस गिरते रहने में ही उसे सुख का अनुभव हो रहा था।

"बताकर तो जाते, इतनी देर से लौटे हो, पप्पू बिना कुछ खाए-पिए सो गया है।"

"मुझे माफ़ कर दो, मुझे देर हो गई। कहो, माफ़ कर दिया।" और वह प्रमिला को बाँहों में भींचे रहा।

उसे प्रमिला के कपड़ों से, प्रमिला के शरीर से, घरेलू-सी गंध आई।

"आज तुम्हें क्या हो गया है? बहुत प्यार आया है मुझ पर!" प्रमिला कुछ देर तक बुत बनी खड़ी रही, फिर महेन्द्र का हाथ कमर में से हटाते हुए बोली, "देर से आते हो और फिर प्यार दिखाने लगते हो। छोड़ो, छोड़ो, यह मुझे अच्छा नहीं लगता। खिड़की खुली है, कोई देख लेगा।"

"तुम मेरी पत्नी ही तो हो, कोई देख लेगा तो क्या हो जाएगा!"

"नहीं, नहीं, छोड़ो, मुझे काम है।" प्रमिला ने उपेक्षा के स्वर में कहा। प्रमिला की यही बेरुखी, जिस पर वह पहले खीझ उठता था, आज उसका सहारा बन रही थी। प्रमिला को बाँहों में भरे हुए महेन्द्र को अभी भी अपूर्व स्निग्धता और शान्ति का अनुभव हो रहा था, जैसे लहरों में गोते खानेवाला आदमी अचानक किनारे आ लगे और मीठी-मीठी धूप में साँस लेने लगे।

प्रमिला को आलिंगन में भरे-भरे महेन्द्र उसे सोफ़े के पास ले गया, और उसके कन्धे पर से धुले कपड़े उठाकर कुर्सी पर रखते हुए उसे सोफ़े पर बिठा दिया, और स्वयं प्रमिला के पैरों में कालीन पर बैठ गया।

"हाय, नीचे क्यों बैठते हो, ऊपर बैठो ना! मेरे सिर पर पाप चढ़ाते हो!" प्रमिला ने कहा। फिर खिड़की की ओर देखकर लपककर उठी, और उसे बंद करने चली गई।

खिड़की बंद करने के बाद वह वहीं खड़े-खड़े बोली :

"किचन की खिड़की भी खुली है, मैं उसे बंद कर दूँ, नहीं तो रात को दही नहीं जम पाएगा। सर्दी बढ़ गई है।" उसने कहा और उन्हीं क़दमों से रसोईघर की ओर बढ़ गई। और रसोईघर में बर्तनों की खट-खट सुनाई देने लगी।

वह कुछ ही देर में लौट आई और दहलीज़ पर खड़े-खड़े बोली :

"इतना मोटा चूहा चूल्हे के पीछे बैठा था। रोज़ यहाँ पहुँच जाता है। सच, आप कुछ भी नहीं करते, मैं कह-कहकर थक गई हूँ।"

"आओ न, प्रमिला, तुम मेरे पास आओ। मैं तुम्हारे साथ दो बातें करना चाहता हूँ। मुझे तुमसे कुछ कहना है।"

"आती हूँ, आती हूँ, पप्पू भूखा सो गया है, उसे दूध पिला दूँ।" और उन्हीं कदमों फिर लौट गई।

प्रमिला का शरीर गदरा गया था, शरीर की हड्डी जैसे चौड़ी हो गई थी। हाथ उसके पहले से ही बड़े-बड़े थे, अब रसोई का काम करने से, पहले की तुलना में ज़्यादा रुखड़े और बोझल हो गए थे। चलती तो धीरे-धीरे, इसके अतिरिक्त सारा वक़्त घर पर बने रहने के कारण उसकी पोशाक में या उसकी चाल-ढाल में कोई बाँकपन नहीं रह गया था, कोई लड़कियोंवाली बात नहीं रह गई थी।

देर तक प्रमिला की राह देखने के बाद महेन्द्र का उत्साह ठंडा पड़ने लगा। छोड़ो, यह न समझेगी, न माफ़ करेगी। दीवार के साथ सिर फोड़नेवाली बात है। कालीन पर बैठा-बैठा वह अटपटा-सा महसूस करने लगा।

इस तरह की स्थिति आज पहली बार हुई हो, ऐसा नहीं था। महेन्द्र भावोद्रेक में घर लौटता, प्रमिला के साथ निराले में बैठकर बातें करना चाहता, पर प्रमिला को यह हमेशा ही अनावश्यक लगा था, और वह घर के कामों में उलझी रही थी। शादी के बाद जो कभी खुली खिड़की के सामने महेन्द्र प्रमिला को चूम लेता तो वह भागकर कोने में दबक जाती, महेन्द्र के साथ रूठ जाया करती। प्रेम-वाक्यों को सुनकर वह अटपटा महसूस करने लगती। शादी के शुरू-शुरू के दिनों में, दिन के वक़्त दफ़्तर से लौटकर कभी महेन्द्र उसे बाँहों में भर लेता तो...'क्या करते हो, कोई देख लेगा,' कहकर उसकी बाँहों में से निकल जाती। एक बार टैक्सी में बैठे-बैठे महेन्द्र ने उसकी कमर में बाँह डालकर उसे चूम लिया। इस पर प्रमिला बौखला उठी थी। "यह क्या कर रहे हो?" उसने छटपटाकर कहा और सीट के एक कोने में दबक गई।

"नहीं प्रमिला, इसमें कुछ भी बुरा नहीं है, तुम मेरी पत्नी ही तो हो।"

"नहीं जी, बस, यह बेशर्मी है, मैंने कह दिया। मुझे अब हाथ नहीं लगाना। तुम गंदी किताबें पढ़ते रहते हो, इसलिए ऐसा करते हो।" उसने कहा था। महेन्द्र को इन बातों से खीझ उठती थी, और कभी-कभी वह बौखला उठता था, फिर धीरे-धीरे उसने, आग्रह करना ही छोड़ दिया था। महेन्द्र चाहता था कि उसकी पत्नी उसमें, बाहर की दुनिया में कुछ ज़्यादा दिलचस्पी ले, उसकी पसंद के कपड़े पहने, कभी-कभी अपने आप भी उसके गले में बाँहें

डाल दिया करे, कुछ ज़्यादा चुलबुलापन दिखाए, पर प्रमिला सारा वक़्त घर में और बच्चे में ही खोती चली गई थी।

रसोईघर में अभी भी बरतनों की खटखट सुनाई दे रही थी। आज इस खट-खट को सुनते हुए महेन्द्र को प्रमिला से ईर्ष्या हो रही थी। प्रमिला अपने काम में लगी रहती है, उसके मन में द्विविधा नहीं उठती, वह छटपटाती नहीं, परेशान नहीं होती। उसके जीवन में स्थिरता है, एकरसता है, उसके पास घर का काम है जो उसे सोचने और परेशान होने की फुर्सत नहीं देता।

"मैं सोचती हूँ तुम भी खाना खा लेते तो अच्छा था, मैं जल्दी काम से निबट जाती।"

प्रमिला दहलीज़ पर खड़ी थी।

महेन्द्र ने सिर उठाया, "कभी इन कामों को छोड़ा भी करो, देखती हो, मैं घंटे-भर से तुम्हारा इंतज़ार कर रहा हूँ।"

"क्यों, खाना नहीं खाओगे क्या?"

इरा पर महेन्द्र चुपचाप कालीन पर से उठ खड़ा हुआ और धीरे-धीरे चलता हुआ सोनेवाले कमरे की ओर जाने लगा।

"अच्छी बात है प्रमिला, मैं खाना खा लेता हूँ।"

महेन्द्र को खाना खिला चुकने पर प्रमिला फिर चौका समेटने चली गई। महेन्द्र थोड़ी देर तक अपने कमरे में टहलता रहा, फिर कपड़े बदलकर, कुर्सी पर बैठकर अख़बार देखने लगा। फिर वह अख़बार छोड़कर बाहर खुलनेवाले बरामदे में चला गया, और देर तक अँधेरे में टहलता रहा। जब लौटा तो प्रमिला अभी भी रसोईघर में व्यस्त थी।

"मैले बरतन रात-भर कैसे पड़े रहें, माई कभी आती है कभी नहीं आती। बस, अब खत्म हो गया है, मैं अभी आती हूँ।" फिर वह हँसकर बोली, "मैं जानती हूँ, क्यों तुम मेरा इंतज़ार कर रहे हो? दफ़्तर में बनी-ठनी लड़कियाँ देखते रहते हो, घर आते हो तो तुम पर भूत सवार होता है।...तुम चलो, मैं आती हूँ। पर तुम्हें नींद आई है तो सो जाओ, मुझे अभी थोड़ा काम है।"

कुछ देर बाद प्रमिला छोटे-से तौलिए के साथ हाथ पोंछती हुई आई। सर्दी के बावजूद उसकी गर्दन पर और माथे पर नमी आ गई थी और चेहरा तमतमा रहा था। बालों की लटें हाथों से सँभालते रहने और बालों के बीच खोंसते रहने के बावजूद दोनों कानों पर गिर रही थीं।

"तुम क्या कहना चाहते थे? कौन-सी बात बताना चाहते थे?" प्रमिला ने कहा, और ड्रेसिंग टेबल पर से कंघी उठाकर अपने बाल काढ़ने लगी।

"क्या पैसे-वैसे खो गए हैं? मैंने कई बार कहा है, जेब में बटुआ रखा करो। पैसे बटुए में रहें तो नहीं खोते। इनका हिसाब भी ठीक रहता है।"

प्रमिला अपने पलँग पर पालथी मारकर बैठ गई थी और बालों में कंघी किए जा रही थी। प्रमिला के बाल लम्बे थे, जूड़ा करने पर उसके चौड़े वक्ष और सुराहीदार गर्दन पर बड़े सुन्दर नज़र आते थे। पर कंघी करते समय वही बाल बहुत बैठे-बैठे और अटपटे-से लगते थे।

"पप्पू अबकी बार फिर गणित में फेल हो गया है। उस्तानी की रिपोर्ट आई है।" प्रमिला ने कंघी पर से उतरे हुए बालों को अपनी तर्जनी पर लपेटते हुए कहा, "तुम उसे घंटा-भर पढ़ा दिया करो ना! मैं उसे पढ़ाती तो हूँ पर वह मेरे क़ाबू नहीं आता," और बिना महेन्द्र की ओर देखे, तर्जनी पर बँधे बाल फेंकने बाहर बरामदे में चली गई।

महेन्द्र के मन को झटका-सा लगा। उसके मन में आया चुप रह जाओ, कुछ भी मत कहो, फिर कभी मौका आया तो कह दूँगा। जो बात उसके दिल को दिन-भर कुरेदती रही थी, घर लौटने पर उसकी खलिश बहुत-कुछ कम हो चुकी थी।

प्रमिला लौट आई, और अपने पलँग पर महेन्द्र के सामने बैठती हुई बोली, "अब बताओ, क्या बात है?"

"कुछ नहीं।"

"वाह जी, अभी कह रहे थे बताऊँगा। तुम्हारा ज़रूर कुछ खो गया है। क्या खो गया है? पैन-वैन खो गया है? दफ़्तर में कोई बात हुई है?"

महेन्द्र एकटक अपनी पत्नी की ओर देखता रहा, फिर धीरे-से बोला, "फिर कभी बताऊँगा।"

"तो फिर मैं प्रार्थना कर लूँ?"

उसने जम्हाई लेते हुए कहा, और बिना महेन्द्र के उत्तर का इन्तज़ार किए पलँग पर पालथी मारकर बैठ गई और गोद में दोनों हाथ जोड़, आँखें बन्द करके प्रार्थना करने लगी। सोने से पहले वह रोज़ प्रार्थना किया करती थी।

घंटा-भर पहले घर लौटने पर जब महेन्द्र ने प्रमिला को आलिंगन में भर लिया था तो उसे असीम सुरक्षा का भास हुआ था, जैसे सैलाब के थपेड़े बन्द हो गए हों और नौका को पहले-सा सन्तुलन मिल गया हो। उसे लगा था कि अगर प्रमिला ने मेरा हाथ छोड़ दिया तो मैं गिर पड़ूँगा, पर अब उसे खीझ उठने

लगी थी, और उसे लगने लगा था कि ऐसी स्त्री के प्रति किसी प्रकार के उत्तरदायित्व की भावना बनाए रखना भूल थी।

प्रमिला आँखें बन्द किए, दोनों हाथ गोद में रखे, प्रार्थना किए जा रही थी। महेन्द्र उसे बैठा देखता रहा। प्रमिला के होंठ बन्द थे और कमान की तरह खिंचे थे। कन्धों और पीठ पर छितरे बालों और मुचड़े कपड़ों के कारण प्रमिला की देह शिथिल-सी लग रही थी। थोड़ी ही देर बाद प्रमिला ने सिर नवा दिया, जुड़े हुए हाथ माथे पर लगाए और आँखें खोल दीं।

"तुम आजकल क्या प्रार्थना करती हो, प्रमिला?"

झेंप से प्रमिला का चेहरा लाल हो गया। फिर मुस्कराकर, सिर झटककर बोली, "पिताजी ने जो प्रार्थना सिखाई थी, वही बोल देती हूँ।"

"पिछले तीस बरस से वही प्रार्थना किए जा रही हो?"

"नहीं तो," उसने तनिक झेंपकर कहा, "थोड़ी-बहुत अपनी ओर से भी जोड़ती रहती हूँ।"

"तुम भगवान से क्या माँगा करती हो?"

"मैं भगवान से सबके सुख की माँग करती हूँ, तुम्हारे पप्पू के, सबके...।"

"घर में जो माई झाड़ू-पोचा करने आती है, उसके सुख की भी माँग करती हो?"

"हाँ, उसके सुख की भी माँग करती हूँ, अपने सम्बन्धियों के सुख की भी माँग करती हूँ...।" फिर प्रमिला ने जम्हाई लेते हुए कहा, "अभी तक सोए नहीं? सो जाओ ना, रात बहुत हो गई है।"

महेन्द्र चुपचाप उठा, और बिस्तर को ठीक करके उस पर लेट गया।

"बत्ती बुझा दूँ? तुम इतने गुपचुप क्यों हो जाते हो, तुम्हारा कुछ पता नहीं चलता!"

"कुछ नहीं, कोई बात नहीं, बेशक बत्ती बुझा दो।"

प्रमिला ने बत्ती बुझा दी और अपने बिस्तर पर जाकर लेट रही। कमरे में अँधेरा छा गया। सिर के नीचे दोनों हाथ रखे महेन्द्र आँखें खोले पड़ा था। प्रमिला के अपने पलँग पर चले जाने पर उससे नहीं रहा गया। लेटे-लेटे बोला, "प्रमिला देखो, मैं घंटे-भर से तुम्हारी राह देख रहा हूँ, और तुम हो कि चुपचाप अपने पलँग पर जाकर लेट गई हो।"

"मैं बहुत थकी हुई हूँ, मुझे नींद आई है। तुम बोलते-बताते तो कुछ हो नहीं।" और प्रमिला जम्हाई लेती हुई अपने पलँग पर से उठकर महेन्द्र के पलँग पर आ गई।

"मुझे भी अकेले सोना अच्छा नहीं लगता," प्रमिला ने कहा, और महेन्द्र के एक हाथ को अपने हाथ में पकड़कर वह महेन्द्र की ओर पीठ फेरकर लेट गई।

"आज कोई खुसर-पुसर नहीं करना, मेरा मन नहीं है, और मैं बहुत थकी हूँ।" उसने कहा, फिर थोड़ी देर बाद बोली, "जो चाहो तो अपना दूसरा हाथ मेरी गर्दन के नीचे से निकाल लो। बस, अब ठीक है। अब मैं तुम्हारे दोनों हाथ पकड़े रखूँगी, तुम्हें हिलने-डुलने नहीं दूँगी, नहीं तो तुम इधर-उधर हाथ ले जाने लगते हो।" और प्रमिला हँस दी।

भावोद्रेक में महेन्द्र ने उसे बालों पर चूम लिया और उसका मन आया कि सुषमावाली सारी बात उसे बता दे, एक बार अपना मन हलका कर ले, पर दो मिनट भी नहीं बीत पाए होंगे कि प्रमिला सो गई थी और हलके-हलके खर्राटे भी भरने लगी थी। प्रमिला के बिस्तर में आने पर उसके कपड़ों से चिर-परिचित घरेलू गंध का भभूका-सा उठा था। जो सलवार-कमीज़ पहने वह रसोईघर में काम करती थी, वही पहने-पहनाए बिस्तर में आकर लेट गई थी। उसके हाथों में से भी रसोई की, मैले बर्तनों की गंध आ रही थी, प्याज़ की बू आ रही थी। आज इसने फिर सुहागे से बर्तन मले हैं, महेन्द्र ने सोचा। महेन्द्र को प्रमिला का सुहागे से बर्तन मलना पसन्द नहीं था, इससे प्रमिला के नाखून खुरदुरे और काले पड़ गए थे और सारा वक़्त उनमें से बासी-सी गंध आती रहती थी, पर प्रमिला ज़िद पकड़े हुए थी।

"साबुन से कौन बरतन धोता है? सभी लोग सुहागे से बरतन मलते हैं। हमारे घर में भी सुहागे से बरतन मलते थे।"

घर में माई भी काम करने आती थी, लेकिन रात को चौका समेटे बिना और उसे धोए बिना प्रमिला उसमें से नहीं निकलती थी, भले ही कितनी देर हो जाए, और महेन्द्र उसके इन्तज़ार में पलँग पर बैठा-बैठा ऊँघने लगा।

महेन्द्र ने एक रोज़ परेशान होकर कहा था, "प्रमिला, तुम्हारे हाथों से सारा वक़्त प्याज़ की बू आती रहती है। मुझे अच्छा नहीं लगता।"

"रसोई में काम जो करना हुआ, बू तो आएगी ही।"

"अच्छा, हाथों से आए, मुँह में से तो नहीं आए, कम-से-कम रात के वक़्त तो प्याज़ खाना छोड़ दो।"

"तुम सिगरेट पीना छोड़ दो, मैं प्याज़ खाना छोड़ दूँगी," प्रमिला ने हँसकर कहा था, "प्याज़ तो सस्ता होता है, सिगरेटों पर तो पैसे भी बर्बाद होते हैं। फिर प्याज़ तो बड़ी अच्छी चीज़ है, प्याज़ सभी लोग खाते हैं। बाबूजी की थाली

में प्याज़ और हरी मिर्च नहीं रखो तो खाना ही नहीं खाते थे।''

''वह तो बाबूजी थे, उनके मुँह से कैसे बू आ सकती थी, पर मेरे-तुम्हारे मुँह से तो आ सकती है... ।''

''अच्छा नहीं खाऊँगी, जो इतनी तुम्हें बू आने लगी।''

अँधेरे में आँखें खोले महेन्द्र, अपने दोनों हाथों में हथकड़ियाँ बँधवाए चुपचाप लेटा था। कभी मन में खीज उठती कि प्रमिला के जीवन में प्रमुख स्थान चौके-बर्तन को है या पप्पू को, उसे यह जानने की इच्छा तक नहीं होती कि महेन्द्र दिन-भर कहाँ भाड़ झोंकता रहा है, उसे भी किसी बात की परेशानी हो सकती है, उसकी भी कोई ज़रूरतें हैं या नहीं। इसे अपने दिल की कैफियत बताने से क्या लाभ, जिसे मुझमें रुचि ही नहीं है। या फिर वह ठंडी साँस भरकर मन-ही-मन कहता 'छोड़ो, कोई लाभ नहीं, यहाँ ऐसे ही चलेगा। यह कभी भी नहीं समझ पाएगी। काठ का दिमाग पाया है इस औरत ने। इसके साथ झूठ बोलो, विश्वासघात करो, तो भी इसे कोई फ़र्क़ नहीं पड़ता। सोए-सोए जी रही है।'

सहसा पप्पू कुनमुनाया। उसकी छोटी-सी खाट बगलवाले कमरे में दीवार के साथ लगी थी। प्रमिला झट से उठ बैठी और कूदकर पप्पू के बिछौने के पास जा पहुँची। महेन्द्र जल-भुन गया। अँधेरे में टटोलते हुए पहले प्रमिला ने कम्बल के नीचे हाथ ले जाकर देखा कि पप्पू ने बिस्तर तो गीला नहीं किया है। पप्पू सात साल का हो चला था, पर उसकी यह आदत अभी तक नहीं गई थी। फिर उसका कपड़ा ठीक करके उसे थपकियाँ दे-देकर सुलाती रही, और लगभग पाँच मिनट के बाद लौटकर आई, और उसी तरह महेन्द्र की ओर पीठ करके लेट रही।

''कैसी हो प्रमिला, आते ही मेरी तरफ पीठ मोड़कर लेट गई हो!''

''तो क्या करूँ? मैं बहुत थक गई हूँ। मुझे नींद आ रही है।''

''बिस्तर में आती हो और बस, हाथ-पैर छोड़कर लाश की तरह लेट जाती हो।''

''तो क्या करूँ?'' प्रमिला ने लेटे-लेटे कहा।

''क्या पत्नी का कोई फ़र्ज़ नहीं होता? तुम्हें यह जानने की इच्छा भी नहीं होती कि मर्द चाहता क्या है?''

''मैं जानती हूँ, मर्द क्या चाहता है। मुझे वह सब अच्छा नहीं लगता। सो जाओ।''

''इसीलिए जड़ की जड़ बनी लेटी रहती हो। फिर शादी ही क्यों की थी?''

प्रमिला सोए-सोए ही हँस दी, "शादी तो बच्चे पैदा करने के लिए की जाती है।"

"तो हर बार तुम बच्चा पैदा करने के लिए यह काम करती हो?"

"मैं कहाँ करती हूँ। तुम पर जनून सवार होता है तो मैं कहती हूँ, चलो कर लो। यह कोई अच्छी चीज़ थोड़े ही है। स्वामीजी ने तो लिखा है कि साल-भर में एकाध बार करना चाहिए।"

"कौन-से स्वामीजी ने?"

"स्वामी दयानन्दजी ने।"

महेन्द्र का मन खिन्न हो उठा। उसका मन चाहा, अपने बाल नोंच ले। "तुम इन स्वामीजी को बीच में क्यों ले आई हो? कौन हैं यह स्वामीजी?"

"बातें तो सब ठीक कह गए हैं। कहते हैं, शेर ज़िन्दगी में केवल एक बार करता है। फिर उसका...उसका अंग ही टूट जाता है।"

"मैं शेर नहीं हूँ, मैं आदमी हूँ, और तुम भी शेरनी नहीं हो। जो ज़िन्दगी में केवल एक ही बार यह काम करना था तो किसी साधु-संन्यासी को ढूँढ़ लातीं।"

"अच्छा, छोड़ो अब इन बातों को, मुझे नींद आ रही है। सुबह जल्दी उठना है, पप्पू के लिए खाना बनाना है, कल से वह खाना साथ में स्कूल ले जाएगा।"

"देख लिया? यही तो मैं कहता हूँ। तुम्हें यह जानने की इच्छा तक नहीं होती कि मर्द चाहता क्या है। तुम समझती हो, बस, खाना बना दिया, घर को झाड़-पोंछ दिया तो तुम्हारा फ़र्ज़ पूरा हो गया।"

"तो क्या किया करूँ? तुम्हें दिन-भर उकसाती रहा करूँ?" प्रमिला ने हँसकर कहा, और करवट बदलकर मुँह महेन्द्र की ओर कर लिया, "बताओ, तुम्हारे बाल सहलाऊँ? तुम्हारी मूँछें चूमूँ? क्या करूँ? मुझे एक बार सिखा दो, मैं वही करने लगूँगी।"

महेन्द्र चुप रहा। उसका मन वितृष्णा से भरने लगा। ठंडी साँस भरकर बोला, "तुम तो काठ की बनी हो, तुम्हारे पल्ले कुछ नहीं पड़ने का।"

महेन्द्र के दिल में टीस उठी। यह औरत जानना तक नहीं चाहती कि मेरे मन की ऐसी स्थिति क्यों हो रही है, मैं क्यों दुःखी रहने लगा हूँ। मेरी परेशानियों को यह समझती तक नहीं।

"मैंने कब कहा है कि कुछ करेंगे। मुझे तो अब, सच पूछो तो, तुम्हारे साथ लेटने की ख्वाहिश तक नहीं होती।"

प्रमिला फिर हँस दी।

"यह तो तुम हमेशा ही कहा करते हो।" फिर उसकी छाती पर सिर रखकर बोली, "मुझे तुम्हारे साथ लेटना तो बड़ा अच्छा लगता है, अकेले लेटना अच्छा नहीं लगता, पर तुम निचले सो नहीं पाते, इधर-उधर हाथ ले जाने लगते हो।"

महेन्द्र चुप बना रहा।

प्रमिला ने महेन्द्र की छाती पर सिर रखे ही रखे, अपना बायाँ हाथ उठाया और महेन्द्र के बाल सहलाने लगी, "पप्पू बिलकुल तुम पर गया है। उसकी शक्ल बिलकुल तुमसे मिलती है, उसका सिर भी पीछे से बिलकुल तुम्हारे सिर-जैसा है, लंबूतरा-सा, है न?"

"तो तुम पप्पू के बाल सहला रही हो?"

"यही समझ लो। मुझे अच्छा लगता है। तुम्हें मालूम है जिस दिन पप्पू हुआ था, उसी दिन से तुम मुझे अच्छे लगने लगे हो। नर्स उसे मेरे सामने लाई तो मुझे लगा, यह नन्हा-सा महेन्द्र मेरी गोद में आ गया है। मुझे बड़ा प्यारा लगा।"

"इससे पहले मैं तुम्हें अच्छा नहीं लगता था?"

"लगते थे, पर बहुत नहीं।"

प्रमिला का हाथ महेन्द्र के बालों पर से हटकर उसके कन्धे पर आ गया।

"मैं क्या करूँ, मैं थक जाती हूँ। तुम बाहर से लौटते हो तो रसोईघर में बैठे-बैठे ही मुझे झपकियाँ आने लगती हैं, मैं बड़ी मुश्किल से आँखें खोले रख पाती हूँ। खाना खा चुकने के बाद तो मैं जागती रह ही नहीं सकती, जी चाहता है सीधी बिस्तर पर जाकर पड़ रहूँ...।"

महेन्द्र ने प्रमिला के बाल चूम लिए। पन्द्रह साल के विवाहित जीवन में कभी-कभी कुछ क्षण गहन आत्मीयता के उभर आते थे, अमूल्य क्षण, जिनमें लगता, पति-पत्नी एक इकाई बन गए हैं, एक दृढ़ चट्टान की तरह जो बाहर के थपेड़ों से सुरक्षित बनी रहती है। संसार में लोग एक-दूसरे के लिए अजनबी होते हैं, अथाह समुद्र में हिचकोले खाते, डूबते-उतराते जीव, पर घर के अन्दर एकसूत्रता जीवन का सुदृढ़ आधार बन जाती है।

"मुझे तुमसे कुछ कहना है, प्रमिला!"

"कहो भी ना! तुम तो घंटे-भर से रट लगाए हुए हो, कहना है, कहना है, मगर कहते कुछ नहीं।"

और प्रमिला का हाथ फिर महेन्द्र के बाल सहलाने लगा, और उसने जम्हाई ली।

महेन्द्र क्षण-भर के लिए ठिठका रहा। बीती पर पर्दा डाले रखने के लिए प्रमिला ने उसे मानो एक और अवसर दिया था। इसे कुछ न बताऊँ? उसके नाटे मित्र का वाक्य फिर एक बार महेन्द्र के मन में कौंध गया। ''भले ही बीसियों स्त्रियों के साथ सम्बन्ध रखो, पर घरवाली से छिपाए रखो। इसी में सच्ची नैतिकता है।'' परन्तु भावोद्रेक में डूबा महेन्द्र, प्रमिला के बालों पर अपना गाल धीरे-धीरे फेरता हुआ असीम सन्तोष का अनुभव कर रहा था। 'नाटा टुच्चा है, मैं टुच्चा नहीं', वह मन-ही-मन बुदबुदाया।

''मुझे तुमसे माफ़ी माँगनी है।''

''माँगो फिर,'' और प्रमिला हँस दी।

''पहले कहो, माफ़ कर दिया।''

''वाह जी, पहले भी कोई माफ़ करता है? पहले गुनाहकबूली होती है, फिर माफ़ी दी जाती है।''

और लोगों के सामने सकुचाने-शर्मानेवाली प्रमिला घर में कैसी बेधड़क बोलने लगती है, और कभी-कभी कैसी खिली-खिली बातें करने लगती है।

''कहो माफ़ कर दिया, तब मुझे ढाढ़स मिल जाएगी। तब मुझे गुनाहकबूली का साहस मिल जाएगा।''

महेन्द्र की आवाज़ में हलका-सा कम्पन हुआ। प्रमिला को उस कम्पन का भास पहले नहीं हुआ था। वह झट से महेन्द्र की ओर मुड़ गई।

''हाय, क्या बात है? मुझसे क्यों छिपा रहे हो? कहीं नौकरी में तो कोई गड़बड़ नहीं हुई?''

प्रमिला की दृष्टि में, गृहस्थ जीवन के मूल में नौकरी थी, फिर बच्चे थे। घर पर संकट आए तो पति और नौकरी का महत्व एक-जैसा हो जाता है।

''क्या दफ़्तर में कोई बात हुई है?''

महेन्द्र फिर ठिठक गया। कहे या न कहे? चुप रह जाए या सब उसकी गोद में उँडेल दे?

''पहले कहो, माफ़ कर दिया। मैंने बहुत बड़ा जुर्म किया है।''

''माफ़ कर दिया, बस? अब कहो। तुम मुझे डरा रहे हो,'' और प्रमिला झट से उठकर बैठ गई। ''देखो, मेरा दिल कैसे धक्-धक् करने लगा है।'' और उसने महेन्द्र का हाथ पकड़कर अपने दिल पर रखा। ''घूस ली है? तुम तो कभी घूस नहीं लेते थे?''

महेन्द्र को ठीक-ठीक शब्द नहीं सूझ रहे थे, ''मैंने घूस तो नहीं ली है, प्रमिला, लेकिन तुमसे मैं एक बात छिपाता रहा हूँ। पर मैं वचन देता हूँ, आगे

ऐसा कभी नहीं होगा। तुम तो देवी हो, तुमने मुझे माफ़ कर दिया है।"

"क्या कह रहे हो, बताओ भी ना?"

"हमारे दफ़्तर में एक लड़की है। वह...वह मुझ पर डोरे डालती रही है, और मैं...मैं उससे मिलता रहा हूँ।"

"कौन लड़की है?" प्रमिला ने कहा और आवेश में उठकर बत्ती जला दी। "तुम किसी लड़की के पास जाते रहे हो?"

बत्ती जल जाने पर महेन्द्र कोहनी के बल अधलेटा-सा बैठ गया था। उसके सिर के घने काले बाल प्रमिला के हाथ से सहलाए जाने के कारण बहुत-कुछ उलझे हुए थे।

"मैं दो-एक बार ही उसके पास गया हूँ। पर इस बात को मैंने तुमसे छिपाया है। बस, इतना ही।"

मन की बात कह डालने पर महेन्द्र को लगा जैसे मनों बोझ उसकी छाती पर से उतर गया है। वह आश्वस्त-सा, मानो घने बादलों में से निकलकर खिली धूप में आ गया हो, धीरे-धीरे मुस्कराता हुआ, प्रमिला की ओर देखे जा रहा था।

प्रमिला कमरे के बीचोंबीच खड़ी, फटी आँखों से अपने पति की ओर देखे जा रही थी।

"तुम बड़े बुरे आदमी हो।" उसके मुँह से निकला।

कमरे में मौन छा गया। एक बोझल-सा क्षण, बीच में से फटा हुआ, शून्य में जैसे लटकता रहा।

"तुम दूसरी स्त्रियों के पास जाते हो," प्रमिला को सूझ नहीं रहा था कि क्या कहे, "तुम बहुत बुरे आदमी हो।"

"मेरे पास आओ प्रमिला, मैंने वचन दिया है कि फिर ऐसा नहीं होगा।"

"मेरी माँ जब मरी थी तो मेरे पिता तीस बरस के थे। उन्होंने दूसरा ब्याह ही नहीं किया, उन्होंने कहा, मैं अपने बेटे-बेटी को पालूँगा। और तुम...अभी तो मैं जीती हूँ।"

प्रमिला की प्रतिक्रिया को देखकर महेन्द्र को धक्का-सा लगा। उसे आशा नहीं थी कि प्रमिला इस बात को इतना बुरा मान लेगी। उसे भास हुआ जैसे कोई बनी-बनाई बात बिगड़ गई हो, और अब उसे जितना अधिक सँभालने की कोशिश की जाएगी, उतना अधिक बिगड़ती जाएगी।

"मैंने कोई बहुत बड़ा जुर्म नहीं किया है प्रमिला, आजकल सभी करते हैं, मैंने केवल तुम्हें बता दिया है और लोग बताते नहीं, बस।" महेन्द्र ने सहज,

धीमी आवाज़ में कहा, "सारा वक़्त मेरे दिल को यह बात कुरेदती रही है। मैं कहता था, प्रमिला की गोद में अपना सिर रखकर उसे सारी बात बता दूँगा।"

"मगर तुम गए तो थे उसके पास? क्यों गए थे तुम? कितनी बुरी बात है! तुम गंदी किताबें पढ़ते रहते हो, तुम्हारे दोस्त भी बुरे हैं। इसीलिए। मैंने पहले भी कहा था।"

प्रमिला का चेहरा पीला पड़ गया था और फटी-फटी आँखों से वह अभी भी महेन्द्र के चेहरे को देखे जा रही थी। प्रमिला अपने पलँग की बाँही पर बैठ गई। उसके हाथ काँपने लगे थे। "तुम बहुत बुरे आदमी हो," वह बार-बार कहे जा रही थी। "मैं समझे बैठी थी तुम शरीफ़ आदमी हो, बच्चों के हक़ में अच्छे हो, मेरे हक़ में भी अच्छे हो। मैं सतवन्त से भी कहा करती थी कि तुम अच्छे आदमी हो, कड़वा बोलते हो पर हो अच्छे आदमी। आजकल कुछ पता नहीं चलता। कौन अच्छा है, कौन बुरा।"

धीमी-धीमी मुस्कराहट अभी भी महेन्द्र के होंठों पर खेल रही थी। आज नहीं समझ पाएगी, तो कल समझ लेगी, मैंने किसी का कुछ नहीं बिगाड़ा है, उसने मन-ही-मन कहा।

"मैं बुरा आदमी नहीं हूँ। मैंने तुम्हें बता दिया है, और लोग बताते नहीं। यह बात मेरे मन पर बोझ बनी हुई थी। मुझे लग रहा था कि मैं तुमसे कुछ छिपाए जा रहा हूँ जो मुझे नहीं छिपाना चाहिए।" महेन्द्र कहता गया, "बहुत कम लोग होंगे जो आज के ज़माने में इस बात के लिए अपनी पत्नी से माफ़ी माँगेंगे, प्रमिला! तुम आजकल के ज़माने को जानती नहीं हो।"

"कौन है वह लड़की?" प्रमिला की आवाज़ शिथिल पड़ गई थी।

"हमारे ही दफ़्तर में काम करती है। छोड़ो अब इस चर्चा को। मैं बड़ा बेचैन रहा हूँ, प्रमिला, तुम नहीं जानती हो।...पर तुम सच मानना, मैंने स्वयं उसे कोई बढ़ावा नहीं दिया था। वह खुद ही बड़ी तेज़ निकली।"

महेन्द्र को सुषमा के बारे में पूछताछ अच्छी नहीं लगी। सुषमा बुरी नहीं थी। इस आत्म-स्वीकृति के बाद तो जैसे सुषमा पर से भी बहुत-सी मैल धुल गई थी, और उसका चेहरा निखरने-सा लगा था। मन की बात कह डालने के बाद महेन्द्र के अंतःकरण में धूप-सी खिलने लगी थी, सब ओर नहाया-नहाया-सा लगने लगा था, उसमें सुषमा जो घटाटोप बादलों में घिरी बैठी थी, उस पर से भी बादल छँट गए थे। महेन्द्र को यह भी अच्छा नहीं लगा कि वह स्वयं सुषमा को दोषी बनाए जा रहा है। उसके हाथ से फ़ाइल लेते हुए एक दिन—

जब इस नए सम्बन्ध का सूत्रपात हुआ था–उसी की उँगलियों ने बढ़कर सुषमा की उँगलियों को छुआ था, और सुषमा की पलकें झुक गई थीं और गालों पर लाली दौड़ गई थी। बाद में महेन्द्र ने पीछे हटने की कोशिश की थी, लेकिन एक क़दम पीछे हटने के बाद वह दो क़दम आगे बढ़ता जा रहा था। दफ़्तर के निराले में, कई बार, अपनी स्थिति के बारे में सोचते हुए, एक पुलकन-सी महसूस करते हुए, वह काँपती उँगलियों के साथ सिगरेट के कश लेता हुआ, अक्सर यह शेर गुनगुनाया करता था :

दिल में किसी के राह किए जा रहा हूँ मैं
कैसा हसीं गुनाह किए जा रहा हूँ मैं।

पलँग की पाटी पर बैठी प्रमिला ने, अपना बाजू महेन्द्र की ओर बढ़ाते हुए, गहरी घबराई हुई-सी आवाज़ में कहा :

''मेरे शरीर पर हाथ रखकर कहो, फिर उसके पास नहीं जाओगे। क़सम खाओ, तुम्हें मेरी क़सम, तुम्हें पप्पू की क़सम, तुम फिर उसके पास नहीं जाओगे। तुमने बहुत बुरी बात की है।''

महेन्द्र ने मुस्कराते हुए हाथ बढ़ाकर प्रमिला के बाजू को छू दिया, ''नहीं जाऊँगा, मैंने स्वयं जो तुमसे कह दिया है।''

पर उसे हलका-सा हीनता का भास हुआ, और वह खिन्न-सा महसूस करने लगा।

''अबकी बार तो मैंने तुम्हें माफ़ कर दिया है, पर फिर कभी उस औरत के पास नहीं जाना। यह बहुत बुरी बात होती है, पाप होता है।''

प्रमिला की ओर देखते हुए महेन्द्र की नज़र में उपेक्षा उतर आई। कहीं मैं भूल तो नहीं कर बैठा? औरतों को एक क़दम बढ़ने की जगह हो तो ये दस क़दम आगे बढ़ आती हैं। औरत से कभी माफ़ी नहीं माँगो, पुराने ज़माने से यह सीख चली आ रही है। पर इस समय महेन्द्र अपने दिल का बोझ फेंक चुका था, इसलिए प्रमिला की बात सुनते हुए भी उसे खीझ नहीं उठी, बल्कि मुस्कराकर बोला :

''यह पाप-पुण्य सब बकवास है, प्रमिला! मेरा इसमें तनिक भी विश्वास नहीं है। पर मेरे संस्कार बहुत गहरे हैं, उन्हीं के दबाव के कारण मैंने तुम्हें सब बता दिया है। मेरा पूरा हक़ है जैसे मैं जीना चाहूँ, जिऊँ। औरत का भी हक़ है...''

''बस, बस,'' प्रमिला ने आगे बढ़कर उसका मुँह बन्द कर दिया, ''क्या बके जा रहे हो?''

महेन्द्र हँस दिया, ''चलो, तुम ठीक, मैं गलत। मैंने पाप किया है। बड़े-बड़े आदमी पाप कर बैठते हैं। हमारे-तुम्हारे घरों में ही कितने लोग रोज़ यह पाप करते हैं। फिर मैं तो बहुत छोटा आदमी हूँ...''

थोड़ी देर तक दोनों के बीच मौन छाया रहा। महेन्द्र बिस्तर में से निकलकर उठ खड़ा हुआ और देर तक कमरे में ऊपर-नीचे टहलता रहा। वह उस हीनता के भाव को निकाल फेंकना चाहता था जो प्रमिला के साथ किए गए इस वार्तालाप से पैदा हो गया था। फिर वह सिगरेट सुलगाकर बरामदे में चला गया, और देर तक वहाँ टहलता रहा। सुषमा के साथ मैत्री का सम्बन्ध तो बना रह ही सकता है, केवल मैत्री का सम्बन्ध। सेक्स का भूखा मैं भी नहीं हूँ। अपने संस्कारों का बहुत विरोध भी नहीं करना चाहिए। इससे भी ज़िन्दगी का सन्तुलन बिगड़ता है।...

बहुत देर के बाद महेन्द्र कमरे में लौटा। प्रमिला बिजली बुझाकर लेट गई थी।

''सो गई हो क्या?''

''कहो, क्या है?'' उसने धीमी, थकी-सी आवाज़ में कहा।

महेन्द्र ने अपने पलँग की पाटी पर बैठते हुए कहा :

''औरतों पर बहुत-कुछ निर्भर करता है, प्रमिला। औरत चाहे तो मर्द को अपनी मुट्ठी में रख सकती है। और सच कहूँ, प्रमिला, मर्द मुट्ठी में रहना चाहता है।''

प्रमिला कुछ नहीं बोली।

''सुन रही हो, प्रमिला?''

''सुन रही हूँ।''

''तुम बड़ी सुन्दर हो, प्रमिला। तुम अपनी कीमत नहीं पहचानती हो।''

प्रमिला चुप रही। वह कहता गया :

''घर में भी अच्छे कपड़े पहनकर रहना चाहिए। साड़ी पहनकर आओ तो छमछम करती आओ-जाओ। तुम एक ही लाल बिंदियोंवाली कमीज़ पहने रहती हो, और बाल बिखरे हुए।''

प्रमिला कुछ नहीं बोली। महेन्द्र को लगा, जैसे उसने कोई ग़लत बात कह दी है।

''एक बार औरत मर्द की माँगों को समझ ले,...बुरी बात यह है कि हमारी स्त्रियाँ दकियानूस बहुत होती हैं। उनके पैरों में बेड़ियाँ पड़ी हैं, पतिव्रत और निष्ठा और पाप-पुण्य की बेड़ियाँ और वे उन्हें तोड़ना नहीं चाहतीं...''

प्रमिला आँखें खोले छत की ओर ताके जा रही थी। उसे लग रहा था जैसे धीरे-धीरे अँधेरा ओझल होने लगा है, साए घने होते जा रहे हैं। उसने गहरी साँस खींची जिससे छाती पर का कुछ बोझ हलका हुआ।

थोड़ी देर के बाद महेन्द्र के पलँग की ओर से खर्राटों की आवाज़ आने लगी। पर प्रमिला की आँखों में से नींद उड़ गई थी। उसकी आँखें अँधेरे में खुली पड़ी थीं, और किसी-किसी वक़्त वह छाती पर से गहरे अवसाद का बोझ हलका करने के लिए गहरी साँस खींच लेती।

तीन

पहले दिन से ही 'ला कबाना' एक फीका-सा रेस्तराँ रहा है। अब तो इसकी गद्दियाँ भी फटने लगी हैं और जगह-जगह से इसका सस्तापन झाँकने लगा है। जब बनाया गया था तो प्रेमियों के मिलन-स्थल के रूप में, जहाँ अँधेरे कोने में, मद्धिम रोशनी के लाल-पीले शेडों के पीछे जोड़े बैठे रहें, फुसफुसाते रहें, और रेस्तराँ के रहस्य का और हलकी-हलकी वासना का वातावरण बना रहे। रेस्तराँ एक तरह के तहखाने में है, अन्दर घुसते ही अँधेरे का भास होता है, दीवारें काले रंग से पुती हैं। जगह-जगह छोटी-छोटी मेज़ों के ऊपर, गहरे लाल या काले या पीले रंग के शेडोंवाले लैंप लटक रहे हैं। इन मेज़ों पर बैठे लोगों के चेहरे तभी नज़र आते हैं जब वे अपने सिर रोशनी के दायरे के भीतर ले आएँ, स्त्रियों की कलाइयों पर चमकती चूड़ियाँ या झिलमिलाती अँगूठियाँ ही नज़र आती हैं। किसी युवती का चेहरा तनिक झुक जाए तो उसके कान की बाली या झूमर चमक उठता है, या हँसते दाँतों की लड़ियाँ चमक उठती हैं। रेस्तराँ के बीचोंबीच तीन स्तून खड़े हैं जिनमें प्राचीन मन्दिरों के-से आलिंगन-बद्ध स्त्री-पुरुषों के भित्ति-चित्र हैं, भारी उरोजोंवाली स्त्रियों को व्यक्तित्वहीन-से पुरुष, अपनी बाँहों में लिए हुए हैं, पुरानी मूर्ति-कला को आज की वासना का रंग देने की कोशिश की गई है, पर यह प्रयास बहुत-कुछ असफल-सा लगता है, रेस्तराँ का वातावरण न तो रहस्यपूर्ण बन पाया है न ही वासनापूर्ण। छत बाँस की खपच्चियों की बनी है जिनके पीछे काले और सफ़ेद रंग की निवाड़ की पट्टियाँ लगाई गई हैं। कुर्सियों के कपड़े चीकट मैले लग रहे हैं। लगता है फ़र्श पर बिछे कॉयर-मैटिंग पर अभी किसी का पैर

अटकेगा और फटे हुए कॉयर-मैटिंग में से धूल का बवंडर उड़ेगा।

'ला कबाना' यह सारा स्वाँग रचने के बावजूद अपने ठंडे वातावरण में गर्मी नहीं ला पाया।

नाटा और महेन्द्र जगह के इन्तज़ार में रेस्तराँ के मैनेजर के पास खड़े थे, और नाटा अपने स्वभाव के अनुरूप उसे बढ़ावा दिए जा रहा था :

"विलायत में होता तो इस रेस्तराँ की बड़ी कद्र होती। नाइट-लाइफ़ का केन्द्र माना जाता। यहाँ घुप्प अँधेरा कर दो, फिर भी लड़का लड़की का हाथ नहीं पकड़ेगा।"

मैनेजर खिसियाई-सी हँसी हँसा, फिर महेन्द्र की ओर देखकर, सिर टेढ़ा करके खुशामदी-सी मुस्कान के साथ बोला :

"अपने-अपने देश का चलन है, अपना-अपना रिवाज़ है। यहाँ आठ बजे तो दूकानें बन्द हो जाती हैं, नौ बजे तक सारा कनाट-प्लेस खाली हो जाता है।"

इस पर नाटा हँसकर बोला :

"ड्रिंक्स चलने लगे तो कुछ बात बनेगी, अभी तो कॉफ़ी के प्यालों पर ही प्यार चलता है।"

और महेन्द्र को कोहनी से पकड़कर रेस्तराँ की पिछली दीवार के साथ लगी एक मेज़ की ओर ले चला जो अभी-अभी खाली हुई थी।

औरतों के मामले में नाटा ज्ञानी था, पारखी, पारंगत था। पीठ किए खड़ी औरत को पीछे से देखकर बता सकता था कि वह सुन्दर है या कुरूप, कितनी उम्र की है, अंगों का गठन कैसा है, नाक-नक्श कैसे हैं, स्वभाव कैसा है। अपने को पहुँचा हुआ प्रेमी मानता था। खुद कहा करता था, "यह जन्म तो स्त्री की पूजा में कटेगा, अगले जन्म में किसी और बात की सोचेंगे।"

महेन्द्र नाटे को टुच्चा और लंपट कहा करता था, और ऐसा उसे मानता भी था, पर उसकी संगति में उसे लगता जैसे उसके अन्दर कोई चीज़ भुरभुराने लगी है, और उसके छोटे-छोटे कण गिर रहे हैं, जिससे उसके बदन में झुरझुरी हो रही है। कोई दीवार टूट रही है जिसे पहले से दीमक चाट गया है, एक दिन उसे ज़रूर भुरभुराकर गिर जाना है, और नाटा उसे हलके-हलके धक्के दे रहा है।

दोनों मेज़ पर जा बैठे, और नाटे ने बैठते ही भूखी नज़रों से आसपास का जायज़ा लेना शुरू कर दिया।

रेस्तराँ खचाखच भरा हुआ था। काले कोट और लाल चारखाने की

वास्कटें पहने, बो-टाइयाँ लगाए काले-काले चेहरोंवाले रेस्तराँ के बैरे फुर्ती से मेज़ों के बीच आ-जा रहे थे। पीछे कहीं से पाश्चात्य संगीत की कोई धीमी-सी धुन बराबर बजती जा रही थी। रेस्तराँ में भीड़ बढ़ जाने से उसकी आवाज़ किसी-किसी वक़्त खो जाती थी। मेज़ों पर बैठे कुछेक लोगों के चेहरे देखे जा सकते थे, पर अधिकांश चेहरे ओट में थे। केवल किसी-किसी वक़्त ही कोई चेहरा प्रकाश के वृत्त में आकर चमक उठता था।

"बड़ा लच्चर आदमी है तू, नाटे, अभी बैठा नहीं कि इधर-उधर नज़रें दौड़ाने लगा है।"

"अरे जो हैं, सो हैं, इसमें छिपाने की क्या बात है। हम औरत से प्रेम करते हैं, हम औरत के बिना रह नहीं सकते। हमारी अपनी घरवाली से हमारी पटती नहीं, बस, किस्सा खत्म।" फिर महेन्द्र की ओर देखकर बोला, "मगर यह तुम्हारे बस का रोग नहीं है, इसमें मत पड़ना। अपने घरौंदे में मस्त बैठे रहो।"

महेन्द्र के होंठों पर हलकी-सी मुस्कराहट आई, फिर फीकी पड़ गई।

"तुम शरीफ़ आदमी हो, शरीफ़ आदमी केवल मन से व्यभिचार करते हैं, वह भी बीसियों से, मगर व्यवहार में अपनी शराफ़त को आँच नहीं आने देते। क्यों, भोले बादशाह, सच कहा है ना? इसीलिए कहा कि तुम अपने घरौंदे में ठीक सिमटे बैठे हो, वहीं बैठे रहो।"

कुछ देर तक दोनों के बीच चुप्पी छाई रही। नाटे की उड़ती आँखें बार-बार दाईं ओर की मेज़ की ओर जाने लगीं जहाँ दो एंग्लो-इंडियन लड़कियाँ बैठी चाय पी रही थीं, और उनमें से एक गोल-मटोल-सी लड़की उनके सामने थी।

महेन्द्र हँस पड़ा।

"यह तो बताओ, नाटे, तुम औरतों को पटा कैसे लेते हो?"

"अरे यह इतना आसान काम नहीं है, इसके लिए गुर्दा चाहिए।"

"फिर भी, कुछ बताओ तो, कैसे करते हो?" महेन्द्र ने आग्रह किया, शायद कुतूहलवश, या उसकी नज़र में अपनी शराफ़त को बनाए रखने के लिए।

"बहुत भोले बनते हो," नाटा बोला, "जो शरीफ़ न होते तो बीसियों को चरा आते।" नाटा बोलता था तो सिर हिला-हिलाकर, मानो व्यंग्य की कीलें ठोंक रहा हो। फिर कहने लगा :

"अरे, यह भी कोई मुश्किल है। सिनेमा में कोई औरत बगलवाली सीट पर बैठी हो तो अँधेरा पड़ने पर उसके हाथ पर हाथ रख दो। पहली बार वह

ज़रूर हाथ खींच लेगी। अगर नहीं खींचे तो समझ लो सस्ता माल है। बेशक छोड़ दो। अगर खींच ले तो उसके हाथ पर फिर हाथ रख दो। वह थोड़ा कसमसाएगी, थोड़ा छुड़ाने की कोशिश करेगी, तुम हाथ को वहीं दबा लो। बस, फिर हाथ वहीं रहेगा।''

''फिर?''

''फिर क्या? हाथ को सहलाओ, प्यारे-प्यारे वाक्य फुसफुसाओ, कितना कोमल हाथ है तुम्हारा, दिल तो और भी ज़्यादा कोमल होगा। औरत ऐसे वाक्य सुनना पसन्द करती है। मौक़ा लगे तो हाथ को चूम लो, गाल से सटा लो। रास्ता अपने-आप साफ़ होता चला जाता है।''

''अगर उल्टे थप्पड़ रसीद कर दे, तो?''

''अरे थप्पड़ भी पड़ते रहते हैं, यह नहीं कि थप्पड़ नहीं पड़ते। इश्क के रास्ते में काँटे बहुत हैं। इश्क करनेवाले सिर पर कफ़न बाँधकर निकलते हैं।''

''और अगर तेरी बीबी को पता चल जाए, कभी तुझे रँगे हाथों पकड़ ले तो?''

''तो हाथ जोड़ देते हैं, माफ़ी माँग लेते हैं, देवीजी, क्षमा कर दो, बिफर गया था, आगे से ऐसा नहीं होगा,'' कहते हुए सहसा नाटा हँस दिया।

''बहुत बिगड़ती होगी?'' महेन्द्र ने गम्भीर आवाज़ में पूछा।

''बहुत। पर रो-धोकर चुप हो जाती है।''

महेन्द्र एकटक नाटे के चेहरे की ओर देखे जा रहा था। उसके दिल की कैफ़ियत उस आदमी की-सी हो रही थी जिसकी कहीं गाड़ी छूट गई है और उसकी समझ में नहीं आ रहा कि कहाँ जाए, क्या करे। धीरे-से उसने कहा :

''तुम पर झल्लाती नहीं?''

''अरे, भोले बादशाह, झल्लाएगी तो जाएगी कहाँ! अपने बाल-बच्चों को छोड़कर कहाँ जाएगी? पहले वह भी बहुत फुँकारती थी, अब जल्दी ही चुप हो जाती है।'' कहते हुए नाटे को एक किस्सा याद हो आया। हँसकर बोला, ''पहली बार जब एक किस्सा हुआ तो बहुत बोली, बहुत रोई और भागकर मायके चली गई। हम भी उसे लिवाने नहीं गए। पूरे दो महीने बीत गए। तब हमारे ससुर साहब भागते हुए आए। जानते हो, क्या कहने लगे? कहने लगे, यह काम तो सभी मर्द करते हैं, पर बेटे, छिपाकर किया करो। औरत को पता चल जाए तो वह ख्वाहमख्वाह परेशान होती है। हमने कहा, ससुर साहब, हम ऐसा तो नहीं करेंगे। हम जैसे हैं, वैसे ही रहेंगे। जो उन्हें मंजूर हो तो हमारा घर हाजिर है। हमारी परवरिश में कोताही हो तो हम झूठे। पर हम उनके हाथ

में अपनी नकेल तो नहीं देंगे। तीसरे दिन बीवी साहिबा घर लौट आईं।"

नाटा महेन्द्र के साथ बातें किए जा रहा था, और बीच-बीच में उड़ती नज़र से एंग्लो-इंडियन लड़की को भी देख लेता था।

महेन्द्र को सहसा इस बात का पछतावा होने लगा कि सुषमावाला किस्सा प्रमिला को बताकर उसने बहुत बड़ी भूल कर दी है। अव्वल तो बताना ही नहीं चाहिए था, जो बताया भी तो जुर्म-क़बूली की तरह, तोबा करते हुए। याद करके महेन्द्र का मुँह लाल हो गया। अपने को हीन बनाया। यहाँ यह पत्नी की परवाह ही नहीं करता, और मैं अन्दर-ही-अन्दर अपने को खाए जा रहा हूँ।

"तेरा दिमाग़ खराब है नाटे, तुझे चारों ओर औरत-ही-औरत नज़र आती है।"

"मुझे नहीं, तुझे नज़र आती है। हम तो अपनी कमज़ोरी मान लेते हैं और हलके-फुलके घूमते हैं। तू मानता नहीं और वह दिन-रात तेरे मन पर सवार रहती है। तू औरत से प्रेम तो करना चाहता है, पर अपनी भलमनसाहत बनाए हुए। क्यों ठीक कहा, या ग़लत? तेरे दिल में हमसे भी ज़्यादा ललक है, पर तू सबके सामने सज्जन बने रहना चाहता है।" फिर सहसा नाटा महेन्द्र की ओर झुककर अपनी तर्जनी हिलाते हुए बोला, "तुझे जो भी करना हो, छिपकर करना। मत भूल, भोले बादशाह कि तू कायर है, और कायरों को सब काम कायरों की तरह ही करने चाहिए। मतलब कि तू शरीफ़ आदमी है और शरीफ़ आदमियों को सब काम छिपकर करने चाहिए।"

रेस्तराँ में धीरे-धीरे भीड़ कम होने लगी थी। संगीत की धीमी-धीमी धुन अब सारा वक़्त सुनाई दे रही थी। किसी-किसी वक़्त मेज़ पर से ऊँचा-ऊँचा हँसने की आवाज़ आती। महेन्द्र उस ओर आँख उठाकर देखता, उसे हँसनेवाले से ईर्ष्या होती कि कोई खुले दिल से हँस सकता है जबकि वह स्वयं हँस नहीं पाता।

सहसा स्तून के नीचेवाली मेज़ पर से दोनों एंग्लो-इंडियन लड़कियाँ उठकर जाने लगीं। एक लड़की मेज़ के पीछे खड़ी अपने ब्लाउज़ और स्कर्ट को ठीक कर रही थी। अपने गोल-गोल शरीर, माथे पर गिरते बालों और होंठों पर भड़कीली लिपस्टिक के कारण वह गुड़िया-सी लग रही थी। दूसरी लड़की पतली थी, छरहरे बदन की, और सिर के ऐन ऊपर जूड़ा बनाए हुए थी।

गोलमटोल लड़की मेज़ों के बीच से बल खाती हुई-सी, सामने से होकर गुज़री। उसके पीछे-पीछे उसकी साथिन, चाकलेट रंग की अपनी साड़ी का

पल्लू सँभालते हुए, हाथों में बड़ा-सा लिफ़ाफ़ा उठाए चली आई, और दोनों रेस्तराँ के बाहर जाने लगीं।

"कुछ काम बना?" महेन्द्र ने मज़ाक में नाटे से पूछा।

"सहज पके सो मीठा होय।" नाटा बुदबुदाया। "काम का क्या है, काम तो बन ही जाता है।" उसने ऐंठकर कहा।

"क्यों अपने को भुलावा दिए जा रहा है नाटे, उसने तेरी ओर आँख उठाकर देखा तक नहीं है।"

"कल आएगी।" नाटा आश्वस्त भाव से बोला।

"कौन कल आएगी?"

"यह मेरी गोल-मटोल।"

"तुम्हें कैसे मालूम है?"

"अरे, आँखों से बातें होती हैं यहाँ, तुमने क्या समझ रखा है?" उसने फिर डींग मारी।

"चपत खाने के लिए आ जाना।" महेन्द्र ने मज़ाक में कहा।

दरवाज़े की ओर नज़र जाते ही महेन्द्र का दिल धक्-से रह गया। आँखों पर काला चश्मा चढ़ाए और आसमानी रंग की साड़ी पहने सुषमा अन्दर आ रही थी। महेन्द्र का शरीर, सिर से पाँव तक झनझना उठा। वास्तव में वह रेस्तराँ में सुषमा को ही देख पाने के लिए आया था। यहीं पर वे पहली बार चाय पीने आए थे। यहीं पर बाद में भी मिलते रहे थे। पत्नी के सामने आत्म-स्वीकृति के बाद, वह उसे एक बार आँख भरकर देख पाने के लिए आया था। सुषमा ने वही आसमानी रंग की साड़ी पहन रखी थी जो उस रोज़ अपने फ्लैट में पहने हुए थी, और महेन्द्र ने उससे अनेक बार कहा भी था कि उसे वह साड़ी बहुत फबती है। उसे लगा जैसे सुषमा को वे वाक्य भूले नहीं हैं, जैसे उसी दिन के सुखद क्षणों की याद में वह यहाँ साड़ी पहनकर चली आई है। क्या सुषमा भी उसे देख पाने के लिए यहाँ आई है?

जगह की तलाश करते हुए सुषमा ने महेन्द्र को देख लिया। उसने यह भी देख लिया कि उसके साथ उसका कोई मित्र बैठा है, पर वह ठिठकी नहीं। सीधी महेन्द्र की ओर बढ़ आई। उसके नज़दीक पहुँचने पर महेन्द्र उठकर खड़ा हो गया।

"आप कुशल से हैं, मिस्टर महेन्द्र?" सुषमा ने हाथ जोड़ते हुए कहा। महेन्द्र ने भी हाथ जोड़ दिए। इससे वार्तालाप में अपने-आप एक प्रकार की औपचारिकता आ गई।

''आज दफ़्तर से जल्दी छुट्टी मिल गई थी,'' महेन्द्र ने कहा, फिर नाटे की ओर इशारा करके बोला, ''इसकी बकवास सुनने यहाँ चला आया,'' पर महेन्द्र का दिल धक्-धक् किए जा रहा था और टाँगें लरज़ रही थीं।

सुषमा मुस्करा दी। तभी उसने आँखों पर से काला चश्मा उतारा। नाटा भी उठ खड़ा हुआ था।

''आप लोगों को दफ़्तर में क्या काम होगा, काम तो हम करती हैं।'' सुषमा ने हँसकर कहा।

''बैठिए,'' महेन्द्र ने कहा।

''नहीं, आप इतमीनान से बैठिए, अपने दोस्त की बातें सुनिए, मुझे जगह मिल जाएगी।'' फिर वह ऐनक के फ्रेम का कोना होंठों के बीच दबाए इधर-उधर नज़र दौड़ाती रही। फिर महेन्द्र की ओर मुँह फेरकर कहने लगी :

''कभी आइए। प्रमिलाजी को भी लाइए।''

''आप भी आइए ना! प्रमिला बहुत पूछ रही थी।''

''मैं ज़रूर आऊँगी। पप्पू कैसा है, उसे देखे बहुत दिन हो गए हैं।''

''ठीक है, स्कूल जाता है।''

और सुषमा फिर हाथ जोड़कर, उड़ती नज़र से, एक बार अपनी पलकों से महेन्द्र के चेहरे को सहलाती हुई, थोड़ी दूरी पर, महेन्द्र की पीठ पीछे, एक छोटी-सी मेज़ पर जा बैठी। महेन्द्र और नाटा स्वाभाविक ढंग से फिर से बैठ गए।

''बुरी नहीं है,'' नाटे ने धीमे से कहा, ''दुलार अच्छा करती होगी। गदराए शरीरवाली औरतें दुलार अच्छा करती हैं। तुझे थपकियाँ देती होगी।''

''बको नहीं,'' महेन्द्र ने क्रुद्ध होकर कहा। उसे अच्छा नहीं लग रहा था कि नाटा सुषमा के बारे में इस तरह भद्दे ढंग से बात करे। ''हर औरत के बारे में तुम बदज़बानी करने लगते हो, यह मुझे अच्छा लहीं लगता।''

''अरे वाह रे, बहुत बिगड़ने लगे! अरे मेरे भोले, यह मेरी भाभी नहीं है। मेरी भाभी घर में बैठी दाल छोंक रही है। यह मेरी भाभी नहीं है, इसे लेकर मुझसे क्यों बिगड़ता है? कहीं मामला सचमुच गरम है क्या?''

महेन्द्र चुप हो गया, बल्कि मुस्कराने लगा, और अपनी साँस की गति को संयत करने के लिए सीट की पीठ से लगकर बैठ गया।

''अरे, हम-तुम जैसों को तो बाज़ार में बेच आए।'' महेन्द्र ने कहा और अपनी आवाज़ पर ही हैरान रह गया।

''अच्छा, यह बात है?''

"बड़ी सधी हुई औरत है," महेन्द्र ने उसी स्वाभाविक लहजे में कहा, "दफ़्तर में सभी को उँगलियों पर नचाती है।"

"तेरे दफ़्तर में ही काम करती है?"

"हाँ, कैशियर है।"

सुषमा के ख़िलाफ़ बातें करना महेन्द्र को मन-ही-मन बुरा लग रहा था, पर नाटे के कुतूहल की दिशा मोड़ने का यही एक रास्ता उसे सूझा था, वरना महेन्द्र को डर था कि नाटे की पैनी आँख उसका भेद जान जाएगी, वह सूँघता हुआ उसके रहस्य तक जा पहुँचेगा।

रेस्तराँ के एक ओर, दो स्तूनों के बीच एक छोटा-सा मंच था। पहले उस मंच पर अँधेरा छाया था, मगर सहसा एक बत्ती जल उठी और प्रकाश का एक वृत्त उस पर फैल गया। वहाँ पर पहले एक छोटा-सा पियानो, एक चैलो, छैने, एक बड़ा-सा ढोल रखे थे। देखते-ही-देखते काले सूट पहने कुछ साज़िंदे मंच पर चढ़ आए और अपने-अपने साज के पीछे बैठ गए। इतने में एक स्तून के साथ लगे छोटे-से पार्टीशन के पीछे से, बड़े नाटकीय ढंग से एक लड़की झिलमिलाती सफेद पोशाक पहने आई और मंच पर रखे माइक के पीछे आकर खड़ी हो गई। लड़की ने हाथों में दो खोपरे-जैसे वाद्य उठा लिए थे और बराबर मुस्कराए जा रही थी। उसकी पोशाक में लगे सितारे बार-बार झिलमिला उठते। वाद्य बज उठे और वह गहरी खरज आवाज़ में अंग्रेज़ी का कोई प्रेम गीत गाने लगी। दोनों हाथों में उठाए खोपरों को ताल के साथ-साथ हिलाती जाती जिससे उनमें पड़े दाने झनझना उठते, और वह गहरी, धीमी आवाज़ में क्रून करती जाती।

उसकी आवाज़ रेस्तराँ में फैले अँधेरे के अनुरूप ही थी। हवा में अलसाया-सा धीमा-धीमा संगीत भरने लगा। महेन्द्र का मन बार-बार चाहने लगा कि वह सिर घुमाकर सुषमा की ओर देखे, और देखता जाए, देखता जाए, अपनी आँखों के डोरों से उसे बाँधता जाए, बाँधता जाए। नाटे की बातों से उसका मन उचट गया था और बोझल महसूस करने लगा था। नाटे की तरह क्या मैं भी लम्पट हूँ जो अपनी पत्नी को छोड़ सुषमा के पीछे मारा-मारा फिर रहा हूँ? पर क्रूनर के गीत ने इच्छाओं को कुरेदकर फिर से जगा दिया था।

सुषमा यहाँ क्यों आई है? महेन्द्र का मन कहता था कि वह उसी को देख पाने की आशा से यहाँ आई है। और कोई कारण नहीं हो सकता। यदि नाटा साथ में न लटक गया होता तो वह सुषमा से मिल सकता था, उसके साथ दो बातें कर सकता था, अपनी स्थिति उसे समझा सकता था। क्या सुषमा

किसी अन्य पुरुष से मिलने आई है? एक दहकती लोहे की छड़ उसकी छाती को साल गई। सुषमा अपने फ्लैट में फूलदार प्यालों में चाय लाई थी। और उन्हें लाने से पहले खिड़कियों पर के पर्दे गिराती गई थी। महेन्द्र की साँस बराबर तेज़ होती जा रही थी। क्या मालूम किसी से मिलने आई हो, और उसके फ्लैट में रहते भी वैसे ही पर्दे गिरा देती हो। महेन्द्र ने सिर घुमाकर पीछे की ओर देखा। सुषमा के हाथ में प्याला था, और उसकी नज़रें महेन्द्र की ओर लगी थीं। आसपास बैठी लड़कियों की तुलना में सुषमा बड़ी उम्र की और देखने में साधारण लग रही थी, पर उसका सारा आकर्षण उसकी दो आँखों में उतर आया था—वेदना-भरी, याचना-भरी आँखें। कन्धों तक कटे रुखड़े काले बालों में दाएँ कान के ऊपर सफेद रंग का एक फूल टाँक रखा था, जिसकी ओर महेन्द्र की नज़र पहले नहीं गई थी। महेन्द्र के मुड़ने पर सुषमा ने पलकें झुका लीं। महेन्द्र को विश्वास हो गया कि सुषमा उसी को देखने आई है, उसी से मिलने आई है, और इस प्यार में नाटे के प्यार की न तो लंपटता है, न ही छिछलापन। यह अत्यन्त हृदयग्राही, सुन्दर और निःस्वार्थ भावना है, जो उसके रोम-रोम में व्याप रही है। महेन्द्र को लगा जैसे उसकी सारी द्विविधा किसी स्निग्ध, शीतल प्रवाह में बहती चली जा रही है।

"इस तरह से मुड़-मुड़कर औरतों को नहीं देखते, सीधा देख," नाटे ने कहा। महेन्द्र खिसिया गया। "हमारा परिचय करा दे। तूने तो हमारा परिचय ही नहीं कराया।"

थोड़ी ही देर बाद क्रूनर का गाना समाप्त हो गया। रेस्तराँ में बैठे लोगों में से केवल दो व्यक्तियों ने ताली बजाई। क्रूनर मुस्कराती हुई, मंच से उतरकर फिर पार्टीशन के पीछे चली गई। साजिंदे मंच पर बैठे रहे, और कोई नई धुन बजाने की शुरुआत करने लगे।

न जाने किस सन्दर्भ में नाटा फिर से बोले जा रहा था। उसे लगा, जैसे उसका मन इतना अधिक अपनी उधेड़बुन में खोया है, कि वह नाटे की बातों की ओर कोई ध्यान नहीं दे पाया।

"बड़ी चतुर खिलाड़ी होती है, औरत, तुमने क्या समझ रखा है।"

महेन्द्र को लगा, जैसे नाटा उसके मन की बात खुली पुस्तक की तरह पढ़े जा रहा है।

"मर्द बहुत बोलता है," नाटा कहे जा रहा था, "डींग मारता है, जहाँ बैठता है, अपने अभिसारों की बात करता है, पर औरत चुप रहती है। यों उसकी ज़बान कैंची की तरह चलती है, पर यहाँ पहुँचकर चुप। अन्दर का हाल

किसी को नहीं बताएगी। हमें सब लोग बदमाश कहते हैं, पर उन औरतों को कोई बदमाश नहीं कहता जिनके साथ हमने प्रेम किया है। पूछो क्यों? क्योंकि वे छिपाना जानती हैं, ऊपर से मुस्कराती रहती हैं, अन्दर से सभी दरवाज़े बन्द रखती हैं।'' नाटा तनिक ऊँची आवाज़ में बोला, ''पर यह डँसनेवाला साँप नहीं है। यह हम तुम्हें बता दें। उसका डंक तो मर्द ने कब का निकाल दिया हुआ है। इसीलिए तो औरत हमें प्यारी लगती है।'' महेन्द्र नाटे के चेहरे की ओर देखे जा रहा था। उसकी बातों से महेन्द्र का सिर चकराने-सा लगा था।

''औरत हज़ारों बरसों से अपनी स्थिति पहचानती है। वह अँधेरे में भी देख लेती है। बिरले ही कोई औरत पकड़ी जाए तो पकड़ी जाए वरना वह बड़ी सफ़ाई से निकल जाती है।''

अनायास ही महेन्द्र की आँखें घूम गईं। सुषमा की मेज़ खाली थी। सुषमा उठकर चली गई थी। वह कब उठकर चली गई थी उसे पता नहीं चला था। उसे गहरी रिक्तता का भास हुआ, पर संशय, अकुलाहट, गहरी छटपटाहट फिर से उसके दिल को मथने लगी।

''अब तू यहाँ क्यों बैठेगा, चल, चलें।'' नाटे ने चुटकी ली।

पर महेन्द्र ज्यों-का-त्यों बैठा रहा, जैसे उसने सुना ही न हो।

क्रूनर फिर से अपने झिलमिलाते कपड़ों और सजी-सजाई मुस्कराहट के साथ मंच पर लौट आई थी। साजिंदों ने साज छेड़ दिए थे, और लड़की अबकी बार पहले से ज़्यादा हँसती, मुस्कराती हुई, हाथ में पकड़े खोपरों को ज़्यादा उत्साह से बजाती हुई और कमर मटकाती एक और प्रेम-गीत गाने लगी थी, मानो सुषमा के उठ जाने से जो रिक्तता पैदा हो गई थी उसे भरने की चेष्टा करने लगी हो। साज़ भी पहले की तुलना में ज्यादा ज़ोर से बजने लगे थे। और एक बैरा, हाथ में कपड़ा लिए मंच के सामने के फ़र्श को पोंछने लगा। ज़ाहिर है, अगली धुन नाच की धुन होगी।

जब नाटा और महेन्द्र रेस्तराँ में से निकले तो नौ बज रहे थे, और साज़िंदे नाच की धुन बजा रहे थे, और मेज़ों के पीछे से जोड़े उठ-उठकर मंच के सामने खुले स्थान की ओर बढ़ रहे थे...।

महेन्द्र ने अपने घर की घंटी बजाई।

''आज फिर बड़ी देर लगा दी,'' प्रमिला ने दरवाज़ा खोलते ही कहा, और संशय और अविश्वास-भरी आँखों से महेन्द्र के चेहरे की ओर देखने लगी।

"कहाँ गए थे? मैं इतनी देर से तुम्हारी राह देख रही हूँ।"

महेन्द्र ने कोई उत्तर नहीं दिया। चुपचाप अन्दर आकर कोट उतारने लगा।

जब से महेन्द्र ने आत्म-स्वीकृति की थी, प्रमिला उसकी हर हरकत को फटी-फटी आँखों से देखने लगी थी। घर लौटने पर कुरेद-कुरेदकर उससे पूछती कि कहाँ गए थे, घूम-फिरकर उस बुरी औरत के बारे में पूछती कि उस रोज़ वह उसे मिली थी या नहीं, शरीर पर हाथ रखवाकर बार-बार फिर से कसम खाने को कहती, उपदेश देती, अपने पिता की मिसाल देती, यह भी कह देती कि एक बार तो उसने माफ़ कर दिया है, पर दूसरी बार माफ़ नहीं करेगी; और रात को अपने बिस्तर पर लेटे-लेटे देर तक छत को ताकती रहती। न जाने उसकी नींद कहाँ उड़ गई थी।

"तुमने बताया नहीं, कहाँ गए थे?"

"जहाँ मेरा मन चाहा, मैं वहाँ गया था।"

"तुम फिर उस औरत के पास गए होगे। तुमने मुझे वचन दिया था। मुझे क्या..." और घूमकर वापस रसोईघर की ओर जाने लगी।

सहसा महेन्द्र ने हाथ उठाया और प्रमिला की गर्दन पर ज़ोर से थप्पड़ दे मारा। थप्पड़ की आवाज़ घर-भर में गूँज गई।

प्रमिला के मुँह से चीख़ निकली और वह चौंककर घूम गई। महेन्द्र कमरे के बीचोंबीच टाँगें फैलाए खड़ा था। उसके होंठ सूख गए थे और जैसे फड़फड़ा रहे थे।

"तुम्हारा मतलब क्या है?" महेन्द्र ने गुस्से से काँपते हुए कहा, "तुम अपने को समझती क्या हो?"

प्रमिला की आँखें फैली हुई थीं और हाथ गर्दन पर था। पप्पू भागकर अन्दर से आ गया था और दहलीज़ पर पहुँचकर ठिठक गया था। सात-एक साल का बालक, लाल रंग की जर्सी के नीचे ग्रे रंग की निक्कर पहने हुए था। प्रमिला अभी भी अपनी गर्दन मले जा रही थी, और उसकी गोल-गोल आँखें महेन्द्र के चेहरे पर लगी थीं।

महेन्द्र कुछ देर तक वहीं खड़ा फुंकारता रहा, फिर सीधा अपने कमरे की ओर बढ़ गया। उसका सारा शरीर काँपने लगा था। कमरे में पहुँचकर उसने यंत्रवत् तख्ते पर से ब्रुश उठाया और फिर तख्ते पर रख दिया। फिर पलँग के पास रखी तिपाई पर से अख़बार उठाया और उसे तह करके वहीं पर रख दिया। उसके हाथ काँप रहे थे, क्षोभ से गला सूख रहा था। टाँगों में जैसे पानी भर गया हो। उसने कोट उतारा और बिस्तर पर पटक दिया। फिर लपककर

दरवाज़े में आकर खड़ा हो गया।

"आदमी बाहर से आना है तो उसके साथ सलीके से बात की जाती है। उससे पूछा जाता है, थककर आए हो, बैठो, आराम करो। यह नहीं कि आते ही सवाल-जवाब करने लगो। तुममें न कोई सलीका है, न तमीज़। मैं भी इन्सान हूँ जो इस घर में बसता हूँ।"

पप्पू पहले तो चुपचाप खड़ा रहा, फिर बाप को गरजते देखकर डर गया और ऊँचा-ऊँचा रोने लगा।

"चुप रहो!" महेन्द्र ने चीख़कर बच्चे से कहा। बच्चा और भी ज़ोर-ज़ोर से रोने लगा।

"चुप करेगा या दो थप्पड़ लगाऊँ तेरे मुँह पर?" महेन्द्र आगे बढ़ आया और बच्चे के दोनों हाथ पकड़कर उसे ज़ोर से झिंझोड़ दिया, "फ़ौरन चुप हो जाओ!"

बच्चा बुरी तरह से डर गया। दो हिचकियाँ लेकर वह डर का मारा सहसा चुप हो गया। बार-बार साँस उठती, पर कलेजे में कहीं उखड़कर उसके सारे शरीर को झिंझोड़ डालती।

"इस घर का हुलिया ही बिगड़ा हुआ है।" महेन्द्र फिर चिल्लाया, "मैं किसी के बाप के घर से नहीं खाता हूँ कि मेरे साथ सवाल-जवाब किए जाएँ। मेरा जो मन आएगा, करूँगा। किसी का कोई मतलब नहीं है मेरे से जवाब-तलबी करे।"

महेन्द्र अपने कमरे में लौट गया और वहीं से ऊँचा-ऊँचा बोलने लगा। "यह बहुत साहबज़ादी बनती है। बात तक करने की तमीज़ नहीं है।" महेन्द्र ने तिपाई पर से किताब उठाई और बिस्तर पर पटक दी। "अपने को खुदा समझती है। कहाँ गए थे? क्यों गए थे? जितना चुप रहो उतना ही ज़्यादा सिर पर चढ़े जा रही है।" वह गुर्राया। "घर में कदम रखते ही डसने को दौड़ती है। मैं दिखा दूँगा एक दिन। बात तक करने की तमीज़ नहीं है। मुँह से बू आती है।"

महेन्द्र के हाथ जैसे ठंडे पड़ते जा रहे थे। पलँग की पाटी पर वह काँपता हुआ बैठ गया। अन्दर-ही-अन्दर वह अपने पर हैरान हो रहा था : यह मैं क्या कर बैठा? यह सब कैसे हो गया? उसका गला अभी भी सूख रहा था और सिर में हथौड़े बजने लगे थे। मैं बहुत गलत बात कर रहा हूँ, जान-बूझकर बात को बढ़ाए जा रहा हूँ, उसे तूल दिए जा रहा हूँ। अपना अपराध छिपाने के लिए उस पर अपराध मढ़े जा रहा हूँ।

उसने सिर उठाया। प्रमिला व्याकुल आँखों से उसकी ओर देखती हुई दरवाज़े में खड़ी थी :

"यह आज तुम्हें क्या हो गया है? मैंने तो तुमसे कुछ भी नहीं कहा।"

"कुछ भी नहीं कहा? इसने मुझे कुछ भी नहीं कहा?" उसने फिर दाँत पीसते हुए कहा।

"बस भी करो ना, पप्पू डर गया है, उसकी हिचकियाँ बन्द होने में नहीं आतीं। तुम्हें आज क्या हो गया है?"

"हो गया है, मुझे हो गया है, कुत्ता काट गया है मुझे।" उसने कहा।

"बताओ तो, मेरा कसूर क्या है? मैंने किया क्या है जो तुमने मुझे थप्पड़ मारा है?"

क्षण-भर के लिए प्रमिला का भोलापन महेन्द्र के मस्तिष्क में कौंध गया। वह सचमुच नहीं जानती थी कि उससे क्या कसूर हो गया है। वह बिलकुल अनजान-सी खड़ी थी। जड़ है, बेवकूफ, पिटेगी भी और नहीं जानेगी क्यों पिट रही है।

"हो गया है, मुझे हो गया है," वह बड़बड़ाता हुआ बैठक लाँघकर छज्जे पर चला गया।

छज्जे पर खड़े-खड़े उसने आकाश की ओर देखा। चाँद लगभग गोलाई पर था, केवल उसका एक सिरा जलकर जैसे झर गया था। बाहर हवा में ठिठुरन थी, उसके बदन में झुरझुरी हुई। सड़क के पार, एक बहुत ऊँचा मकान, चाँदनी में, खिले आकाश की पृष्ठभूमि में, वह लग रहा था। दूर-दूर तक चारों ओर खड़े छोटे-बड़े मकान, खिली चाँदनी में, कहीं उजले तो कहीं काले, चमकते खँडहर-से लग रहे थे।

'यह मैं क्या कर बैठा हूँ?' वह बुदबुदाया। "यह सब अपने-आप हो गया है...ऐसी औरत के साथ कोई नहीं रह सकता। जब से शादी हुई है एक शब्द भी प्यार का इसके मुँह से नहीं सुना," वह अपनी सफ़ाई देते हुए बुदबुदाया। "औरत चाहे तो मर्द को अपनी मुट्ठी में रख सकती है। अगर यह सलीकेवाली होती तो मैं सुषमा के पास जाता ही क्यों? यह भी कोई ढंग है जीने का? मैं कुछ माँगता नहीं, बोलता नहीं, इसलिए मेरे साथ बेरुखी की जाती है। जाए जहन्नुम में...मैं ज़रूर सुषमा के पास जाऊँगा। जहाँ से प्यार मिलेगा, लूँगा।" छज्जे की तीन फुट ऊँची दीवार पर दोनों कोहनियाँ टिकाए महेन्द्र का दिल आत्मानुकम्पा से भर उठा। "मैंने इस औरत को सबकुछ दिया है, पर इससे मुझे मिला क्या है? न सलीका, न प्यार। मैं घर आता हूँ तो नहीं लटें बिखरी

हुईं, चुड़ैल-की-चुड़ैल बनी बैठी होती है। मेरा कोई दोस्त घर पर आए तो उसके सामने बुत बनकर बैठ जाती है, न हूँ, न हाँ। इतना सलीका नहीं कि उससे पूछे, कुछ पियोगे, खाओगे? इसे सूझता नहीं...''

''तुम मुझे बता दिया करो ना, मुझे सूझता नहीं। मैं क्या कहूँ, सच, नहीं सूझता।'' प्रमिला ऐसे मौकों पर कहा करती। ''मैं झूठ नहीं बोल रही हूँ। मैं कभी झूठ नहीं बोलती।''

छज्जे पर खड़े महेन्द्र की आँखों के सामने पप्पू की फटी-फटी आँखें आ गईं। आज की हमारी इस झड़प से उस बेचारे का सारा साहस कुचला गया है। वह अब बात-बात पर डरता रहेगा, ज़िन्दगी-भर सहमा-सहमा रहेगा। जब मैं छोटा था तो मेरे माँ-बाप भी एक-दूसरे पर चिल्लाया करते थे। कैसी घिन उठती थी! कैसे मैं काँपने लगता था! पप्पू की भी यही दशा होगी। ज़िन्दगी-भर के लिए पंगु बन जाएगा।

महेन्द्र के मन के अन्दर-ही-अन्दर एक प्रकार की जड़ता आने लगी थी जैसे खून की बूँद जम जाए और उत्तरोत्तर कड़ी होती जाए। मैं इस औरत के साथ नहीं रह सकता, यह शादी भूल थी। हम एक-दूसरे के लिए नहीं बने हैं। महेन्द्र का माथा अभी भी तप रहा था और उसकी कनपटियों पर हथौड़े बज रहे थे।

मुहल्ले का चौकीदार लाठी पटकते हुए सड़क पर आ गया था। रोशनी के खम्भों को छोड़कर, सारी सड़क पर निस्तब्धता छाई थी।

शिथिल और थका हुआ, जब वह कमरे में लौटकर आया तो प्रमिला, बिना कुछ खाए-पिए, घर के छोटे-मोटे कामों में लगी थी। दिन की धुलाई के कपड़ों में से, बनियान और तौलिये और रूमाल, उसने सहेजकर महेन्द्र के पलँग पर रख दिए थे। और अब अपनी खाट की पाटी पर बैठी, सुई-धागा लिए पप्पू की कमीज़ को बटन लगा रही थी।

जब महेन्द्र अन्दर आया तो बिना कुछ कहे या उसकी ओर देखे प्रमिला ने कमीज़ उठाकर खूँटी पर टाँग दी और पलँग पर बैठकर रोज़ की तरह प्रार्थना करने लगी। महेन्द्र को लगा, जैसे थप्पड़ मारकर उसने इतना बड़ा कसूर नहीं कर डाला जितना वह समझ रहा था। प्रमिला रोज़ की तरह घर के कामों में उलझी थी, वरना वह चीखती-चिल्लाती या गुमसुम बनकर रसोईघर में बैठी रहती जैसी कि उसकी आदत थी।

लेकिन प्रार्थना करते हुए सहसा प्रमिला की आँखों से टप-टप आँसू गिरने लगे। उसने आँसुओं को रोकने की चेष्टा की ताकि प्रार्थना में विघ्न न पड़े,

परन्तु वे थमने में नहीं आते थे। प्रमिला ने चुन्नी का छोर मुँह में ठूँस लिया, और कुछ देर तक आँखें मूँदे और जुड़े हुए दोनों हाथ गोद में रखे, प्रार्थना की मुद्रा में बैठी रही, फिर सहसा वह अपने को रोक नहीं सकी, और सिरहाने पर औंधे मुँह गिरकर ऊँचा-ऊँचा बच्चों की तरह रोने लगी।

महेन्द्र के दिल पर इसका कोई असर नहीं हुआ, बल्कि उसे बुरा लगा, उसे खीझ उठी। वह चुपचाप कपड़े बदलकर अपने बिस्तर में लेट गया, और लेटने से पहले उसने बिजली बुझा दी।

प्रमिला कुछ भी बोली नहीं। देर तक औंधे मुँह पड़ी रही, और महेन्द्र ने व्यंग्य से मन-ही-मन सोचा कि वह रोते-रोते, बच्चों की तरह सो भी जाएगी। लेकिन कुछ ही देर बाद सुबकियों के बीच प्रमिला की आवाज़ आई :

"इस घर पर कहर टूटेगा। तुम अपनी पत्नी को मारते हो। हमारे घर में मेरी माँ कभी नहीं रोई थी। तुम बहुत बुरे आदमी हो। तुमने बच्चे के सामने मुझे पीटा है, तुम बच्चे के सामने मुझे रुलाते हो, बच्चा क्या सीखेगा?"

महेन्द्र चुप रहा। प्रमिला बोलने लगी थी, जिसका मतलब था, कि जल्दी ही रो-धेकर चुप हो जाएगी। उसका गुमसुम बने रहना छाती पर बोझ-सा बन जाता है। पर उसे बच्चे की चर्चा अच्छी नहीं लगी। हर बात में यह बच्चे को बीच में घसीट लाती है, हर वक़्त पप्पू, पप्पू, पप्पू!

"भगवान तुम्हें सज़ा देंगे," प्रमिला कहे जा रही थी, "तुम अपनी घरवाली को तड़पाते हो, भगवान तुम्हें कभी माफ़ नहीं करेंगे। वे सबकुछ देखते हैं, उनकी आँखें सबकुछ देखती हैं।"

प्रमिला की हिचकियाँ कुछ-कुछ थमने लगी थीं।

"तुम सीधा क्यों नहीं कहते कि उस दूसरी औरत के साथ रहना चाहते हो? तुम्हें सारा वक़्त दूसरी औरतों के लिए ललक रहती है। तुम सच क्यों नहीं बोलते? अन्दर से कायर हो और बदले मुझसे लेते हो?"

महेन्द्र अवाक् रह गया। प्रमिला वही कुछ कह रही थी जो नाटा शाम के वक़्त कहता रहा था। महेन्द्र झट से बोला :

"मैं कायर नहीं हूँ, मैं शरीफ़ आदमी हूँ।"

"तुम शरीफ़ नहीं हो, तुम कायर हो। लोगों से डरते हो। मैं तुम्हें जानती हूँ। तुम शरीफ़ नहीं हो। शरीफ़ लोग घर पर बैठते हैं, बच्चों के साथ खेलते हैं, शरीफ़ आदमी घरवाली को रुलाते नहीं।"

महेन्द्र बेहद खिन्न महसूस करने लगा। यह देखकर कि उसकी सारी तपस्या के बावजूद प्रमिला उसे शरीफ़ आदमी नहीं समझती थी, जबकि वह

अपने को सज्जन मानता था, उसका दिल मसोस उठा।

थोड़ी देर तक दोनों के बीच चुप्पी छाई रही। कमरे में अन्धकार के पुंज, घने बादलों की तरह घुमड़ रहे थे। महेन्द्र बेहद थका-थका महसूस कर रहा था और उसके मुँह का स्वाद बकबका हो रहा था। प्रमिला के पलँग की ओर से किसी-किसी वक़्त लम्बी आह भरने की आवाज़ सुनाई देती।

''अपनी पत्नी को भी कोई चाँटे मारता है?...पप्पू की हिचकियाँ थमने में नहीं आती थीं।...नई-नई बातें सीखने लगे हो तुम!''

''मेरे साथ सवाल-जवाब नहीं किया करो। मुझे जिरह पसन्द नहीं है। मैं पहले भी कह चुका हूँ।'' महेन्द्र ने उखड़ी-सी आवाज़ में कहा।

प्रमिला चुप रही। गरम-गरम आँसू उसकी आँखों के कोनों से निकल-निकलकर तकिए पर गिरते रहे।

''मैं तुम्हारे साथ नहीं रह सकता, यह शादी भूल थी। मैंने फ़ैसला कर लिया है।'' महेन्द्र ने कहा।

प्रमिला तड़प उठी। पहले भी कई बार महेन्द्र ऐसे शब्द कह चुका था, पर पहले उसके जीवन में कोई दूसरी औरत नहीं आई थी, अब तो प्रमिला को लगा, जैसे कोई बहुत बड़ा भूचाल आनेवाला है।

''क्या कहा तुमने? मुझे छोड़ दोगे? यह तुम कैसी बातें करने लगे हो?''

''यह शादी भूल थी। मैं इसे और घसीटते नहीं रहना चाहता।''

प्रमिला घबराकर उठ बैठी।

''रात के वक़्त कौन ऐसी बातें करता है,'' उसने कहा और पलँग पर से उठकर बिजली जला दी, ''तुम क्यों मुझे तड़पाते हो? क्या हो गया है तुम्हें?'' प्रमिला का चेहरा बेहद पीला लग रहा था। उसकी आँखों के आँसू सूख नहीं पाए थे। बालों की एक लट सीधी मुँह पर गिर रही थी।

''हमारी शादी नाकामयाब साबित हुई है, मैं इसे और घसीटना नहीं चाहता।''

''कितनी आसानी से तुम ये बातें कहे जा रहे हो! तुम्हें शर्म भी नहीं आती! कभी शादियाँ भी टूटी हैं?''

पर प्रमिला सिर से पाँव तक काँप उठी थी।

''नाकामयाब कैसे रही है, अच्छी-भली चल रही है। तुम सीधे रास्ते पर चलते जाओ तो भगवानजी की कृपा है। हमें इतना सुन्दर बेटा मिला है! इतनी अच्छी तुम्हारी नौकरी है।''

पर मानो महेन्द्र ने यह वाक्य सुना ही न हो। बुदबुदाता-सा बोला :

"मेरी चाची कहती थी, मेरे रिश्तेदार कहते थे, किसके साथ शादी कर रहे हो! पर मैंने कहा, नहीं, इसी के साथ शादी करूँगा।"

"तुम्हारी चाची कहती थी मेरे साथ शादी नहीं करो?" सहसा प्रमिला भड़क उठी।

"सभी कहते थे।"

"तुम्हारी चाची चुड़ैल है।" प्रमिला ने बिलखकर कहा। "वह कहती थी मेरे साथ शादी नहीं करो तो तुमने क्यों की? बारह बरस पहले की बात आज ले बैठे हो।"

प्रमिला रो पड़ी, "मैंने तुम्हारी चाची का क्या बिगाड़ा है, वह मेरे ख़िलाफ़ तुम्हारे कान भरती रहती है। तुम्हारे दोस्त भी मेरे ख़िलाफ़ तुम्हारे कान भरते रहते हैं। कितने बुरे दोस्त हैं तुम्हारे?"

लेटे-लेटे महेन्द्र को लगा जैसे फिर भूल कर बैठा है। आवेश में उसके मुँह से बात निकल गई थी, और नया बखेड़ा उठ खड़ा हुआ था। अगर घर आने पर प्रमिला के व्यवहार से वह भड़क नहीं उठा होता तो न वह थप्पड़ दे मारता, न यह कांड उठ खड़ा होता। क्षुब्ध और खिन्न, वह उठकर फिर छज्जे पर चला गया।

देर तक वह छज्जे पर टहलता रहा। कभी सिगरेट सुलगा लेता, कभी बैठक में आकर बैठ जाता। फिर उठकर छज्जे पर टहलने लगता। उसे लगा, जैसे सारी रात कलह में बीत गई है। उसका माथा अभी भी तप रहा था और वह बुरी तरह से थक गया था। सामने, सड़क-पार के ऊँचे मकान पर से अँधेरे का पर्दा जैसे फिसलकर गिर पड़ा था, और दीवारों में चुनी ईंटों की क़तारें साफ़ नज़र आने लगी थीं। महेन्द्र को लगा, जैसे वह रात-भर बड़ी मूर्खता-भरी बातें करता रहा है। कभी-कभी महेन्द्र को लगता कि मनुष्य का रात का व्यापार सारा-का-सारा ही बचकाना और बेमानी होता है। केवल प्रातः समय इन्सान, कुछ-कुछ साफ़ दिमाग़ से दुनिया को देख-समझ सकता है। बाद में उस पर धुंध-सी छाने लगती है।

सामनेवाली इमारत के पीछे आकाश में हलकी-सी पीलिमा धुल गई थी और वातावरण में हलका-सा चाँदी का झोल चढ़ने लगा था। नीचे सड़क पर एक कसाई छकड़े पर तीन बकरे मारकर लाया था और एक-एक करके उन्हें छकड़े पर से उतार रहा था। कसाई की दूकान की बग़ल में नानबाई पत्थरी कोयले की अँगीठी जलाने में लगा हुआ था, और पत्थरी कोयले का धुआँ उड़-उड़कर सारे वातावरण में फैल रहा था। पड़ोस में रहनेवाली एक बड़ी उम्र

की महिला हाथ में चूहे पकड़ने का पिंजरा उठाए सड़क पर आ गई थी और उसके पीछे-पीछे काले रंग का झबरैला-सा कुत्ता अपनी लाल-लाल जीभ निकाले चला जा रहा था। औरत पिंजरे का दरवाज़ा खोलेगी और कुत्ता लपककर चूहे को दबोच लेगा।

महेन्द्र घूमकर अपने कमरे की ओर चला गया।

चार

सतवन्त के फ्लैट और प्रमिला के फ्लैट में विशेष अन्तर नहीं था। दो बड़े कमरे, एक बरामदा और एक छोटा-सा छज्जा। दोनों का नक्शा एक-जैसा था, दोनों का क्षेत्रफल भी एक-जैसा था। लेकिन अब महेन्द्र की तरक्की हो गई थी और वह 'डी' टाइप क्वार्टर्स मिलने की उम्मीद कर रहा था, जिसका क्षेत्रफल इससे लगभग डेढ़ गुना ज़्यादा होगा। फ्लैटों की सजधज में और रहन-सहन में थोड़ा फ़र्क़ था। सतवन्त के घर बड़ा-सा रेफ्रिजरेटर आ गया था जिसे उसने बैठनेवाले कमरे में रख छोड़ा था जबकि प्रमिला के घर में यह अभी नहीं आ पाया था। यों प्रैशर कुकर और बिजली की केतली दोनों के घरों में आ गई थी। सतवन्त के पास दो ट्रांज़िस्टर थे क्योंकि उसे सारा वक़्त संगीत सुनते रहने का शौक था जबकि महेन्द्र ने अभी तक ट्रांज़िस्टर नहीं लिया था। टेलीविज़न के बारे में दोनों परिवार चुप थे, क्योंकि टेलीविज़न का सैट किस्तों पर भी लें तो भी महँगा बैठता था, लेकिन सतवन्त जानती थी कि तरक्की मिलने पर उसके सरदारजी सबसे पहले टेलीविज़न सेट लाएँगे। जिस चीज़ का सरकारी हलक़ों में चलन हो उसे ज़्यादा देर तक तो स्थगित नहीं किया जा सकता। दोनों के घर में 'माइयाँ' सफ़ाई करने, बर्तन मलने और कपड़े धोने के लिए आती थीं। रसोई बनाने का काम वे स्वयं करती थीं।

सतवन्त ज़्यादा 'सुगढ़' थी। उसकी बैठक चमचमा रही थी। "एक काग़ज़ का टुकड़ा भी कहीं पड़ा हो तो मुआ चिल्लाने लगता है।" वह हँसकर कहा करती। सारा घर छमछम कर रहा था। स्वयं सतवन्त भी छमछम कर रही थी। वह घर पर भी 'बाहर' के कपड़े पहने रहती। "मुआ कहता है, बन-ठनकर

रहा कर। मैं दफ़्तर से आऊँ तो चाय तैयार हो, और तू सज-सँवरकर बैठक में बैठी हो।" सतवन्त हँसकर कहती। किचन में काम करते वक़्त वह गाऊन पहन लेती, जबकि प्रमिला पुरानी तर्ज़ की थी, कमीज़-सलवार में ही सब काम करती रहती। सतवन्त गैस पर रसोई बनाती थी जबकि प्रमिला अभी भी पत्थरी कोयले से चूल्हा जलाती थी और राख से बर्तन मलना पसन्द करती थी।

बरामदा लाँघकर दोनों छोटे-से आँगन में आ गईं जहाँ फूलों के कुछेक गमले दीवार के साथ-साथ रखे थे।

"आ जा, मेरे साथ ही रसोई में आ जा, वहाँ बैठी बातें करती रहेंगी।" और सतवन्त प्रमिला का हाथ पकड़कर उसे रसोईघर की ओर ले गई।

सतवन्त अभी तक बनी-ठनी नहीं थी। उसकी रेशमी सलवार के पाँचे पैरों के नीचे आकर घिसट रहे थे, "मैं अभी तक नहाई-धोई भी नहीं। इतवार के दिन मेरे साथ यही होता है। मुए की हज़ार माँगें हैं। इससे निबट लूँ, फिर अपना काम करूँगी।" सतवन्त ने हँसकर कहा। फिर प्रमिला को अपने उलझे हुए बालों की ओर देखते पाकर बोली, "चील का घोंसला देख रही है? मुआ कहता है, चील का घोंसला है।"

"तू बालों में तेल क्यों नहीं लगाती?" प्रमिला ने तनिक मुस्कराकर पूछा।

"तेल क्या लगाऊँ, इसे अच्छा जो नहीं लगता। शादी से पहले लगाती नहीं थी? कैसे बाल बैठाकर कंघी करती थी! पर इसे तेल से चुपड़े बाल अच्छे नहीं लगते। मुआ कहता है, प्यार करते वक़्त इसके हाथों को तेल लग जाता है।"

सतवन्त हँस दी और दीवार के साथ रखी एक कुर्सी को उठाकर रसोईघर की दहलीज़ के पास रखते हुए बोली : "बैठ पम्मी! मुए को मेरा चील का घोंसला नज़र आता है, अपने बाल तो देखे।" और बात सुनाने से पहले ही सतवन्त हँसी से लोटपोट होने लगी। "जब मेरी शादी हुई ना, तो मेरी बहिन कहने लगी, सत्तो, सरदारजी बाल खोलकर तेरे पास आएँगे तो डरना नहीं। तू समझना, तुझे भूत चिपट गया है।"

तभी गुसलखाने में से सरदारजी नहाकर निकले। कमर में तौलिया बाँधे थे। और शरीर पर कोई कपड़ा नहीं था। रसोईघर के बाहर प्रमिला को बैठे देखकर झेंप गए :

"ओह! माफ़ करना प्रमिलाजी, आप बैठी हैं! सत्तो, तुमने बताया क्यों नहीं? कैसी हो तुम?" और तौलिये को थामे भागकर अपने कमरे में घुस गए।

सरदारजी अन्दर चले गए तो सतवन्त बोली :

''अजीब लगता है ना! अब तू चली जाएगी तो यह मेरे साथ लड़ेगा, 'तूने मुझे बताया क्यों नहीं?' मुझे डाँटेगा। औरतों के सामने यह चुपगुप हो जाता है। पहले मुझसे भी शर्माता था। गुसलखाने में से ही सूट पहनकर निकलता था। मैंने एक दिन कह दिया, 'मुझसे क्या छिपाते हो, सरदारजी, अपनी बकरी की टाँगें? मैंने न देखी हों तो कहो।' मुआ रूठ गया मेरे साथ, दो दिन बोला नहीं।'' सतवन्त कहकर हँसने लगी। फिर रसोईघर के तख्ते पर से मटरों से भरी टोकरी उठा लाई और प्रमिला के सामने स्टूल पर रखते हुए बोली : ''ले, मेरे साथ मटर छीलती चल, काम जल्दी हो जाएगा। आजकल मटर भी पके हुए आते हैं, किसी काम के नहीं।'' एक और स्टूल खींचकर बैठते हुए सतवन्त ने कहा, ''मैं तो बहुत-सी सब्ज़ी एक साथ ख़रीद लेती हूँ। प्याज़ और आलू तो मैं पाँच-पाँच किलो एक ही बार डलवा लेती हूँ। कौन रोज़-रोज़ पाव-पाव आलू ख़रीदता फिरे। इकट्ठी ली हुई चीज़ में बरकत भी ज़्यादा होती है। क्यों, नहीं पम्मी?''

फिर सहसा हाथ का मटर टोकरी में फेंकती हुई सतवन्त उठ बैठी :

''ठहर, मैं सरदारजी को कपड़े दे आऊँ। बिस्तर पर रख तो आई थी सारे कपड़े, मगर इसे चीज़ न मिले तो आसमान सिर पर उठा लेता है।''

और भागकर अन्दर चली गई।

सरदारजी को अपने कपड़ों के बारे में कुछ भी मालूम नहीं था। रूमाल और कफ़-लिंक और एक-एक कमीज़ के बारे में केवल सतवन्त ही जानती थी और वही बता सकती थी कि कौन-सी चीज़ कहाँ पर है।

प्रमिला पर सतवन्त का बड़ा रोब था। लौटकर आई तो प्रमिला ने कहा :

''तू बहुत अच्छा घर चलाती है, सतवन्त, मुझसे तो नहीं चल पाता।''

''कहाँ अच्छा घर चलाती हूँ। इससे जाकर पूछ।''

सतवन्त के पास बैठकर प्रमिला का मन सचमुच हलका-हलका महसूस करने लगा था। कैसी खिली-खिली रहती है, पहले भी बड़ी हँसमुख हुआ करती थी।

रसोईघर के बाहर, दीवार के साथ लाल फूलों की एक बेल लहलहा रही थी। प्रमिला को सतवन्त के घर का खिला-खिला वातावरण उसके स्वभाव के अनुरूप लगा। सहसा सतवन्त ने प्रमिला के बाजू पर हाथ रखते हुए चहककर कहा :

''देख-देख, चिड़िया फिर आ गई है।'' और प्रमिला का बाजू दबाते हुए

फुसफुसाकर बोली :

"धीरे से मुड़ना, नहीं तो डरकर उड़ जाएगी।"

प्रमिला ने घूमकर देखा। लम्बी, पतली-सी चोंचवाली एक नन्हीं-सी चिड़िया फुदककर एक पत्ते पर बैठ गई थी। पहले तो प्रमिला को चिड़िया नज़र नहीं आई, वह पत्तों के भीतर छिप गई थी, पर फिर वह फुदककर फूल की डंडी पर जा बैठी तो प्रमिला की उस पर नज़र पड़ गई।

"हाय, कितनी छोटी-सी है?" उसके मुँह से निकला।

"मुई इतनी हलकी-सी है कि इसके बैठने से फूल पर भी बोझ नहीं पड़ता। मैं दिन-भर इसके तमाशे देखती रहती हूँ।"

मटमैले रंग की चिड़िया थी, छाती पीले रंग की, और लम्बी, पतली-सी चोंच। उसके उछलकर बैठने पर भी डंडी नहीं झुकी। पत्ते पर से फुदककर वह लाल फूल पर जा बैठी, और फूल के अन्दर, चोंच डालकर डोडी में से कुछ चुगती रही। दो-तीन बार चोंच मारने पर ही जैसे उसने फूल के अन्दर से सबकुछ निकाल लिया हो। वहाँ से उछलकर वह बगलवाले फूल पर जा बैठी।

"कितनी प्यारी है? तुझे अच्छी नहीं लगती?" सतवन्त ने कहा, फिर मटर छीलते हुए बोली, "आज मेरे साथ खाना खाके जाना। यह तो अभी ब्रिज खेलने एक दोस्त के घर चला जाएगा। हम बहनें बैठकर बातें करेंगी। आज तुझे पूरियाँ तलकर खिलाऊँगी। मेरे पास नींबू का बहुत अच्छा अचार है। इतवार के दिन सरदारजी को भी पूरियाँ खाना अच्छा लगता है।"

"तूने अपने सरदारजी को कैसे काबू में रखा हुआ है, सत्तो?" सहसा प्रमिला बोल उठी। फिर स्वयं ही अपने प्रश्न का उत्तर देती हुई बोली, "तू हर वक़्त खुश जो रहती है, वह तेरे साथ खुश क्यों नहीं होंगे।"

"नज़र नहीं लगाना मेरे घर पर पम्मो, मुई!" सतवन्त ने हँसकर कहा, "तेरा घरवाला तेरे काबू में नहीं है? तुझे तंग करता है?" फिर शरारत-भरे लहज़े में बोली, "क्या कहता है तुझे? तेरी छातियाँ छोटी हैं? होंठ पतले हैं? इन मुओं को इन बातों के अलावा कुछ सूझता ही नहीं।"

प्रमिला चुप बनी रही। एक फीकी-सी मुस्कान उसके होंठों पर खेलती रही।

"मुआ एक दिन शहद ले आया। कहने लगा, तेरे होंठों पर शहद लगाकर चूमूँगा। देखूँ तो कैसे लगते हैं!" सतवन्त ठठाकर हँस दी, "तेरा मर्द भी ऐसी ही हरकतें करता होगा, और क्या!"

प्रमिला कुछ नहीं बोली। उसके होंठों में हलका-सा कम्पन हुआ और उसने

आँखें नीची कर लीं।

"ठहर, एक-एक प्याला कॉफ़ी बनाकर पीती हैं। तू कॉफ़ी पिएगी ना? मैं केतली में पानी चढ़ा देती हूँ।"

सरदारजी अपने कमरे में से निकले। ब्राउन रंग का सूट पहने हुए थे। घर से निकलने तक दाढ़ी पर ठाठा बाँधे रहते थे, लेकिन आज प्रमिला की उपस्थिति के कारण उसे पहले से ही उतार आए थे। जूते सूट से भी ज़्यादा चमक रहे थे।

सतवन्त झट से उठ खड़ी हुई। "मुझे बुलाया क्यों नहीं? मैं तो यों ही पम्मी के साथ गप्पें हाँक रही थी।" और मटरों की टोकरी एक ओर को करती हुई किचन के बाहर आ गई।

"आज तो बड़े बन-ठनकर निकले हो, कहीं पम्मी का दिल तो मोहने नहीं आ गए?" फिर पम्मी की ओर घूमकर बोली : "पम्मी, मुई, हमारे घर न आया कर। अगर मेरे सरदारजी बौतर गए तो तुझे कच्चा खा जाऊँगी।"

सरदारजी को झेंप हुई। खिसियाकर मुस्कराते हुए बोले :

"बहुत बोला नहीं कर, सत्तो, किसी वक़्त चुप भी बैठा कर। प्रमिलाजी क्या सोचती होंगी!" कहते हुए सरदारजी और ज़्यादा झेंप गए। "अच्छा, प्रमिलाजी, मैं चलूँगा। महेन्द्र ठीक है ना? पप्पू राजी-खुशी है ना? मुझे माफ़ करना, मैं..." और हाथ जोड़कर घूम गए।

"रूमाल है जेब में, या साफ़ रूमाल ला दूँ?" सतवन्त ने सरदारजी के कन्धे पर लगा धागे का टुकड़ा उतारते हुए पूछा। "पैसे हैं ना, या ला दूँ?"

सतवन्त अन्दर भागती हुई गई और साफ़ रूमाल ले आई।

"खाने पर मेरा इन्तजार नहीं करना, सत्तो, मैं शायद देर से लौटूँगा। तुम खा लेना।"

"नहीं, बिलकुल नहीं। तुम घर पर आओगे खाना खाने।" जसवन्त ने ज़िद करते हुए कहा। "बाहर कुछ नहीं खाना, फिर पेट पकड़कर बैठ जाओगे। मैं आज पूरियाँ तलूँगी।"

सतवन्त सरदारजी को दरवाज़े तक छोड़ने गई। फिर चबूतरे पर उस वक़्त तक खड़ी रही जब तक वह स्कूटर पर मोड़ नहीं मुड़ गए। मोड़ मुड़ते समय सरदारजी ने हाथ हिलाया। जब वह आँखों से ओझल हो गए तो सतवन्त लौट आई।

"चल आ, बैठक में बैठती हैं। यहीं पर कॉफ़ी पिएँगी।" सतवन्त ने कहा और प्रमिला का हाथ पकड़कर उसे बैठक में ले आई।

सतवन्त की बैठक उसके सारे घर की तरह साफ़-सुथरी थी। बीसियों बार वह उसे देख चुकी थी और बीसियों बार ही वह प्रभावित होकर लौटी थी। अँगीठी पर प्लास्टर-ऑफ़-पेरिस का बना दो प्रेमियों का बुत रखा था। वह पहले भी उसे देख चुकी थी, मगर अबकी बार उसे देखकर उसके दिल में गहरी टीस उठी। दोनों प्रेमी उसकी ओर देखते जान पड़ते थे, मानो प्रमिला की खिल्ली उड़ा रहे हों। बुत के पास हरे रंग का एक छोटा-सा बीयर पीने का मग रखा था, जो सरदारजी का कोई मित्र जर्मनी से लाया था। अँगीठी के ऊपर, और चारों ओर दीवारों पर भारतीय चित्रकला की चार-पाँच तस्वीरें टँगी थीं। अँगीठी के ऊपरवाली तस्वीर में अधमुँदी आँखोंवाली एक महिला, जिसके घुँघराले बाल कन्धों पर छितरे थे, वीणा थामे बैठी थी; पीछे चाँद खिला था और नीचे कमल के फूल।

"तू अभी भी पेंटिंग सीखती है, सत्तो?" प्रमिला ने चित्र की ओर देखते हुए पूछा। "यह तस्वीर तो तूने बनाई है ना?"

सतवन्त हँस दी। सभी तस्वीरों की तरह इसी तस्वीर के नीचे भी एक कोने में वड़े-बड़े अक्षरों में 'सतवन्त' लिखा था।

"सीख लिया जितना सीखना था। शादी के बाद कौन सीख सकता है।"

"पर यह तस्वीर तो बड़ी अच्छी बनाई है। तूने बनाई है ना?"

"मुई, जान-बूझकर पूछती है। नीचे का खाका थोड़ा-सा मैंने बनाया था, तस्वीर सारी मास्टर ने बनाई थी। मुआ लालची बहुत था, घर आते ही पहले चाय माँगता था। अब सोचती हूँ जो चलता रहता तो घर की सजावट के लिए मुआ कितनी ही तस्वीरें छोड़ जाता।"

कॉफ़ी का प्याला हाथ में लेते हुए प्रमिला ने धीरे से कहा :

"मैं तेरे घर आई ही चाय-कॉफ़ी पीने के लिए हूँ, सत्तो! आज मेरा जन्म-दिन है।"

"हाय, तो बोली क्यों नहीं? जन्म-दिन है सच? तू भी कैसी है, बताया तक नहीं?" और सतवन्त भागकर किचन में गई, और थोड़ा-सा सुबह का बचा हुआ हलवा उठा लाई। पर हलवा निकालते ही उसे थोड़ी हैरानी हुई : जन्म-दिन है और यहाँ अकेली भाग आई है, मेरे घर चाय-कॉफ़ी पीने।

"ले, मुँह मीठा कर।"

फिर, जैसाकि प्रमिला की आदत थी, हलके-से आगे की ओर गर्दन बढ़ाकर बोली : "मैं अकेली घर में कैसे पीती? मुझसे नहीं रहा गया, तुम्हारे यहाँ चली आई।"

सतवन्त को बदन में हलकी-सी कँपकँपी हुई। पर वह बोली कुछ नहीं, चुपचाप कॉफ़ी के घूँट भरती रही।

''हमारे घर में किसी को परवाह ही नहीं,'' प्रमिला बोली। ''कल रात मैंने उन्हें बताया भी था : कल मेरा जन्म-दिन है। मैंने और कुछ नहीं कहा। सुबह उठे तो सब भूले हुए। इतना भी नहीं कि मुबारक ही दे देते। जल्दी करो, मुझे काम पर जाना है, मुझे देर हो रही है, जल्दी करो, जल्दी करो। बस, यही कहते रहे।''

''सभी मर्द ऐसे ही होते हैं, बहुत दिल को नहीं लगाया कर।''

हलवे का एक छोटा-सा कौर मुँह में डालने के बाद प्रमिला बोली :

''यह बाकी का हलवा मैं अपने साथ पप्पू के लिए ले जाऊँगी।''

''खा, खा, बहुत कुर्बानियाँ नहीं करते। मैं पप्पू के लिए और डाल देती हूँ। तेरे लिए और ला दूँ, खाएगी?''

''नहीं बस,'' प्रमिला बोली, फिर कॉफ़ी का घूँट भरकर बोली, ''तेरा घर बहुत अच्छा है, सरदारजी तेरी बात सुनते हैं। मैं क्या करूँ, मुझे तो कुछ पता नहीं चलता।''

सतवन्त ने बहुत-कुछ सुन रखा था। वह जानती थी कि कोई बंगालिन है जिसके साथ प्रमिला के घरवाले का प्रेम चल रहा है, कि वह उसी के दफ़्तर में काम करती है, पर वह जान-बूझकर मुँह नहीं खोल रही थी।

''अब वह मुझे चाँटे भी मारने लगा है,'' सहसा प्रमिला फट पड़ी, और उसकी ठुड्डी काँप गई और आँखें छलछला आईं। सतवन्त का दिल धक्-से रह गया।

''क्यों भला? चाँटे मारने का क्या मतलब है?''

''मैं मुँह से कुछ भी कहूँ तो उसे गुस्सा चढ़ जाता है। पहले कभी चाँटा मारता था तो बाद में माफ़ियाँ भी माँगने लगता था, पर अब तो माफ़ी भी नहीं माँगता।''

सतवन्त देर तक उसके चेहरे की ओर देखती रही, फिर बोली :

''तो तू उसके आगे से नहीं बोला कर। तुझे क्या पड़ी है, वह जो कहता है, उसे कहने दिया कर।''

''मैं कुछ भी नहीं कहती सतवन्त, मैं क्या कहती हूँ। मैंने एक बार कहा : तुम इतना ज़्यादा सिगरेट पीते हो, अगर कम सिगरेट पियो तो मैं पप्पू को ज़्यादा फल खिला सकती हूँ, तो झट से मेरे मुँह पर चाँटा दे मारा, तू कौन होती है मेरे साथ सवाल-जवाब करनेवाली?''

"बड़ा वहशी है, चाँटा मारने का क्या मतलब?" सतवन्त क्रुद्ध हो उठी, "आज के ज़माने में चाँटे कौन मारता है? तू चाँटा तो उसे नहीं मारने दिया कर। अगर एक बार उसका हाथ खुल गया तो रुकेगा नहीं।"

मन-ही-मन सतवन्त स्थिति की तह तक जा पहुँची। यह सब उस औरत के कारण है, उसके पास जाना भी चाहता है, और नहीं भी जाना चाहता, जितना ज़्यादा अपने को रोकता होगा, उतना ज़्यादा प्रमिला पर अपनी खीझ निकालता होगा। पर चाँटे मारने का क्या मतलब? सतवन्त की आँखें एकटक प्रमिला के चेहरे पर लगी थीं। कितनी निरीह-सी है, यह मेरी सहेली! निरीह और गरीब और निःसहाय। महेन्द्र का हाथ खुल गया है क्योंकि प्रमिला के मायकेवाले गरीब हैं। मायकों का इसकी पीठ पर हाथ होता तो हिम्मत नहीं पड़ती। अब वह जानता है कि प्रमिला उसी पर निर्भर है, वह जो चाहे कर सकता है।

"पर पप्पू के सामने तो मुझे नहीं मारे। पप्पू मेरी इज्ज़त क्या करेगा? बच्चों के सामने भी कोई आदमी अपनी बीवी को चाँटे मारता है? इससे बच्चे को भी शह मिलती है। पप्पू अभी से मुझ ठुड्डे लगाने लगा है। उसकी कोई बात नहीं मानूँ तो लातें लगाने लगता है।"

"अभी भी उस औरत के पास जाता है?"

प्रमिला की आँखें फैल गईं।

"तुझे मालूम है सत्तो? तुझे किसने कहा है?"

"मुझे मालूम है प्रमिला, किसे मालूम नहीं? दफ़्तर में सभी जानते हैं। सरदारजी ने मुझे बताया है।"

"और मुझसे कहता रहा है, किसी को मत बताना, किसी को मत बताना। कितनी भौंडी-सी लड़की है वह! पता नहीं इसे उस लड़की में क्या नज़र आया था!" प्रमिला ने अपने भोले अन्दाज़ में कहा।

"तूने वह लड़की देखी है?"

"हाँ, सत्तो, हमारे घर आई थी।"

"तुम्हारे घर आई थी? क्या मतलब?"

"मुझे क्या मालूम सत्तो, मैं आज के तरीके नहीं जानती। मुझसे कहने लगा, अब मेरा कोई सम्बन्ध उस लड़की के साथ नहीं रह गया है। मैं अगर सीधे-सीधे ढंग से उसे मिलता रहूँगा तो मेरे दिल में ललक नहीं उठेगी। कहने लगा, तू उसे अपनी सहेली बना ले।"

"फिर वह तेरे घर आई थी? कैसी है?"

प्रमिला ने शुरू से आख़िर तक उस भेंट का ब्यौरा दे दिया।

सुषमा जब आई थी, उस दिन पप्पू का जन्म-दिन था, और महेन्द्र ने कहा था कि केवल सुषमा को बुलाएँगे, बाद में उसका दोस्त नाटा भी अपने-आप आ गया था, और महेन्द्र देर तक नाटे से पिंड छुड़ाने की कोशिश करता रहा था। सुषमा छमछम करती चली आई थी, एक हाथ में फूलों का बड़ा-सा गुलदस्ता उठाए हुए थी और दूसरे हाथ में चाकलेटों का एक बड़ा-सा डिब्बा। और वही आसमानी रंग की साड़ी पहनकर आई थी जो उसने उस रोज़ पहन रखी थी जब महेन्द्र उसके फ्लैट में गया था, और वही हलका-सा ख़स-ख़स का इत्र लगाकर आई थी, जिसकी महक प्रमिला के शरीर की महक से मिलकर महेन्द्र को परेशान करने लगती थी। सुषमा हँसती हुई आई थी और आते ही पहले पप्पू को छाती से लगा लिया था और उसे चाकलेटों का डिब्बा दिया था, फिर प्रमिला से, बगलगीर हुई थी और अँगीठी पर के गुलदान को खुद ही साफ़ करके उसमें फूल सजा दिए थे। मिनटों में घरवालों से हिल-मिल गई थी। प्रमिला को भी बुरी नहीं लगी। "प्रमिलाजी, आज आपके बाल मैं बनाऊँगी," उसने कहा था और बड़ी आत्मीयता से पलँग पर बैठकर प्रमिला की चोटियाँ बनाती रही थी, कभी एक ओर से माँग निकालकर उसे देखती, कभी बीच में से माँग निकालकर देखती। फिर कपड़ों की अलमारी खोलकर उसके लिए साड़ी चुनती रही, "यह कैसी रहेगी, प्रमिलाजी? आपकी अपनी पसन्द की साड़ी कौन-सी है? और उनकी पसन्द की साड़ी कौन-सी है? हाय, कितनी अच्छी साड़ियाँ हैं आपके पास!" फिर उसने सिल्क की, हलके क्रीम रंग की साड़ी निकाली थी जिस पर लाल रंग का बॉर्डर था और बॉर्डर के बीचोंबीच तिल्ले का काम हो रहा था। "यह तो आपकी शादी की साड़ी जान पड़ती है। है ना?"

"मेरी मँगनी की साड़ी है," प्रमिला ने कहा था, "यह बनारस से लाए थे।"

"महेन्द्र लाए थे बनारस से? बड़ी प्यारी साड़ी है। इसी को पहनिए ना!" पर फिर स्वयं ही उसे अलमारी में रखकर कोई दूसरी साड़ी खोजती रही थी।

फिर सुषमा ने महेन्द्र की अलमारी को भी खोल दिया था, और देर तक सहलाती-सी नज़र से उसके अन्दर रखे कपड़ों को देखती रही थी।

"आपने मेरे लिए साड़ी चुनी है, आप उनके लिए भी सूट चुनिए ना!"

प्रमिला ने व्यंग्य में कहा था, जिस पर सुषमा झेंप गई थी।

"हाय नहीं, मर्दों के कपड़ों में क्या रखा है? सभी मर्द एक जैसे कपड़े पहनते हैं।"

पर फिर भी देर तक खुली अलमारी के सामने खड़ी रही थी, और बाद में महेन्द्र के पलँग की पाटी पर बैठ गई थी और एक हाथ से उस पर बिछे कम्बल को सहलाती हुई-सी बोली थी :

"कितना मुलायम कम्बल हैं? देसी है या विलायती?...आप कहाँ सोती हैं प्रमिलाजी? आपका कौन-सा पलँग है?"

"आप दफ़्तर में क्या काम करती हैं?" प्रमिला ने उसके सामने बैठते हुए पूछा था।

"मैं कैशियर का काम करती हूँ।"

"टाइप करती हैं?"

"टाइप भी करती हूँ, अलग-अलग विभागों से सम्पर्क रखना भी मेरा काम है।"

"यह भी आपके साथ ही काम करते हैं?"

"हाय, मैं कहाँ और यह कहाँ? यह तो अफ़सर हैं।" सुषमा ने झेंपते हुए कहा था।

प्रमिला को उसके साथ बातें करना बुरा नहीं लग रहा था। घर में कोई बात करनेवाला तो था, वरना वह दिन-भर एक कमरे से दूसरे कमरे में चक्कर काटती रहती थी, या फिर पप्पू का काम करती रहती थी। महेन्द्र ने प्रमिला के मन का दुराग्रह धो डालने के लिए, पहले से लम्बी तमहीद भी बाँध रखी थी, "प्रमिला, कुछ समझा करो। सुषमा भी भले घर की लड़की है। उसके बाप को लकवा मार गया है, वह नागपुर में कहीं पड़ा है। रुपये जमा करके उसके इलाज़ के लिए भेजती है। इसने स्वयं शादी नहीं की क्योंकि घर में और कोई कमानेवाला नहीं था। बुरी औरत नहीं है। यह हम लोगों का दंभ है कि हम काम करनेवाली स्त्रियों को बुरा समझते हैं, यहाँ मजबूरी में पड़ी है, वरना अपना घर छोड़कर कौन आता है?"

प्रमिला अपने बालों की माँग बीच में से निकाला करती थी, सुषमा ने उसकी माँग थोड़ी बाईं ओर से निकाली। प्रमिला ऐन पीछे जूड़ा बनाती थी, सुषमा ने उसका ऊपर को उठा हुआ जूड़ा बनाया, और उसमें अपने बालों में से एक फूल निकालकर खोंस दिया।

बार-बार, कभी बाहर से, कभी किसी बहाने से, महेन्द्र उधर से गुज़र जाता। एक बार प्रमिला को अकेले पाकर, मौका देखकर बोला :

"तुम भी कुछ बोलो न, वही सारा वक़्त तुमसे बातें किए जा रही है।"

"बोल तो रही हूँ, और कैसे बोलूँ," प्रमिला ने कहा, फिर मुँह फुलाकर

बोली, "वह तुमसे मिलने आई है, मुझसे मिलने थोड़े आई है।"

"तुम कभी कुछ नहीं समझोगी," महेन्द्र उपेक्षा से कहकर चला गया था।

और चाय के वक़्त मेज़ पर पति-पत्नी के बीच तकरार हो गई थी। चाय के परोसने का सारा काम सुषमा ने किया था, प्रमिला उत्तरोत्तर ज़्यादा गुमसुम बनती जा रही थी। चाय पीने से पहले प्रमिला ने मठरी लेकर उसके ऊपर नींबू का अचार का पूरा-का-पूरा टुकड़ा रख लिया।

"बहुत अचार नहीं खाओ, प्रमिला, तुम्हारा गला बहुत जल्दी ख़राब हो जाता है।"

प्रमिला चुप रही, पर अचार का टुकड़ा मठरी पर रखे रही। न जाने किस आवेश में वह सारा-का-सारा टुकड़ा एक मठरी के साथ खा गई। महेन्द्र चुप रहा। प्रमिला ने एक और मठरी ली और उस पर एक और टुकड़ा नींबू के अचार का रख लिया।

"मुझे कुछ नहीं होता।" प्रमिला ने कहा और खाने लगी।

"तुम जान-बूझकर मुझे कलपाने के लिए ऐसा करती हो।" महेन्द्र ने सहसा ऊँची आवाज़ में कहा, पर प्रमिला फिर भी मठरी अचार के साथ खाती रही थी।

"कितनी ढीठ हो प्रमिला! मैं बके जा रहा हूँ और तुम मज़े से खाए जा रही हो," और वह उठकर छज्जे पर चला गया था, और घर में चुप्पी-सी छा गई थी, और तनाव-सा आ गया था।

उसी समय नाटा चला आया था। नाटा सदा बिन-बुलाए पहुँच जाता था। उस रोज़ भी वह बिन-बुलाए पहुँच गया था और खूब पिए हुए था। पार्टी का सारा मज़ा किरकिरा हो गया था। सुषमा तो जल्दी ही चली गई थी मगर नाटा देर तक बना रहा था और खाना खाकर गया था।

महेन्द्र सुषमा को टैक्सियों के अड्डे तक छोड़ने गया था, इस बीच नाटे ने, नशे में, प्रमिला के हाथ से प्लेट लेते समय नीचे से उसका हाथ छू लिया था और मेज़ पर बैठा देर तक अपनी नमदार आँखों से उसकी ओर देखता रहा था। और जब प्रमिला उसे तरकारी देने आई तो उसके हाथ से तरकारी की प्लेट लेते समय उसने प्रमिला की कोहनी दबा दी, "तुम चिन्ता नहीं करो, भाभी, मैं खुद ले लूँगा।" और जब खाना खा चुकने पर महेन्द्र हाथ धोने के लिए गुसलखाने में गया और प्रमिला मेज़ पर से बर्तन उठाने लगी तो उसने उठकर प्रमिला को करीब-करीब गले पर चूम लिया। "तुम कितनी अच्छी हो! यह साला, यह जो मेरा दोस्त है, यह महेन्द्र, यह तुम्हारी कद्र नहीं जानता।

यह कितना खुशकिस्मत है, स्साला!"

प्रमिला को कुछ भी नहीं सूझ रहा था कि यह सब क्या हो रहा है। घर की ज़िन्दगी का सारा क्रम ही मानो ढर्रे पर से उखड़ गया था, और वह अपना सन्तुलन खोए जा रही थी।

नाटे के चले जाने के बाद, उस रात जब प्रमिला ने महेन्द्र से कहा कि नाटा बार-बार मेरा हाथ दबाता रहा था, तो वह हँस दिया था :

"एकाध बार तो तुमने भी दबाया होगा।"

"हत्, ऐसा कहते शर्म नहीं आती? मैं क्यों दबाऊँगी? मुझे तो घिन उठती थी। कितना बुरा तुम्हारा दोस्त है, लिजलिजा-सा, बड़े बुरे दोस्त हैं तुम्हारे।"

नाटे की हरकत के बारे में सुनकर महेन्द्र को क्रोध भी आया था, और दिल में टीस-सी भी उठी थी। मन-ही-मन उसने यह भी चाहा था कि नाटा कुछ और ज़्यादा बेहूदगी करता ताकि प्रमिला के ख़िलाफ़ महेन्द्र को कुछ ठोस बात कहने को मिलती। थोड़ी और पिए रहता तो यह भी कर डालता। पर उसने हँसकर करवट बदल ली।

"जो तुम्हें अच्छा लगे, उसी का हाथ दबा लो। मैं बुरा नहीं मानूँगा।"

पर उसका यह वाक्य प्रमिला को सिर से पाँव तक झकझोर गया था।

तभी हवा के हलके-से झोंके की तरह सुषमा, महेन्द्र की आँखों के सामने आ गई थी, और उसके शरीर की मादक गंध उसकी नस-नस में व्याप गई थी। वही आसमानी रंग की वॉयल की फरफराती साड़ी पहने हुए थी जो शाम को पहनकर आई थी। और महेन्द्र को लगा था जैसे जिंदगी में एक ही चीज़ निश्चित है और वह वासना है, बाकी सबकुछ अनिश्चित है, डगमगा रहा है। अपनी कल्पना में ही उसने सुषमा के गदराए शरीर को बाँहों में भर लिया था। महेन्द्र के कमरे की दीवार पर लगे अमूर्त कला के चित्र की भाँति सुषमा का शरीर भी नग्न था, गदराया हुआ, असंख्य वासनाओं से भरपूर, पर महेन्द्र उसके चेहरे की ओर देखता तो चेहरा ओझल हो जाता था। महेन्द्र की आँखें सुषमा के शरीर को तो देख पातीं, पर चेहरे की ओर आँखें उठाने पर सुषमा का चेहरा फ़ौरन धुँधला जाता, अस्पष्ट हो जाता। महेन्द्र के अन्दर-ही-अन्दर जैसे खटाक्-सा शब्द होता और सुषमा का चेहरा धुँधला जाता। महेन्द्र ने करवट बदल ली, और जल में से फेंकी हुई मछली की तरह छटपटाने लगा।

तभी रोज़ की तरह, बालों को कंघी करने के बाद, और अपने पलँग पर पालथी मारकर प्रार्थना करने के बाद, प्रमिला अनमने मन से किन्तु परम्परागत कर्त्तव्य को पूरा करने हेतु महेन्द्र के बिस्तर में जाकर लेट गई। और महेन्द्र

का मन वितृष्णा से भर उठा। औपचारिक रूप से उसने करवट बदल ली; लेकिन उसके हाथ और बाँहें और सारा शरीर जैसे ठंडा पड़ गया था। उसकी छाती से सटा प्रमिला का सिर महेन्द्र को बोझल लगने लगा था। आज भी प्रमिला के शरीर और कपड़ों से हलकी-हलकी रसोई की गंध आ रही थी। महेन्द्र ने प्रमिला का सिर अपने पर से हटा दिया और तनिक पीछे की ओर खिसककर लेट गया। उसे नींद नहीं आ रही थी। एक बार फिर सुषमा के भीगे होंठ उसकी आँखों के सामने आ गए, और उनके ऊपर हलके-हलके नमी के क़तरे जिन्हें महेन्द्र ने एक दिन रूमाल से पोंछ दिया था। महेन्द्र विचलित हो उठा। उसने ठंडी साँस ली, और अपना दायाँ हाथ उठाकर प्रमिला के कन्धे पर रखते हुए उसे तनिक झिंझोड़ते हुए बोला था :

"उठो प्रमिला, अपने बिस्तर पर जाओ। मैं सोना चाहता हूँ।"

थोड़ी देर तक खामोशी छाई रही थी, फिर प्रमिला ने उठते हुए कहा था, "हाँ, जा रही हूँ।" और अपने पलँग पर आ गई थी, और दोनों देर तक अपनी-अपनी उधेड़बुन में खोए, छत की ओर ताकते रहे थे।

सतवन्त ने सारी बात सुनी। उसे भी बहुत अचम्भा हुआ, महेन्द्र के प्रति मन में क्रोध भी उठा, पर वह अपनी सहेली को क्या सीख देती, कौन-सा रास्ता सुझाती?

"क्या उसके बाद सुषमा कभी आई है? या यह उसके पास गया है?"

"मैं नहीं जानती। शायद नहीं गया होगा।"

"जाए भी तो पम्मी, तू कुछ नहीं कर सकती। तुझे कुछ करना भी नहीं चाहिए। चुप, मगन बनी रह। अगर इसे रोकेगी तो मामला और बिगड़ेगा। इसकी शराफ़त है जो इसने खुद तुम्हें बता दिया और माफ़ी भी माँग ली वरना आजकल माफ़ी कौन माँगता है। यह दो दिन का उबाल है, अपने-आप ठंडा पड़ जाएगा।"

प्रमिला सतवन्त के चेहरे की ओर देखती रही।

"पर यह चाँटे मारनेवाली बात बुरी है। चाँटे मारने का भला क्या मतलब है?" सतवन्त ने कहा और कहते-कहते उसका क्रोध उबल पड़ा।

"उसे साफ़ दो-टूक शब्दों में कह दे : तेरा जो मन आए, कर। जिसके पास जाना चाहता है, जा। मेरी बला से। पर मैं तेरे से पिटूँगी तो नहीं। ख़बरदार जो मुझ पर कभी हाथ उठाया!"

फिर प्रमिला का हाथ पकड़कर बोली :

"तू डर नहीं, मेरी बहिन! डरकर रहेगी तो तुझे और लताड़ेगा। अगर हाथ उठाए तो बेशक कह दे कि तुम उसके दफ़्तर में जाकर उसके अफ़सर से शिकायत करोगी, तुम अफ़सर के सामने उसकी सारी पोल खोल दोगी। ये नौकरियोंवाले इस किस्म की शिकायतों से बहुत डरते हैं। अपने-आप सीधा हो जाएगा। उसे कह दे मैं तेरे बच्चे की माँ हूँ, तू बच्चे के सामने मुझे पीटता है, यह तुझे शोभा नहीं देता..."

सतवन्त देर तक बोलती रही। उसकी बात सुन-सुनकर प्रमिला का साहस बढ़ता रहा, उसे लगा जैसे उसकी स्थिति इतनी अधिक विकट नहीं है, कि उसका भी कोई मददगार है।

सतवन्त प्रमिला के साथ दरवाज़े तक आई तो भी यही चर्चा करती रही।

"आजकल दफ़्तरों की लड़कियाँ भी तो इन्हें दम नहीं लेने देतीं। बड़ी तेज़ हैं, मुइयाँ, हमारे घर बरबाद करने पर तुली हुई हैं, इतनी बेधड़क हो गई हैं, खुद मर्दों का हाथ पकड़ लेती हैं। इधर पीछे एक मुई रहती है, बंगालन है, न शक्ल, न सूरत। उसकी खिड़कियों पर दोहरे पर्दे चढ़े रहते हैं। वह भी किसी दफ़्तर में काम करती है। जहाँ जाती है टैक्सी पर। मुई के पास इतने पैसे कहाँ से आए? शर्म-हया बेच खाई है।"

चलने से पहले, जब प्रमिला ने आँख उठाकर सतवन्त की ओर देखा तो सतवन्त का दिल द्रवित हो उठा। प्रमिला इतनी घबराई हुई और किंकर्तव्यविमूढ़-सी लग रही थी। सतवन्त ने उसका हाथ अपने दोनों हाथों में लेकर बड़े दुलार से कहा :

"तू चिन्ता नहीं कर। ऐसे मामले हर घर में हो रहे हैं। तू घबरा नहीं। घबरा जाएगी तो मामला सुधरने की बजाय और बिगड़ता जाएगा। तू अपनी जगह पर डट जा। उसका पीटने का कोई मतलब नहीं। हाथ उठाए तो उसे धमका दे। अन्दर से सभी मर्द बड़े डरपोक होते हैं। सरकारी नौकरियोंवाले तो खासतौर पर डरपोक होते हैं। इससे वह और भी ज़्यादा सँभल जाएगा। ये अफ़सर लोग किसी तरह भी अपना रेकार्ड ख़राब करना नहीं चाहते..."

एक अनुभव है जो पुराने लोगों का है, और उसके आधार पर वे सीख देते हैं। दूसरा अनुभव है जो नये युवा लोगों का है, आज के लोगों का है, और उसके आधार पर वे भी सीख देते हैं। पर-स्त्री से प्रेम न तो नया अनुभव है, न नई समस्या है, न नई स्थिति है। सहस्रों वर्षों से ऐसा होता आया है, उस काल में भी जब समाज अपने परम्परागत मूल्यों के आधार पर चल रहा

था, और उस काल में भी जब पुराने मूल्य टूट रहे थे और नये मूल्य मनुष्य के मन पर अपना अधिकार जमाने लगे थे और समाज का जीवन अस्थिर और डाँवाँडोल हो रहा था।

पर देश और काल के अनुरूप अथवा प्राचीन परम्परागत अनुभवों के अनुरूप सीख मिले और मनुष्य सतर्क हो जाए और अपने व्यवहार को उसी के अनुसार ढाल ले और सुखी हो जाए, ऐसा कब हुआ है? मनुष्य का जीवन सीधी रेखा पर भी कभी चल पाया है? और वह भी त्रस्त, उखड़े हुए, आतंकित मनुष्य का? लम्बे अर्से तक प्रमिला महेन्द्र के व्यवहार के बावजूद अपने घर में सुरक्षित महसूस करती रही थी। वह बौखलाई थी, क्रुद्ध हुई थी, और सुरक्षित व्यक्ति की ही भाँति महेन्द्र को बुरा-भला भी कहती रही थी। पर जब से सुषमा ने घर में क़दम रखा तो प्रमिला को किसी घुमड़ती आँखों का भास होने लगा था, और वह घबरा उठी थी। बीसवीं सदी में रहते हुए भी उसका पालन-पोषण शताब्दियों पूर्व के जीवन के अनुरूप हुआ था। आसपास की दुनिया को देखते हुए भी, वह अपने गृहस्थ को विलक्षण और अलग मानती आई थी। पर अब पैरों के नीचे की ज़मीन किसी-किसी वक़्त हिल-सी जाती थी और वह समझ नहीं पाती थी, कि किस चीज़ का सहारा लेकर खड़ी हो।

इसी तरह प्रमिला फिर एक भूल कर बैठी।

सतवन्त के घर से लौटते हुए, रास्ते में, अकारण ही वह घबरा गई, उसे लगा जैसे घर लौटने में उसने देर कर दी है, और इसी बीच महेन्द्र सुषमा के घर चला गया है। उसने मन को समझाया कि अगर वह चला भी गया है तो वह उससे कुछ नहीं कहेगी, चुप्पी साधे रहेगी, जैसा सतवन्त ने कहा है, वैसा ही व्यवहार करेगी, परन्तु यह सोचकर कि वह इस वक़्त घर पर नहीं होगी, उसके पाँव तेज़ हो गए, और वह घबराई हुई-सी घर पर पहुँची। आमतौर पर पप्पू के बारे में सोचकर उसके क़दम तेज़ हो जाया करते थे, पर उस रोज़ उसे पप्पू का ध्यान तक नहीं आया।

सीढ़िया चढ़कर वह सीधी बैठक में पहुँची। महेन्द्र घर पर ही था। कुर्सी पर बैठा सिगरेट के कश लगा रहा था और अख़बार देख रहा था।

"मुझे देर हो गई। मैं सतवन्त के घर चली गई थी। तुमने खाना भी नहीं खाया होगा। पप्पू कहाँ है?"

महेन्द्र ने अख़बार पर से सिर उठाया।

"पड़ोस में कहीं खेल रहा है।" महेन्द्र ने धीमी, भावशून्य आवाज़ में कहा और फिर से अख़बार देखने लगा।

"मेरी अकल मारी गई। मुझे वक़्त का पता ही नहीं चला। तुम लोगों को भूख लगी होगी।"

उसने उसी तरह घबराई हुई-सी आवाज़ में कहा : "माई कब गई थी?"

"मुझे नहीं मालूम। थोड़ी देर पहले ग़ुसलखाने में कपड़े धो रही थी।"

"मैं अभी तुम लोगों को खाना देती हूँ।" कहती हुई उसने चुन्नी उतारकर कुर्सी पर फेंकी और रसोईघर की ओर बढ़ गई।

पर उसके मन की उत्तेजना ज्यों-की-त्यों बनी रही। खाना मेज़ पर रखते समय उसने पूछा :

"तुम सारा वक़्त घर पर ही बने रहे या बाहर कहीं गए थे?"

महेन्द्र ने अख़बार पर से सिर उठाया, और प्रमिला के प्रश्न का आशय समझकर, क्षीण-सी मुस्कान के साथ बोला :

"नहीं, मैं कहीं नहीं गया।"

प्रमिला उत्तेजित-सी ठिठकी रही, फिर बोली :

"तुम पहले खा लो, मैं और पप्पू बाद में खा लेंगे।"

खाना परोस देने के बाद प्रमिला दरवाज़े की चौखट के साथ लगकर, प्यासी, चिड़िया की तरह मुँह खोले हाँफती-सी रही, फिर चहककर बोली :

"आज शाम कहीं बाहर चलेंगे, पप्पू को भी ले चलेंगे।"

महेन्द्र चुप रहा। फिर उठकर अख़बार तिपाई पर रखते हुए वह खानेवाली मेज़ की ओर बढ़ गया।

"नहीं, शाम को मैं घर पर नहीं होऊँगा, मुझे बाहर जाना है।"

प्रमिला का दिल धक्-से रह गया।

"कहाँ जाना है? तुमने पहले तो कहा नहीं।...आज तीनों एकसाथ कहीं चलेंगे। पप्पू बड़ा खुश होगा। चलो, सिनेमा देखने चलेंगे।"

महेन्द्र को लगा, जैसे प्रमिला जान-बूझकर कुरेदने के लिए सवाल पूछ रही है।

"नहीं, मुझे बाहर जाना है।" महेन्द्र ने गहरी, दृढ़ आवाज़ में कहा।

"कहाँ जाना है तुम्हें?"

महेन्द्र कमरे के बीचोंबीच खड़ा था। वैसे ही जैसे उस भयानक शाम को खड़ा था जब पहली बार उसका हाथ प्रमिला पर उठा था।

"क्या तुम्हें बताना होगा कि मुझे कहाँ जाना है?"

प्रमिला की नज़र अनायास ही महेन्द्र के हाथों की ओर गई। चाँटा मारने के लिए कौन-सा हाथ उठेगा, दायाँ या बायाँ?

"यह तुम कैसी बातें करने लगे हो? सीधे-सादे लोगों की तरह तुम क्यों नहीं रहते? पहले सबकुछ बता दिया करते थे।" प्रमिला ने दुःसाहस करके पूछा।

"जाओ, अपना काम देखो," महेन्द्र ने कहा और मेज़ पर खाना खाने के लिए बैठ गया।

बीसियों वाक्य, घुमड़-घुमड़कर प्रमिला के मन में उठे, उसकी ज़बान तक आए, मगर वह फिर से आत्म-विश्वास खो बैठी, पहले की तरह वह मन की बात निःसंकोच कह देने में असमर्थ अनुभव करने लगी थी। वह चुपचाप खड़ी महेन्द्र के मुँह की ओर ताकती रही।

महेन्द्र खाना खाकर अपने कमरे में चला गया। प्रमिला सहसा थकी-थकी-सी महसूस करने लगी, उसके सारे शरीर में एक प्रकार की अलसाहट भर गई। जैसे सहसा ही शरीर के सब बन्द टूटने लगे हों। उसे लगा, जैसे फिर से उसके अन्दर वह धीमी-सी आँच जलने लगी है, जो कुछ दिनों से दिन-रात जलती रहती थी, कोई घुन जैसे फिर से उसे अन्दर-ही-अन्दर से चाटने लगा है।

पर घर के कामों से छुट्टी तो नहीं पाई जा सकती थी। मेज़ पर से बर्तन समेटकर वह पप्पू की खोज में नीचे उतरी। पप्पू पड़ोस के लड़कों के साथ लुक्काछिप्पी खेल रहा था। माँ ने बुलाया तो भाग गया। माँ ने लपककर पकड़ा तो माँ को लातें जमाने लगा। पप्पू पहले ऐसा नहीं करता था, चुपचाप बात मान जाया करता था। अबकी बार माँ ने भी दो थप्पड़ रसीद कर दिए। वह अजीब तरह से आँखें मिचकाता माँ की ओर देखने लगा। माँ उसे बच्चों से छुड़ाकर घर खींच लाई।

ऐसे मौक़ों पर प्रमिला खाना नहीं खाया करती थी। पप्पे को खाना खिलाने के बाद उसने रोज़ की तरह पप्पू को खाट पर सुला दिया और चुपचाप रसोईघर में जाकर बैठ गई।

पर कान उसके महेन्द्र के कमरे की ओर लगे रहे। महेन्द्र के कमरे में से कोई आवाज़ नहीं आ रही थी। लेकिन प्रमिला का मन आशंकित था। बिना कुछ सुने ही उसके कान खड़े हो जाते। महेन्द्र का कमरा बहुत ही आरास्ता था। गिनी-चुनी चीज़ें, पर सभी अपनी-अपनी जगह पर। इतना साफ़-सुथरा और व्यवस्थित रहनेवाला आदमी अपने विचारों में इतना उलझा हुआ हो सकता है, उसके मन में इतने गुंझल हो सकते हैं, सतवन्त ने एक बार उसके कमरे के अन्दर झाँककर कहा था। सतवन्त को कमरे के अन्दर झाँकते हुए

भी डर लगने लगा था।

तभी प्रमिला को लगा, जैसे उसे अलमारी खुलने की आवाज़ आई है। यह अलमारी क्यों खोल रहा है? खाना खाने के बाद तो वह कोई किताब उठाकर लेट जाता है, और पढ़ते-पढ़ते सो जाया करता है। अलमारी में ऊपरवाले खाने में कपड़ों के नीचे कफ़लिंक्स की वह जोड़ी रखी थी, जो सुषमा ने महेन्द्र को भेंट की थी। प्रमिला उसे देख चुकी थी। प्रमिला हर रोज़ मौक़ा पाकर महेन्द्र की अलमारी में झाँकती रहती थी, उसकी जेबों में हाथ डालती, उसके बटुए को खोल-खोलकर देखती रहती थी--यह जानते हुए भी कि महेन्द्र को पता चल गया तो घर में कांड खड़ा होगा, महेन्द्र उस पर हाथ उठाएगा, बुरा-भला कहेगा। लेकिन ऐसा करना उसके बस की बात नहीं रह गया था।

अलमारी बन्द करने की आवाज़ आई। महेन्द्र ने ज़रूर पहनने के लिए कपड़े निकाले होंगे। वह ज़रूर कहीं बाहर जा रहा है। बाहर जाने से पहले महेन्द्र अलमारी में से पहनने के कपड़े-सूट और कमीज़ और मोज़े और रूमाल तक सभी निकालकर पलँग पर बिछा दिया करता था, और फिर कुर्सी पर बैठकर आराम से कपड़े बदला करता था। क्या आज वह फिर सुषमा के पास जा रहा है? प्रमिला का दिल धक्-धक् करने लगा। नहीं, मैं कुछ नहीं कहूँगी। बैठे-बैठे प्रमिला ने हाथ जोड़ दिए। मैं कुछ नहीं बोलूँगी, जो करता है, करे, जहाँ जाना चाहता है, जाए, पर उसका दिल बुरी तरह से धड़कने लगा था। इतवार के दिन, इस वक़्त वह रसोईघर में बैठकर बर्तन मला करती थी, किसी ज़माने में साथ-साथ गुनगुनाया भी करती थी, क्योंकि इतवार के दिन माई की छुट्टी रहती थी। पर, आज प्रमिला को काम की सुधबुध ही नहीं रही। उसके हाथ-पैर जैसे फूलने लगे थे। इतनी ज़्यादा घबराहट उसने पहले कभी महसूस नहीं की थी।

उसे फिर से अलमारी खोलने और बंद करने की आवाज़ आई, और उसके शीघ्र ही बाद उसे महेन्द्र के क़दमों की आहट मिली, और फिर ग्रे रंग की पतलून के पाँइचे और नीचे चमचमाते ब्राउन बूट नज़र आए। महेन्द्र सचमुच बाहर जा रहा था। ऊपर ट्वीड का कोट पहने हुए था। कोट के ऊपर प्रमिला की नज़र नहीं जा पाई। वहीं बैठे-बैठे वह उसे देखती रही। रसोईघर में से बैठक का बहुत-सा भाग नज़र आता था। सोफ़ा-कुर्सियों के बीच बिछे लाल कालीन का बहुत-सा हिस्सा, और सीढ़ियों को जानेवाला दरवाज़ा तक नज़र आते थे। बैठक में आकर महेन्द्र सीढ़ियों के दरवाज़े की ओर घूम गया था।

तभी सहसा प्रमिला उठ खड़ी हुई और तड़पकर बोली :

"तुम जा रहे हो?"

महेन्द्र ने कोई उत्तर नहीं दिया और सीढ़ियों की ओर बढ़ता गया।

प्रमिला से नहीं रहा गया। सभी प्रण और सभी इरादे उसे क्षण-भर में भूल गए थे।

"मत जाओ, कहाँ जा रहे हो?" उसने याचना-भरी आवाज़ में कहा।

महेन्द्र ने मुड़कर उसकी ओर देखा, फिर अपनी स्थिर, बोझल आवाज़ में बोला : "क्या तुम्हें बताना होगा कि मैं कहाँ जा रहा हूँ?"

"तुम सुषमा के पास जा रहे हो, मैं जानती हूँ।"

महेन्द्र घूमकर खड़ा हो गया, "जहाँ मेरा मन आएगा, जाऊँगा।" कहकर उसने दरवाज़ा खोल दिया।

"मत जाओ," प्रमिला ने कहा और लपककर उसकी बाँह पकड़ ली, "मैं तुम्हें नहीं जाने दूँगी। मेरा मुर्दा देखो जो तुम इस घर के बाहर क़दम रखो। तुमने वचन दिया था कि तुम उसके पास नहीं जाओगे।"

पर महेन्द्र ने प्रमिला का हाथ झटक दिया और सीढ़ियाँ उतरने लगा।

प्रमिला सीढ़ियों के ऊपर खड़ी रही। महेन्द्र बराबर सीढ़ियाँ उतरता गया। उसकी चौड़ी पीठ उत्तरोत्तर दूर होती जा रही थी।

सहसा प्रमिला नंगे पाँव उसके पीछे-पीछे सीढ़ियाँ उतरने लगी और आधी सीढ़ियों के बाद, लैंडिंग पर पहुँचकर फिर उसकी बाँह पकड़ ली।

"तुम जितना मन आए, मुझे पीट लो। मैं कुछ नहीं कहूँगी। पर मैं तुम्हें वहाँ नहीं जाने दूँगी, नहीं जाने दूँगी, नहीं जाने दूँगी!" प्रमिला पागलों की तरह दोहरा-दोहराकर कहने लगी।

"इसका नतीजा तुम्हारे लिए बुरा होगा।" महेन्द्र ने स्थिर, बोझल आवाज़ में कहा। फिर कड़कती-सी आवाज़ में उसने कहा :

"तुमने मेरे जेब में हाथ डाला था?"

प्रमिला फटी-फटी आँखों से उसकी ओर देखने लगी, फिर बोली :

"हाँ, डाला था, फिर भी डालूँगी, रोज़ डालूँगी। तुम मेरे पति हो, मैं क्यों नहीं तुम्हारे जेब में हाथ डालूँ? तुम्हारा जो कुछ है, सब मेरा है, उस पर मेरा हक़ है, मैं क्यों नहीं डालूँ हाथ? मैं डालूँगी, रोज़ डालूँगी..."

महेन्द्र की नज़रों में प्रमिला और भी घृणित लगने लगी थी, जो अपने पत्नीत्व का अधिकार जताना चाहती थी, जो जताना चाहती थी कि वह उसकी अपनी है। उसे लगा, जैसे एक पुराना, लसलसा, मैला-कुचैला चिथड़ा उसके शरीर से चिपका है, जिसे वह उखाड़कर फेंक देना चाहता है, पर वह ज़्यादा-ही-

ज़्यादा चिपकता जा रहा है।

पिछले कुछ ही दिनों में बहुत परिवर्तन आ गया था। महेन्द्र में एक प्रकार की स्थिरता आ गई थी, जबकि प्रमिला अपनी सारी स्थिरता खो बैठी थी, और बात-बात पर, शरद के झरे हुए पत्ते की तरह थर-थर काँपने लगती थी।

"इसका नतीजा तुम्हारे लिए अच्छा नहीं होगा, मैं कहे देता हूँ।" महेन्द्र ने दृढ़ता से कहा।

"मैं तुम्हें नहीं जाने दूँगी, मैं तुम्हारी पत्नी हूँ, वह तुम्हारी कुछ नहीं लगती..." प्रमिला ने गिड़गिड़ाते हुए, अपने पत्नीत्व के अधिकार की दुहाई दी, और महेन्द्र को रोकने के लिए फिर अपना हाथ बढ़ाया। महेन्द्र ने फिर उसका हाथ झटक दिया।

"तुम जितना ज़्यादा गिड़गिड़ाती हो उतना ज़्यादा मुझे तुमसे नफ़रत होती जा रही है। उतनी ही ज़्यादा मुझे बुरी लगती हो।"

और वह घूमकर फिर सीढ़ियाँ उतरने लगा।

प्रमिला का चेहरा बहुत ही पीला पड़ गया था। वह बदहवास-सी होती जा रही थी और बालों की लटें उसके गालों पर लटक आई थीं।

महेन्द्र सीढ़ियाँ उतरकर घर के बाहर आ गया, और बाहर का आँगन पार करने लगा। इसी आँगन में पप्पू और उसके दोस्त खेला करते थे और इसी आँगन में गर्मी के दिनों में कुर्सियाँ बिछाकर महेन्द्र, नाटा और उसके अन्य मित्र राजनीति पर बहसें किया करते थे।

जब महेन्द्र आँगन पार करके सड़क के किनारे पहुँचा तो उसे अपने पीछे दबी-दबी कराहने की-सी आवाज़ सुनाई दी। प्रमिला नंगे पाँव उसके पीछे-पीछे भागती चली आ रही थी। उसके बाल अस्त-व्यस्त थे, और उसकी सलवार के पाँइचे बार-बार उसके पैरों में उलझ रहे थे।

महेन्द्र सुन्न-सा खड़ा रह गया। प्रमिला सड़क पर उसके पीछे-पीछे आ जाने की धृष्टता करेगी, आसपास के लोगों को तमाशा दिखाएगी, उसे इसकी आशा नहीं थी। यह जान-बूझकर स्वाँग रच रही है, मुझे बदनाम करने के लिए, उसने मन-ही-मन सोचा। प्रमिला गिरती-पड़ती उसके पास पहुँच गई थी और फिर से हाथ बढ़ाकर उसका बाजू पकड़ लिया था, और उसे पीछे की ओर खींचने लगी थी। तभी महेन्द्र ने देखा कि प्रमिला की आँखें ऐंची-सी हो रही हैं और उसके होंठ सूख रहे हैं, और होंठों के कोनों पर झाग-सी आ गई है।

"मत जाओ, मत जाओ ना, मैं तुम्हें नहीं जाने दूँगी," प्रमिला एक वरदान की तरह यही शब्द बुदबुदाए जा रही थी।

घर के अन्दर होता तो महेन्द्र एक झाँपड़ से उसे दुरुस्त कर देता। लेकिन वह घर से बाहर आ चुका था और दुनिया देख रही थी। फिर भी उसने अपना बाजू छुड़ाते हुए दाँत पीसकर कहा :

''अगर यहाँ लोगों को तमाशा दिखलाओगी, तो मुझ-सा बुरा कोई न होगा, लौट जाओ घर के अन्दर, मैं कह रहा हूँ।''

और महेन्द्र ने फिर सड़क की ओर क़दम बढ़ाया। पर प्रमिला उसके साथ-साथ घिसटती हुई-सी, अपने बाजू से उसे पीछे की ओर खींच रही थी और बराबर बुदबुदाए जा रही थी :

''मत जाओ ना, मत जाओ ना, मैं तुम्हें नहीं जाने दूँगी...''

सड़क पर एक आदमी, ख़ाकी रंग की कमीज़ और ख़ाकी रंग की पतलून पहने, साइकिल पर जाता हुआ रुक गया, और सड़क के किनारे पटरी पर पैर रखकर इस दम्पत्ति की ओर देखने लगा। कोई ग़रीब दम्पत्ति होता तो पूछ सकता था कि क्या बात है, मगर महेन्द्र के ट्वीड कोट और चमचमाते जूतों को देखकर वह दूर ही ठिठका उनका तमाशा देखता रहा। महेन्द्र ने सहसा घर की ओर मुड़कर देखा। ऊपर की मंज़िल पर, बाएँ हाथ के फ्लैट में खिड़की के अधखुले पर्दे के पीछे उसे मुखर्जी की पत्नी का चेहरा हिलता-सा नज़र आया। वह पर्दे की ओट में खड़ी बराबर उनकी ओर देखे जा रही थी। महेन्द्र ने झट-से मुँह फेर लिया। सड़क के पार नानबाई और गोश्तवाले की दूकान के बीच लकड़ियों का टाल था, जहाँ से महेन्द्र के घर में भी कोयला और ईंधन की लकड़ियाँ जाया करती थीं। महेन्द्र ने देखा, टालवाला उठ खड़ा हुआ था, और इसी ओर देखे जा रहा था, हैरान था कि इतने चुपचाप रहनेवाले और पढ़े-लिखे परिवार में क्या हो रहा है।

प्रमिला अभी भी महेन्द्र को खींचे जा रही थी। महेन्द्र के बाजू पर प्रमिला की उँगलियाँ कड़ी होती जा रही थीं, लेकिन उसका खिंचाव शिथिल पड़ता जा रहा था। महेन्द्र ने पहली बार ध्यान से उसकी ओर देखा—प्रमिला की आँखें ऐंची हो रही थीं और वह बेसुध-सी बराबर बुदबुदाए जा रही थी : ''मत जाओ ना, मत जाओ ना...'' महेन्द्र को लगा जैसे उसे हिस्टीरिया का दौरा पड़ने लगा है।

तभी पप्पू के चिल्लाने की आवाज़ आई, वह आँगन के पार, घर की सीढ़ियों के पास खड़ा चीख़-चीख़कर रोए जा रहा था।

महेन्द्र ठिठक गया। पप्पू की ओर देखते समय उसकी नज़र फिर एक बार पड़ोसिन पर पड़ी जो अब छज्जे पर आ गई थी, और दोनों कोहनियाँ छज्जे

की दीवार पर रखे उनकी ओर देखे जा रही थी। महेन्द्र स्थिति के प्रति सजग हो गया और उसी वक़्त अपने बाजू से प्रमिला के कन्धों को सहारा देकर, फीकी-सी सचेष्ट मुस्कराहट के साथ, उसे घर की ओर ले जाने लगा।

"अच्छी बात है, मैं कहीं नहीं जाऊँगा। चलो, अन्दर चलो।"

आँगन पार करके दोनों सीढ़ियों के पास आ गए। प्रमिला अभी भी कुछ बुदबुदाए जा रही थी। पर उन दोनों को लौटते देखकर पप्पू सहमकर चुप हो गया था और उनके पीछे-पीछे घर की सीढ़ियाँ चढ़ने लगा था।

"इसका नतीज़ा तुम्हारे लिए अच्छा नहीं होगा।" महेन्द्र ने दाँत पीसकर कहा, और झटके से प्रमिला को सोफ़ा-कुर्सी के पास छोड़ते हुए अपने कमरे में चला गया।

पाँच

इसके बाद घटनाएँ तेजी से घटने लगीं। सुषमा ने सबसे पहले अपने तबादले की बात चलाई। "मैं तुम्हारी ज़िन्दगी को कठिन नहीं बनाना चाहती। मैं तुम्हारा परेशान चेहरा नहीं देख सकती। अगर तुम्हारे मन पर इतना ही ज़्यादा बोझ है तो मैं यहाँ से चली जाऊँगी। मैं जैसे-तैसे सह लूँगी। मैं तुम्हारा सुख देखना चाहती हूँ, तुम्हारे घर को तोड़ना नहीं चाहती," उसने महेन्द्र के बालों को सहलाते हुए कहा और महेन्द्र की आँखें चूम लीं और मुँह छिपाकर रो दी। उस दिन घर लौटकर महेन्द्र ने फिर बकझक की, प्रमिला के बार-बार कुरेद-कुरेदकर पूछने पर हाथ भी उठाया, पर चिल्लाने की बजाय प्रमिला केवल उसका हाथ पकड़कर एक ही वाक्य बोलती-दोहराती गई :

"मेरा कसूर क्या है, मुझे यह तो बताओ, मैंने कौन-सा कसूर किया है? मुझे मेरा कसूर तो बताते नहीं हो, झट-से थप्पड़ दे मारते हो!"

उस रोज़ प्रमिला महेन्द्र को रोकने में तो कामयाब हो गई थी, लेकिन उसकी हिम्मत जवाब दे गई। न जाने उसके साहस को कैसे लकवा मार गया। सतवन्त ने बार-बार कहा था कि महेन्द्र हाथ उठाए तो अकड़ जाना और उसे धमका देना कि तुम उसकी शिकायत कर दोगी, लेकिन उस दिन के बाद प्रमिला का तो जैसे आत्मविश्वास ही चूर-चूर हो गया था। हर वक़्त डरी-डरी-सी रहने लगी कि महेन्द्र कब क्या कर दे। पहले उसके जेबों में हाथ डाल-डालकर उसकी तलाशी लेती रहती थी, उसके ख़िलाफ़ सबूत तैयार करती रहती थी, घर आता तो सुषमा को लेकर उससे सवाल-जवाब करती रहती थी, अब आँखें फाड़े केवल ताकती रहने लगी थी। यंत्रवत घर के काम में लगी

रहती लेकिन उसके शरीर में एक प्रकार की जड़ता आ गई थी। महेन्द्र घर पर भी होता तो शंकित-सी बनी रहती, झाँक-झाँककर उसके कमरे में देखती और चुपचाप लौट आती।

एक रात, दोनों अपने-अपने बिस्तर में लेटे थे, कमरे में अँधेरा था, जब महेन्द्र ने बहुत दिनों की चुप्पी तोड़ते हुए पूछा :

"तुमने सुषमा के बारे में किसी से ज़िक्र तो नहीं किया?"

प्रमिला चुप रही। महेन्द्र इस तरह का सवाल पूछेगा, इसकी उसे आशा नहीं थी। वह छिपा नहीं सकी।

"मैंने सतवन्त से कहा था। पर मैंने सुषमा का नाम नहीं लिया।"

कह चुकने के बाद वह इस इन्तज़ार में रही कि महेन्द्र की क्या प्रतिक्रिया होगी। वह शायद फिर से डाँट-डपट करने लगेगा। मगर महेन्द्र चुप रहा, उसी तरह निश्चेष्ट-सा लेटा रहा। मानो उसके और प्रमिला के बीच की कड़ी टूट गई हो और उसे जोड़ने की उसके मन में तनिक भी इच्छा न हो।

"तुमने क्या कहा?"

"मैंने कहा था दफ़्तर में काम करती है, और इन पर डोरे डालती रही है।" यह कहकर प्रमिला चुप हो गई।

"फिर उसने क्या कहा?"

"उसने कुछ नहीं कहा।" प्रमिला सावधान हो गई।

"वह तेरी क्या लगती है जो तू उसके साथ इतनी घुल-घुलकर बातें करती रही है?" महेन्द्र ने खीझकर कहा।

"मैंने तुम्हारे बारे में ख़ास कुछ नहीं कहा। औरतें आपस में बातें कर लेती हैं, बल्कि सतवन्त तो तुम्हारी तारीफ़ करती थी।"

"क्या कहती थी? मुझे उसकी तारीफ़ की ज़रूरत नहीं है।"

"कहती थी, तुम्हारे घरवाले ने तो तुम्हें आकर बता दिया है, और लोग बताते भी नहीं।"

महेन्द्र के दिल में गहरी टीस-सी उठी। इस सारे बखेड़े की जड़ ही वह रात थी जब उसने भावावेश में प्रमिला को अपने दिल की बात बता दी थी। अपने पैरों पर स्वयं कुल्हाड़ी मार बैठा था।

"पीटने के बारे में भी किसी से कहा है?"

"नहीं, किसी से नहीं।"

"किसी से भी नहीं?"

"केवल सतवन्त से। पर वह तो मेरी सहेली है।"

"वह क्या कहती थी?"

"वह कहती थी, बहुत बुरी बात है।"

"क्या उसी ने कहा था कि मेरी रुसवाई करने के लिए मेरे पीछे-पीछे सड़क पर भागती आना?"

"उसने कुछ नहीं कहा।"

महेन्द्र चुप रहा। उसकी आँखों के सामने खिड़की के पर्दे के पीछे से मुखर्जी की पत्नी का झाँकता चेहरा आ गया। क्षण-भर के लिए उसका दिल धक्-से रह गया। आज नहीं तो कल, यह मूर्ख औरत सुषमा के बारे में भी ढिंढोरा पीट आएगी। लेकिन ऐसा सोचकर उसे बहुत घबराहट नहीं हुई। उसके अन्दर कुछ था जो उत्तरोत्तर कड़ा होता जा रहा था। उसकी धृष्टता बढ़ती जा रही थी, मानो उसे कोई चुनौती दी गई हो और उसने चुनौती मंजूर कर, मुकाबला करने की ठान ली हो।

इतने में प्रमिला की आवाज़ आई :

"मैं क्या करूँ, तुम्हारे तो दोस्त हैं, रिश्तेदार हैं, मेरा कौन है, एक सतवन्त ही सतवन्त तो है। मेरा दिल भरा हुआ था, मैंने कह दिया।"

महेन्द्र चुप रहा, और करवट बदलकर लेट रहा।

इसी बीच पप्पू भी परेशान करने लगा था। वह बैठा-बैठा आँखें मिचकाने लगता और देर तक मिचकाता रहता। किसी-किसी रात बिस्तर गीला कर देता और बुरी तरह से रोने लगता। डाक्टर ने कहा, नसों की कमज़ोरी के कारण है। डाक्टर के सामने महेन्द्र और प्रमिला दोनों बैठे थे और दोनों के बीच पप्पू टाँगें झुलाता हुआ बैठा था। माँ बार-बार उसका हाथ थाम लेती और वह बार-बार उसका हाथ झटक देता।

"बड़ा ज़हीन और नाजुक बच्चा जान पड़ता है," डाक्टर ने कहा। फिर पति-पत्नी की ओर देखकर बोला, "आजकल बच्चे ज़्यादा ज़हीन होते हैं, क्योंकि माँ-बाप, ज़्यादा पढ़े-लिखे और समझदार होते हैं।"

फिर उसने बच्चे की जीभ देखी और पेट देखा और छाती टटोल-टटोलकर देखी और पप्पू सारा वक़्त आँखें मिचकाता रहा।

"यह अँधेरे से भी बहुत डरने लगा है। पहले नहीं डरता था।" प्रमिला ने कहा।

"बड़ी नाजुक तबीयत का बच्चा है, कलाकार बनेगा।" डाक्टर ने पप्पू

का गाल थपथपाते हुए कहा, "ठीक हो जाएगा, चिन्ता की कोई बात नहीं।" और उसने कागज पर एक टॉनिक लिख दिया।

"ज़रा इसे मज़बूत बनाइए। खाते-पीते परिवारों के बच्चे कोमल वृत्ति के बने रह जाते हैं क्योंकि उनकी बहुत ज़्यादा देखभाल की जाती है। माँ-बाप को चाहिए कि उन्हें कड़ा बनाया करें।"

और गले में से स्टेथस्कोप निकालकर मेज़ पर रखते हुए वह दूसरे मरीज़ की तरफ़ मुखातिब हो गया।

घर लौटकर महेन्द्र देर तक पप्पू के बारे में सोचता रहा। घर का यह वातावरण बच्चे के लिए घातक सिद्ध हो रहा है। जिसकी माँ घर की चारदीवारी के बाहर न देख सकती हो, वह क्या सीखेगा? घर में बू फैली रहती है, कहीं कोई तरतीब नहीं, करीना नहीं। जिधर देखो कचरा, जिधर देखो कचरा। दो-दो पैसे का नमक मँगवाती फिरती है। सारा वक़्त पप्पू की नाक बहती रहती है, और हाथों पर मैल जमी रहती है। एक बात को पकड़कर इसने कोहराम खड़ा कर रखा है। सभी औरतें घर का काम करती हैं, बच्चों की और घरवाले की देखभाल भी करती हैं, पर उनके दिमाग में धुंध नहीं छाई रहती। महेन्द्र ने नज़र घुमाकर प्रमिला की ओर देखा, जो रसोई के काम से निबटने के बाद, बैठक में कालीन पर लेटी बेसुध-सी सो रही थी। प्रमिला का मुँह थोड़ा खुला हुआ था और लगता था नाक बंद है, सोए हुए भी वह मूर्ख लग रही थी, उसके नाक में से जैसे बीन बज रही थी। पिछले कुछ दिनों में दुबली हो जाने के कारण उसका चेहरा कांतिहीन और फीका-सा लगने लगा था। प्रमिला की ओर देखते ही उसे गहरी ऊब का भास हुआ। 'मुझे ज़िन्दगी में क्या मिला' उसने मन-ही-मन कहा और उसके अन्दर आत्मानुकम्पा की लहर-सी उठने लगी और गले में काँटे-से चुभने लगे। इससे तो बेहतर होगा कि पप्पू को अभी से किसी बोर्डिंग स्कूल में डाल दिया जाए। उसके मन पर बुरे प्रभाव तो नहीं पड़ेंगे, घर में तो वह पनप ही नहीं पाएगा। महेन्द्र के दिमाग में यह बात कौंध-सी गई, और उसे लगा जैसे उसे कोई रास्ता सूझ गया हो।

रिश्ते की औरतों में प्रमिला की चाची को मीठी छुरी का नाम दिया जाता था। चाची मोटी थी, हँसमुख थी, पुराने ढंग की थी, चाची सबके पास पहुँचनेवाली, सबको मश्विरा देनेवाली औरत थी।

चाची देर तक प्रमिला की बात सुनती रही। प्रमिला की बड़ी-बड़ी आँखों

में अभी भी बचपना था, भोलापन था, मूर्खता थी, चाची की आँखें धुँधलाई हुई थीं, थकी-थकी पर फिर भी वे सबकुछ देख लेती थीं। थोड़ी देर बाद ही चाची हाथ पसारकर बोली :

"कोई औरत है जो तेरे मर्द को नचा रही है।" फिर अपने पोपले मुँह पर हाथ रखकर देर तक सिर हिलाती रही।

"उसके पैर जाके पकड़। वह जो तेरा घर बरबाद कर रही है, उससे जाकर मिल। उससे इल्तज़ा कर कि तेरा घर बना रहे। अगर तेरा मर्द उसके पास जाता है तो जाने दे। तेरा घर तो बना रहेगा। जो औरतें समझदार होती हैं वे आँखें मूँद लेती हैं, जो समझदार नहीं होतीं, वे चिल्लाती हैं, रोती-झींकती हैं, बावेला मचाती हैं और अपना घर बरबाद कर लेती हैं। मर्द का कुछ नहीं बिगाड़ सकतीं। औरत जितनी ज़्यादा चालाक होगी, उतनी ज़्यादा अपने हक़ में और अपने बच्चों के हक़ में अच्छी होगी। सीधी औरत किसी काम की नहीं होती। सीता माई सीधी थी ना, तिल-तिल कर मरी।"

प्रमिला एकटक चाची के चेहरे की ओर देखे जा रही थी। चाची की बातें सतवन्त की बातों से कितनी भिन्न थीं। सतवन्त की बातें सुनते हुए दिल में मज़बूती आती थी, उत्साह उठता था, चाची की बातें सुनते हुए दिल बैठ जाता था, मैंने यह भी गलत किया, वह भी गलत किया, यही भाव उठता रहता था।

"औरत औरत की दुश्मन होती है, प्रमिला," चाची कहे जा रही थी, "हम सब एक-दूसरी को नोचती हैं। जरूर कोई औरत तेरे मर्द को नचा रही है और उसे अलग होने की पट्टी पढ़ा रही है। तेरा बना-बनाया घर औरत ही उजाड़ रही है, मर्द नहीं उजाड़ रहा। मर्द तो भूखा भेड़िया होता है, उसे तो औरत का मांस चाहिए। उसे न बच्चों की परवाह होती है, न घर की। घर से उसे बाँधे रखना औरत का ही काम होता है। अगर वह इस काम में चूक गई तो अपनी ही क़ब्र खोदेगी, मर्द का कुछ नहीं बिगड़ेगा।"

"पर चाची, मेरा कसूर क्या है? मैंने किया क्या है? सभी मुझे ही कोसते हैं।"

"तेरा कसूर यह है कि तूने बात बाहर निकाली है, रो-चिल्लाकर तूने गली-मुहल्लेवालों के सामने अपने घरवाले की रुसवाई की है। रसे-बसे घर को टूटने नहीं दे। नुकसान सरासर तेरा होगा, उसका कुछ नहीं बिगड़ेगा। औरत आज़ाद नहीं है, औरत घर से बँधी है। वह अपना घर छोड़कर कहीं नहीं जा सकती। औरत का कोई ठौर-ठिकाना नहीं होता। जहाँ बैठी है, वहीं पर बनी रह।"

चाची बात कर रही थी, जैसे एक दास दूसरे दास के साथ अपने मालिक के बारे में बात करता है, हज़ारों वर्षों के नारी-अनुभव के निष्कर्ष बता रही थी।

"कुछ होश कर पगली, मर्द के ख़िलाफ़ औरत का बस नहीं चल सकता। अपना घर नहीं टूटने दे। इस तरह घर टूट जाते हैं और टूटे हुए घर फिर जुड़ते नहीं। तू बेघर हो जाएगी, सिर छिपाने के लिए तुझे ठौर-ठिकाना नहीं मिलेगा। अगर, भगवान न करे, मामला बिगड़ गया तो अपने छोटे-से मासूम बच्चे को लेकर कहाँ जाएगी? किसका आसरा लेगी? तेरा पिता आज है तो कल नहीं है, तेरे भाई की बीवी तुझे कितने दिन झेलेगी? दो दिन, चार दिन, आख़िर वह कहेगी, जहाँ से आई, वहीं चली जा, हमने तेरा और तेरे बच्चे का ठेका नहीं ले रखा है।"

प्रमिला अभी भी साँस रोके चाची की बातें सुने जा रही थी।

"सुन प्रमिला, औरत के पास उसका जिस्म ही जिस्म है, और कुछ नहीं। मर्द को रिझाने के लिए कभी औरतें बाल छोटे करवाती फिरती हैं, कभी लम्बे, कभी पतलून पहन लेती हैं, कभी तंग सलवारें। मर्दों को उनकी छातियाँ पसन्द हैं इसीलिए औरतें उन्हें उघाड़कर दिखाती फिरती हैं। यह तो मर्द की दुनिया है, यहाँ वही होगा जो मर्द चाहता है।"

उठने से पहले, चाची फुसफुसाकर बोली :

"इससे एक और बच्चा ले ले। पेट में बच्चा होगा तो अलग होने की बात नहीं करेगा। इसके पैरों में गृहस्थ की बेड़ी पड़ जाएगी।"

"हम तो अब एक-दूसरे के साथ सोते भी नहीं हैं, चाची!"

"तो क्या हुआ, तू उसके बिस्तर में घुस जा। एक बार खदेड़ देगा, दो बार खदेड़ देगा। आख़िर तो मर्द है, औरत के मांस का भूखा है। तू उससे एक और बच्चा ले ले। तेरे सब सवाल हल हो जाएँगे।"

फिर प्रमिला की ओर टेढ़ी-सी नज़र से देखती हुई बोली :

"बन-सँवरकर उसके सामने जाया कर। कुत्ते के मुँह में हड्डी दिए रहो तो वह भूँकता नहीं, काटता नहीं। हड्डी हटा लो तो भूँकने लगता है।"

चाची ने मुँह पर हाथ रखा और दंतहीन पोपले मुँह से हँस दी। किकियाती-सी हँसी। प्रमिला को लगा जैसे मर्दों के प्रति चाची की घृणा शब्दों से कहीं अधिक उसकी किकियाती हँसी में से फूट रही है। फिर चाची, अपने दाएँ हाथ से प्रमिला के कन्धे को ठोका मारती हुई बोली :

"तेरा चाचा भी कौन-सा शरीफ़ आदमी था, औरत को देखते ही उसकी

लार टपकने लगती थी। हर आए दिन धमकियाँ दिया करता था, मैं दूसरी औरत ले आऊँगा, मैं तुझे घर से निकाल दूँगा। मैंने एक-एक करके सात बच्चे ले लिए। अब निकाले कैसे निकालता है। खूँटे से बाँध लिया है मैंने, अब खड़ा बाँय-बाँय करता रहता है। वह एक कहता है, मैं जवाब में दस सुनाती हूँ। इस दुनिया में शरीफ़ रहकर कोई नहीं जी सकता।''

और जब चाची, दहलीज़ पार करके, घर के बाहर जाने लगी तो भी सीख देती गई :

''उसे अच्छी-अच्छी तरकारियाँ बनाकर खिलाया कर। उसे खाने का चस्का पड़ गया, तेरे हाथ की रोटी उसे अच्छी लगने लगी तो भी तुझे नहीं छोड़ेगा। मर्द को काबू करना कोई बहुत मुश्किल काम नहीं। धीरज और समझदारी से काम ले।''

चाची के चले जाने के बाद देर तक प्रमिला का सिर भन्नाता रहा। यह कौन-सा तूफ़ान उठ खड़ा हुआ है, यह मुझे कहाँ पर पटकेगा? जो बातें कभी नहीं सुनी थीं, जिनका कभी ख़याल भी नहीं आया था, वही आज सुन रही हूँ। किसकी सुनूँ, चाची की या सतवन्त की? सतवन्त कहती है—डट जा, महेन्द्र के बड़े अफ़सर से शिकायत कर, महेन्द्र को धमकी दे, अपने हक़ मनवा, चाची कहती है—सुषमा के पैर पकड़, घरवाले की चापलूसी कर...मैं किस रास्ते जाऊँ?

पार्क के बेंच पर बैठा, प्रमिला का दूर-पार का चाचा, इसी नाजुक मसले पर महेन्द्र से बात करने आया था। महेन्द्र से वह पाँचेक साल बड़ा था, और इन नाजुक मामलों के बारे में एक अनुभवी दार्शनिक की भाँति बात करता था, मुस्करा-मुस्कराकर, धीमे-धीमे, उँगलियों के पपोटों पर कारण गिनाता हुआ, बात-बात पर अपनी बौद्धिक निष्पक्षता का हवाला देता हुआ, बौद्धिक निष्पक्षता का भी और आधुनिकता का भी। ''मैं दकियानूस नहीं हूँ, बल्कि आज की नज़र रखनेवाला आदमी हूँ, देश-काल के चौखटे में वस्तुस्थिति को देख-परखकर अपना निष्कर्ष देनेवाला आदमी हूँ।''

''मैं समझता हूँ, विवाह की प्रथा जब ज़्यादा देर टिकेगी नहीं,'' उसने दार्शनिक अन्दाज़ में कहा, ''कोई कारण नहीं कि वह ज़्यादा देर तक टिक पाए,'' और छोटी उँगली के पपोटे पर अँगूठा रखकर वह कारण गिनाने लगा :

''अव्वल तो, जहाँ औरत भी काम करती हो और मर्द भी, वहाँ आर्थिक

निर्भरता ख़त्म हो जाती है। रह गई बच्चों की बात, उनका पालन सरकार अपने हाथों में ले सकती है। आज नहीं तो कल लेगी, और–" इस पर उसने हँसकर कहा, "अगर बच्चे बोतलों में पैदा होने लगें तो ब्याह और गृहस्थी की ज़रूरत ही कहाँ रह जाएगी?"

इस तथ्य के विश्लेषण के बाद वह गम्भीर, निष्पक्ष चिन्तकों की भाँति, सिर टेढ़ा करके बोला : "लेकिन हमारे यहाँ अभी वह वक़्त नहीं आया। शादी की प्रथा अभी कुछ दिन और चलेगी। मतलब कि हमारे सामाजिक जीवन का केन्द्र, उसकी मूल इकाई, परिवार ही रहेगा," फिर गाल पर हाथ रखे, देर तक सामने खड़े पेड़ की ओर देखता रहा, फिर हँसकर बोला :

"साँप के मुँह में छिपकली, छोड़े तो अंधा, खाए तो मौत। यह है हमारे यहाँ विवाह की स्थिति!"

महेन्द्र की आँखें चाचा के चेहरे पर थीं, हलकी-सी मुस्कान उसके होंठों पर भी थी, चाचा की दार्शनिक बातें वह सुने जा रहा था और मन-ही-मन कहे जा रहा था : 'साला, सीधी बात एक नहीं करेगा, घुमा-फिराकर मुझे समझा रहा है। मैं इसके मुँह पर चाँटा भी लगा दूँ तो मुस्कराता रहेगा, क्योंकि मैं दामाद हूँ और यह लड़की का सम्बन्धी है।'

"किसी के मामले में अपनी राय देना कोरा दम्भ होता है, और कुछ नहीं। हाँ, वस्तुस्थिति को समझने की कोशिश ज़रूर करनी चाहिए।" और चाचा ने एक और सिगरेट सुलगाई। दाएँ हाथ पर पार्क की एक रविश थी जो फौव्वारों के सामने खुलती थी और बार-बार ही इन दोनों की आँखें उस ओर उठ जाती थीं, पार्क में आनेवाली स्त्रियों के संग चलती हुईं, उन स्त्रियों को फौव्वारों तक पहुँचाकर ही लौटती थीं, जिस कारण इस मामले पर गम्भीरता से बात कर पाना कठिन हो रहा था। चाचा यह बात नहीं जानता था कि जिस बेंच पर वे बैठे थे, उसी बेंच पर महेन्द्र और सुषमा अक्सर अँधेरे में बैठा करते थे, और यह सोचकर महेन्द्र का दिल बार-बार गुदगुदा रहा था।

"मैं सोचता हूँ, आप जैसे ज़्यादा महसूस करनेवाले आदमी को, संवेदनशील आदमी को अपना घर बनाए रखना चाहिए। यदि आपने अलग होने का निश्चय कर लिया तो स्थिति आपके लिए कहीं ज़्यादा बोझल और पेचीदा हो जाएगी। आपके मन पर आज से कहीं ज़्यादा बोझ पड़ जाएगा। साधारण आदमी की बात और है, वह बहुत-कुछ के साथ घिसता चला जाता है, लेकिन संवेदनशील व्यक्ति सहन नहीं कर सकता।" फिर दाएँ हाथ की तर्जनी बाएँ हाथ की हथेली पर रखकर कारण गिनाते हुए बोले :

"सबसे पहले, बच्चे से अलहदगी, जिसे आप अपने ढंग से पालना चाहते हैं। और बच्चा भी आपकी तरह ज़हीन है। दूसरे, आपकी शादी को बारह साल बीत चुके हैं, आदमी आदत का गुलाम होता है, बरसों एक ही ढर्रे पर रह चुकने के बाद यदि वह ढर्रा टूट जाए तो आदमी बहुत ही उखड़ा-उखड़ा महसूस करता है। आज का संवेदनशील मनुष्य यों भी अकेला है, ढर्रा टूट जाने से उसका एकाकीपन और भी अधिक असह्य हो जाता है।"

"तीसरे, आपके कैरियर का सवाल है। अगर आप घर के इस पचड़े में पड़े रहेंगे तो आप काम क्या कर सकेंगे? आपके सामने तो इतना उज्ज्वल भविष्य है, प्रतिभा के सामने सम्भावनाओं के द्वार खुले रहते हैं, परन्तु उसे खुलकर खेलने का मौका तो मिले। औरतों के मामले में इन्सान उलझा नहीं कि जवानी के बरसों बरबाद हुए नहीं।" यह ब्रह्मास्त्र चला चुकने के बाद चाचाजी आश्वस्त महसूस करने लगे और महेन्द्र के घुटने को हलके-से थपथपाकर बोले :

"मैं उन आदमियों में से नहीं हूँ जो सेक्स को पाप मानते हैं। सेक्स का सवाल अलग है, और गृहस्थी बनाए रखने का सवाल अलग।" फिर बेंच की पीठ के साथ पीठ लगाकर, सिगरेट का एक लम्बा कश लेकर वह धीरे-से बोले :

"साफ़ बात है, हर मर्द की औरत किसी-न-किसी वक़्त बासी पड़ जाती है। यह उससे ऊब उठता है, कुदरती बात है। ऐसा युग-युगों से चला आया है, और चलता रहेगा। पर गृहस्थी तोड़ने या बनाए रखने की बात अलग है..."

महेन्द्र ने देखा, चाचाजी अपनी सुसंस्कृत शब्दावली में वही कुछ कह रहे थे जो नाटा टुच्चों की भाषा में कहा करता था।

फिर चाचाजी मुस्कराए, सिर टेढ़ा किया, दो हथेलियाँ चौड़ी कीं, मानो अब किसी और तथ्य का गला घोंटने जा रहे हों, और बोले :

"प्रमिला की त्रुटियों को मैं जानता हूँ, वह पैस्सिव है, वह इस बात को नहीं समझती कि दूसरा आदमी उससे क्या चाहता है, वह वक़्त की नज़ाकत को नहीं समझती..."

लगभग दो घंटों की लम्बी बैठक के बाद, चाचाजी ने अपनी वाक्पटुता और निष्पक्षता के बल पर इस बात का आश्वासन महेन्द्र से ले लिया कि वह कोई भी क़दम उठाने से पहले ज़रूर संजीदगी से गौर करेंगे और उन्हें बताए बिना कोई कार्रवाई नहीं करेंगे।

पार्क में से निकलकर महेन्द्र ने तो सीधी सुषमा के फ्लैट की राह ली, और

चाचाजी पैर घसीटते हुए, इस आश्वासन के साथ कि, 'चलो मैंने तो अपना फ़र्ज़ पूरा कर दिया, आगे वे जानें और उनका काम' पार्क में से निकलकर दाएँ हाथ एक पान की दूकान पर पहुँचे और वहाँ खड़े होकर उन्होंने सिगरेटों की डिबिया ली, एक दियासलाइयों की डिबिया भी ली, फिर चलते हुए पार्क के दूसरे सिरे तक जा पहुँचे, और वहाँ से लौटकर, धीरे-धीरे क़दम उठाते हुए, फिर पार्क के गेट की ओर आने लगे। 'अब तक तो महेन्द्र दूर पहुँच चुका होगा' वह बुदबुदाए। 'तय तो यही हुआ था कि जो पहले पहुँचे, दूसरे का इन्तज़ार करे। दस मिनट ऊपर हो चुके हैं।'

वह पार्क के गेट तक पहुँचे ही थे, जब सड़क की ओर से सरसराती साड़ी में लिपटी, उनकी एक 'परिचिता' चली आई। उन्होंने आगे बढ़कर गेट का घूमता 'चक्र' 'परिचिता' के लिए रोक दिया, और दोनों एकसाथ हँस दिए। चाचाजी ने तर्जनी अपनी कनपटी पर रखते हुए कहा :

"इस खोपड़ी के अन्दर घड़ी लगी है! एक मिनट की भी देर-सवेर नहीं हो सकती।"

और 'परिचिता' ने गहराती शाम में काला चश्मा आँखों पर से उतारते हुए, अपने सफ़ेद, मज़बूत दाँतों की लड़ी दिखाते हुए कहा :

"मैं जान-बूझकर दस मिनट देर से आई हूँ। मैं जानती थी, तुम्हारी बहस लम्बी होगी," तभी हँसकर बोली, "कहो, घर बसेगा या टूटेगा?"

"चलो, किसी रेस्तराँ में चलें। यहाँ बैठने को अब मन नहीं कर रहा।"

"बड़ी हिम्मत आ गई है तुममें! तुम तो मेरे साथ रेस्तराँ में बैठने से कतराते थे!"

और दोनों धीरे-धीरे चलते हुए एक रेस्तराँ की ओर जाने लगे।

छह

नारंग साहब की दुनिया धीरे-धीरे सिकुड़ती-सिकुड़ती अपने मेज़ तक सिमटकर रह गई थी। इसी पर अख़बार रखकर पढ़ते, इसी पर वह चाय की प्याली रखकर चाय पीते, इसी पर वह कभी-कभार अपनी बेटी को खत लिखते। इसी पर कचहरी के अपने मुक़दमों की तैयारी करते। मेज़ पर बैठते तो ज़िन्दगी धुरे पर आ जाती, मेज़ के पीछे बैठना ज़िन्दगी के चौखटे में फ़िट होकर बैठने के बराबर था। मेज़ पर पुराने काग़ज़ों, फाइलों और तरह-तरह की चीज़ों का अम्बार लगा था। पर काग़ज़ों का ढेर धीरे-धीरे बढ़ना कम हो गया था, क्योंकि कचहरी में नारंग साहब की पेशियाँ धीरे-धीरे कम होती चली गई थीं। मेज़ पुराना था, और आकार में बड़ा था, इसमें दराज़ भी थे, पुराना क़लमदान भी था, ब्लाटिंग पेपर का पैड भी था, उसके पीछे घुमाऊँ कुर्सी भी थी जिस पर नारंग साहब बैठा करते थे। मेज़ उस समय का बना था जब अंग्रेज़ हिन्दुस्तान में आए थे और अपनी नई अमलदारी के लिए अपने काल के अंग्रेज़ी चलन के मुताबिक बोझल फ़र्नीचर बनवाया करते थे। यह मेज़ नारंग साहब ने तीस बरस पहले छावनी के एक कबाड़ी से ख़रीदा था। कमरे में एक आदमक़द अलमारी भी थी जिसमें आदमक़द शीशा लगा था। उस शीशे के सामने खड़े नारंग साहब नाटे-से लगते थे। सिर पर मैली-सी सफ़ेद पगड़ी, नीचे बन्द गले का काला कोट, घुटनों से भी नीचे तक का, और उसके नीचे ढीली-सी पतलून जो हर वक़्त नीचे की ओर खिसकती रहती थी और जिसे ऊपर खींचते रहने की उन्हें सभा-सोसाइटी में भी ज़रूरत पड़ जाया करती थी। यह अलमारी उन्होंने वर्षों पहले एक अंग्रेज़ डिप्टी कमिश्नर से ख़रीदी थी जब

वह तब्दील होकर फ़ीरोजपुर जा रहा था और अपना काफ़ी सामान बहुत सस्ते में बेच गया था। उस समय नारंग साहब की पत्नी ज़िन्दा थी और कहा करती थी : "कभी कोई नई चीज़ भी घर में लाओगे या कबाड़खाने से ही लोगों की पुरानी चीज़ें ढो-ढोकर लाते रहोगे?" पर नारंग साहब कभी भी नई चीज़ खरीदने का साहस नहीं कर पाए। नई चीज़ ख़रीदते समय वह बहुत ही अटपटा महसूस करते, उनका मन शंकित-सा हो उठता, नई चीज़ के स्पर्शमात्र से उन्हें किसी अनर्थ की आशंका होने लगती। घर में कोई नई चीज़ न लाने के बावजूद उनकी पत्नी छोटी उम्र में मर गई, बड़ा लड़का आवारा हो गया, और उनकी वकालत पर जाला चढ़ने लगा। दो-दो, तीन-तीन रुपये के मुक़दमे कर पाते और इसके लिए भी काला कोट पहने, और सिर पर पग्गड़ रखे उन्हें कचहरी के गेट पर खड़े रहना पड़ता था। किसी को हलफ़नामे पर मजिस्ट्रेट से दस्तख़त करवाना होता, या स्टांप पेपर लिखवाना होता, या फिर साइकिल पर बत्ती न होने के कारण पुलिस द्वारा किए गए मुक़दमे में पेश होना होता, तो नारंग साहब उन्हें गेट पर ही झपट लेते। दोपहर के वक़्त नारंग साहब कचहरी में ही खड़े-खड़े 'चने-कुलचे' खा लेते थे और प्याऊ से ठंडा पानी पी लेते थे और शाम को पड़ोस में बैठा ढाबेवाला वकील साहब को घर पर 'थाली' पहुँचा देता था।

नारंग साहब बहुत बोलते नहीं थे, मुवक्किल हाथ से निकल जाता तो चुपचाप ताकते रह जाते थे। प्रमिला अपनी चुप्पी में शायद अपने पिता पर ही गई थी। "जैसा बाप वैसी बेटी," महेन्द्र अक्सर गुस्से में प्रमिला के दिल का मांस नोचते हुए कहा करता था।

मेज़ पर से उठते तो नारंग साहब अपनी ढीली पतलून ऊपर को खींचकर कमरे के बीचोंबीच फ़र्श पर चलते हुए दरवाज़े तक चले जाते। फ़र्श पर बिछी, पुरानी घिसी-पिटी दरी में एक रास्ता-सा बन गया था, बरसों से नारंग साहब दाएँ-बाएँ नहीं चले थे। दरवाज़े के पास ही दीवार के साथ बाईं ओर चमड़े की एक चौड़ी सेटी रखी थी। नारंग साहब उस पर बैठना पसन्द नहीं करते थे क्योंकि वह सर्दियों में बहुत ठंडी हो जाती थी। बगलवाले कमरे में नारंग साहब का पलँग था। नारंग साहब अपने जीवन में हरेक चीज़ को तैरती नज़र से देखते रहे थे, इसलिए वह वास्तव में किसी चीज़ को भी ठीक तरह से नहीं देख पाए थे। काग़ज़ों और फ़ाइलों के अम्बार पर जमी धूल पर भी उनकी तैरती नज़र ही पड़ती।

बग़लवाले कमरे में नारंग साहब का पलँग था। खिड़की के ऊपर की

मेहराब पर हरे और लाल रंग के शीशे लगे थे। बाहर की दुनिया के रंगों की झलक घर में केवल यहीं पर मिलती थी। एक शीशा टूटा हुआ था और लगभग दस साल से उसके स्थान पर नया शीशा नहीं लगाया गया था। एक बार साहस करके नारंग साहब ने अख़बार के काग़ज को गड्डमड्ड करके उस टूटे शीशे की जगह को भर देने की कोशिश की थी, पर जब वह उसे खोंसकर स्टूल से नीचे उतरे तो वह नीचे गिर पड़ा था। उसके बाद नारंग साहब ने उसे दोबारा रखने की कोशिश नहीं की।

उसी कमरे में एक ड्रेसिंग टेबल भी था। जब निचले दराज़ में चूहे दौड़ने लगे तो उन्होंने अपने कपड़े निकालकर ऊपरवाले दराज़ में रख दिए थे। जब एक रोज़ उस दराज़ में भी उन्हें चूहों की बीट नज़र आई तो उन्होंने कपड़े निकालकर सामनेवाले पलँग पर रख दिए। वहाँ से कपड़े चुनने-पहनने में भी ज़्यादा आराम था। और तब से चूहों की भी कोई रुचि उनके कपड़ों में नहीं रह गई थी।

ये दो कमरे—उनका दफ़्तर और सोने का कमरा, उनके घर का बसा हुआ भाग था। बाकी तीन कमरे एक तरह से बन्द पड़े थे। उनकी पत्नी के देहान्त के बाद वे कमरे कभी-कभार खोले जाते मगर प्रमिला की शादी के बाद तो कभी भी नहीं खोले गए थे। उन कमरों में घर का सामान था—तीन पायोंवाली एक चारपाई जिसकी रस्सी एक बार सफ़र के लिए बिस्तर बाँधने के लिए निकाल ली गई थी, आटा पीसने की एक चक्की, बर्तनों की एक बाल्टी, मिट्टी के दो-चार घड़े, दो-एक सन्दूक आदि।

इस घर में शौक नाम की कोई चीज़ नहीं थी। शौक होता तो कहीं फूल होते, शौक होता तो घर में जाले नहीं होते, शौक होता तो कभी प्रमिला अपने बच्चे को लेकर यहाँ आती।

घर के बाहर एक-एक करके सात साइनबोर्ड लगे थे। सबसे बड़े बोर्ड पर चार भाषाओं—अंग्रेज़ी, उर्दू, हिन्दी और पंजाबी—में नारंग साहब का नाम और वकालत की डिग्री लिखे थे :

"भगवानदास नारंग, बी.ए., एल.एल.बी. वकील।"

'वकील' शब्द बड़े अक्षरों में था। दूसरा छोटा बोर्ड केवल अंग्रेज़ी में, तीसरा केवल उर्दू में और चौथा केवल गुरुमुखी में था। अपनी भाषाओं में बोर्ड उस वक़्त लिखवाकर लगवाए गए थे जब नारंग साहब को यथार्थ का बोध हुआ था और वह इस बात पर यक़ीन करने लगे थे कि बड़े-बड़े मुक़दमों पर आँखें लगाए रखने की जगह छोटे-छोटे मुक़दमे करने में ही ज़्यादा लाभ होगा।

और छोटे मुक़दमे लानेवाले लोग अंग्रेज़ी नहीं जानते। पर अब सभी बोर्ड जंग-अलूदा, पीले, जर्जर, और फीके पड़ चुके थे। एक बोर्ड तो एक कील के सहारे टेढ़ा लटका हुआ था और बारिश-आँधी के दिनों में रात-भर दीवार के साथ टकराता, माथा पीटता रहता था। नारंग साहब कुछ दिन तक कहते रहे थे, इसे आज ठीक करवाऊँगा, कल ठीक करवाऊँगा, पर धीरे-धीरे उसे ठीक करवाने की ज़रूरत का एहसास जाता रहा था।

"ग़रीबनवाज़!" यह शब्द नारंग साहब का चहेता शब्द था। भगवान का नाम लेते तो उन्हें ग़रीबनवाज़ कहकर पुकारते। मजिस्ट्रेट से बातें करते, तो ग़रीबनवाज़ कहते, मुवक्किल को सम्बोधन करते तो ग़रीबनवाज़ कहते। ग़रीबनवाज़ शब्द उनका तकियाक़लाम ही नहीं था, उन्हें पसन्द भी था। उसमें एक प्रकार की विनम्रता थी, अपने को भूमिसात कर देने की उत्कंठा थी। शब्द तो और भी थे, बंदापरवर, मेहरबान, बुजुर्गवार, आदि, पर ग़रीबनवाज़वाली बात उनमें से किसी में भी नहीं थी। ग़रीबनवाज़ शब्द कह देते तो उनका दिल भर आता, माथा झुक जाता, हाथ जुड़ जाते, मानो भगवान के आगे सिर नवा रहे हों। इस ग़रीबनवाज़ शब्द में ही उनकी ज़िन्दगी का फलसफ़ा था।

'ग़रीबनवाज़' शब्द का उच्चारण कर वह सुबह बिस्तर पर से उठते।

"ग़रीबनवाज़, मगर मेरे मुवक्किल का कहना है कि उसके साइकिल का लैम्प हवा से बुझ गया था और जब सिपाही ने चालान किया तो उसने सिपाही का हाथ पकड़कर उसे लैम्प के साथ लगाया भी था, और उस वक़्त वह लैम्प गरम था।"

"ग़रीबनवाज़, यहाँ पर दस्तख़त कर दें, हलफ़नामा है, हुजूर!"

"ग़रीबनवाज़, 7 नम्बर की बस कहाँ से मिलेगी?"

"ग़रीबनवाज़, यह मेरी बेटी प्रमिला, अब आपकी अमानत है। आपका घर अब इसका घर है।"

नारंग साहब की ज़िन्दगी धुरे पर से उतरी हुई ज़िन्दगी थी, पटरी पर से उतरी हुई। पटरी पर से उतरे उन्हें दसियों बरस बीत चुके थे। ज़िन्दगी की पटरी कौन-सी होती है?—बीवी? काम? शौक? पैसा?

चिट्ठियाँ डालनेवाले बक्से पर ताला नहीं लगा था। सुबह की डाक नारंग साहब देखकर कचहरी जाते थे, यों भी आते-जाते, वक़्त-बे-वक़्त वह लेटर-बक्स को खोलकर देखते रहते थे, यह केवल आदत के कारण, कहीं से उन्हें चिट्ठी का इन्तज़ार रहता हो, ऐसा नहीं था। पहले लेटर-बक्स की बग़ल में बिजली की घंटी का बटन हुआ करता था और चिट्ठीरसान को हिदायत

थी कि चिट्ठियाँ बक्स में डालते समय घंटी बजा दिया करें। पर घंटी का स्विच कोई तोड़कर ले गया था, तार अभी भी दरवाज़े के साथ लटक रही थी। नया स्विच लगवाने के बारे में नारंग साहब को शुरू से ही ख़याल नहीं आया था, अब उसे ठीक करवाने की ज़रूरत का एहसास भी जाता रहा था।

नारंग साहब ने मेज़ पर बैठकर चिट्ठी खोली और उसे पढ़ते हुए सकते में आ गए। पढ़ चुकने पर सीधा कुर्सी पर बैठ गए, फिर उठ खड़े हुए। फिर बैठ गए। कुर्सी की बाँहों पर उँगलियाँ बजाने लगे। तभी उनकी टाँगों में लरज़िश उठी और उनका सारा बदन काँप-काँप गया। वह उठे, टहलते हुए कमरा पार कर गए, और दूसरे कमरे में पहुँचकर अपनी खाट की बाँही पर बैठ गए। वहाँ भी बाँही पर उँगलियाँ बजाते रहे।

"यह क्या बखेड़ा खड़ा हो गया है! चैन से बैठना नसीब में न हो तो कोई क्या करे?" वह उठकर फिर कमरे में आ गए और कुर्सी पर बैठकर चिट्ठी को देखने लगे। चिट्ठी में एक ही वाक्य मतलब का था :

"प्रमिला और मैं अब एकसाथ नहीं रह सकते।"

मतलब की बात यही थी जो दिल पर चोट करती थी, बाकी कोरी लफ्फाज़ी थी :

"इसमें कुसूर मेरा ही समझिए, मैं आपके विश्वास और आशाओं के योग्य साबित नहीं हुआ..."

अन्त में लिखा था :

"मैं चाहता हूँ, हम चुपचाप अलग हो जाएँ। मैं नहीं चाहता कि मामला कचहरी में जाए। पर अगर आप इसे कचहरी में ले जाना चाहते हैं तो मुझे इसमें भी कोई एतराज़ नहीं है..."

चिट्ठी लिख देना कितना आसान होता है, मगर कभी शादियाँ भी यों टूटी हैं? दोष प्रमिला का ही होगा। उसकी माँ भी बड़ी हठी थी। अब भुगतो। फिर दामाद को बुरा-भला कहने लगे।

इस बीच वह बराबर टहलते रहे, फिर सीधे गुसलख़ाने में चले गए। वहाँ देर तक दोनों हाथों में सिर थामे बैठे रहे। गुसलखाने से लौटे तो इतने थक चुके थे कि पलँग पर लेट गए और कम्बल से मुँह-सिर ढाँप लिया। मुँह ढाँपने से उन्हें कुछ राहत मिली। कुछ देर के लिए बात आँखों से ओझल हो गई। उसका ओझल रहना ठीक ही होगा। थोड़ा सो लूँ, फिर सोचूँगा। इस बुढ़ापे में भी मुझे चैन से नहीं बैठने देते। बेटी का चेहरा आँखों के सामने आया तो करवट बदल ली। पर वह दूसरी करवट भी सामने आ गया। फिर महेन्द्र का

पत्र याद आया और उनका दिल धक्-से रह गया...उन्हें सहसा एहसास हुआ कि बड़ी हैवतनाक बात होने जा रही है। मेरी बेटी तो कहीं की न रहेगी। उसकी ज़िन्दगी तो मिट्टी में मिल जाएगी। पर मैं कर ही क्या सकता हूँ? वह उठ बैठे और बाँही पर से टाँगें लटकाते हुए बुदबुदाए : 'बुढ़ापे में भी चैन से बैठना मेरे नसीब में नहीं है। मेरी तो किसी को चिन्ता नहीं है, अब इनके झगड़े भी मैं निबटाऊँ...अगर उसने सचमुच प्रमिला को छोड़ दिया तो प्रमिला अपने बच्चे को लेकर यहाँ आ जाएगी। उसके घर में आ जाने की कल्पना सुखद थी, घर में चूल्हा जलने लगेगा, गरम रोटी मिला करेगी, घर में कोई बात करनेवाला होगा। पर स्थिति ऐसी गम्भीर थी कि उस पर अपने आराम की बात अटपटी-सी जान पड़ती थी। प्रमिला को उसी अपने घर में बने रहना चाहिए। एक दिन के लिए भी नहीं आना चाहिए। यहाँ आने का मतलब होगा, महेन्द्र के हाथ मज़बूत करना। एक बार वह उसके घर से निकल आई तो वह उसे दोबारा घुसने नहीं देगा। अपनी ज़िम्मेदारी मुझ पर डाल देगा, खुद सुर्खरू हो जाएगा। सोचते ही नारंग साहब उत्तेजित हो उठे, कुछ करना होगा, और अभी करना होगा।

वह धीरे-धीरे चलते हुए मेज़ पर आए, और कलम उठाकर खत लिखने बैठ गए।

तभी उन्हें लगा जैसे दरवाज़े पर दस्तक हुई है। गाहे-बगाहे घर पर भी कोई मुवक्किल आ जाता था। उस रोज़ किरानेवाला दूकानदार आ गया था, मुफ़्त की ही सही, फिर भी कानूनी सलाह तो माँगने आया था।

पर दोबारा दस्तक नहीं हुई। सादा कागज़ आधा फाड़कर नारंग साहब खत लिखने लगे। खत उनके हमजुल्फ़ के बेटे के नाम था : तुम उनसे मिलो और उन्हें समझाओ कि यह खौफ़नाक़ क़दम न उठाएँ, मेरी तो अक्ल काम नहीं करती कि क्या होने जा रहा है। मैं यों भी बीमार रहता हूँ, चलता हूँ तो चक्कर आते हैं...

तभी नारंग साहब को लगा जैसे किसी का साया मेज़ पर पड़ा है, कि पिछली खिड़की से किसी का साया कमरे में आया है। उन्होंने सिर उठाकर देखा, फिर झट-से उठे और खिड़की खोली। बाहर आँगन में कोई औरत खड़ी थी।

'क्या है, बीवी? मुझसे बात करनी है?''

तभी वह औरत आगे बढ़ आई :

''मैं हूँ जी, मैं हूँ, पिताजी!''

"प्रमिला? प्रमिला तुम हो? आओ, आओ मेरी बच्ची! ठहरो, मैं दरवाज़ा खोलता हूँ।" और नारंग साहब कमरा लाँघकर बरामदे में दरवाज़ा खोलने चले गए।

प्रमिला को बाँहों में भरे-भरे ही वह अन्दर लाए। उसे बाँहों में भरते ही लगा जैसे समस्या अपने-आप हल हो गई है, उसका सदा-सदा के लिए समाधान हो गया है।

"अकेली आई हो? तुम्हारे साथ कोई नहीं आया?"

"अकेली आई हूँ।"

"पप्पू को भी नहीं लाई?"

"पप्पू को उन्होंने बोर्डिंग में डाल दिया है।"

"इतने छोटे बच्चे को बोर्डिंग में डाल दिया है?"

नारंग साहब को पप्पू की उम्र के बारे में स्पष्टतः कुछ भी याद नहीं था कि वह कितने बरस का होगा। छः-सात बरस का भी हो सकता है, दस-ग्यारह का भी। चश्मे के पीछे से वह अपनी बेटी के चेहरे की ओर देखते रहे। प्रमिला बड़ी उम्र की लगने लगी थी, गालों पर, आँखों के ऐन नीचे, साये-से उतर आए थे। रूखे बालों में इधर-उधर सफ़ेद रेशे भी नज़र आ रहे थे।

नारंग साहब मुस्कराए। बेटी का हाथ पकड़कर बोले :

"कितनी बड़ी हो गई है मेरी बेटी! याद है जब बाहर आँगन में दौड़-दौड़कर तितलियाँ पकड़ा करती थी? बिटिया बड़ी हो गई।"

नारंग साहब खुद जगह-जगह से पिचक गए थे, ठुड्डी पिचक गई थी, मुँह बन्द करते तो होंठ दबकर गायब हो जाते, पगड़ी पिचक गई थी, सारी देह पिचकी हुई-सी लग रही थी।

प्रमिला अपनी बड़ी-बड़ी आँखों से पिता के चेहरे की ओर देखे जा रही थी। इतनी बड़ी हो जाने पर भी वह पिता के चेहरे की ओर वैसे ही देख रही थी जैसे बचपन में देखा करती थी, दुनिया का सबसे बुद्धिमान, सबसे शक्तिशाली पुरुष, सबसे समझदार, सबसे ज़्यादा रोबदाबवाला, जिसकी एक ही घुड़की सुनकर वह काँप जाया करती थी। वह अब भी एक घुड़की दे देंगे तो महेन्द्र काँप-काँप जाएगा।

"भाई का खत आता है? कहाँ है आजकल?"

"जहन्नुम में! मुझे क्या मालूम कहाँ है? कभी सुनता हूँ, कानपुर में ठोकरें खा रहा है, कभी इलाहाबाद में।"

नारंग साहब उठकर टहलने लगे। भावुकता के सरोवर में से जैसे घबराकर

बाहर निकल आए थे। सहसा उन्हें प्रमिला की—और साथ में अपनी—विकट स्थिति का भास कचोटने लगा। थोड़ी देर तक टहलते रहने के बाद सहसा बोले :

"ख़र्चा कौन देगा?"

प्रमिला अभी भी उनकी ओर देखे जा रही थी।

"कौन-सा ख़र्चा?"

"पप्पू का, तुम्हारा...?"

"पप्पू का ख़र्चा वह देंगे। मेरे ख़र्चे का तो उन्होंने कुछ नहीं कहा।" फिर थोड़ी देर तक चुप रहने के बाद बोली, "उन्होंने कहा है कि छः महीने तक अलग-अलग रहकर देखेंगे।"

नारंग साहब फिर टहलने लगे। प्रमिला उनकी ओर देखे जा रही थी, इस आशा से कि वह फ़ौरन ही उसकी समस्या को हल कर देंगे।

"तुम्हें वहाँ से नहीं आना चाहिए था। वह तुम्हें ज़बरदस्ती घर से निकाल तो नहीं सकता ना?" फिर नारंग साहब उसके ऐन सामने आकर खड़े हो गए। "वही तो तुम्हारा घर है। वह क्या कहता था, छः महीने के लिए अलग-अलग रहकर देखेंगे?"

"उन्होंने आपको खत में लिखा होगा।"

"खत में उसने अलग होने की बात लिखी है, छः महीने का कुछ नहीं लिखा। तुम वहाँ से चली क्यों आईं? तुम मुझे खत नहीं लिख सकती थीं?"

"मैं खुद थोड़े ही आई हूँ। उनकी चाची घर में आ गई है। वह बहुत बुरी औरत है..." प्रमिला आगे कुछ नहीं कह सकी।

हफ़्ता-भर पहले महेन्द्र की चाची उसके घर आ गई थी, पहले तो प्रमिला से बड़े प्यार से मिली, पर फिर सहसा ही उसका रुख बदल गया। शीघ्र ही प्रमिला को फटकारने लगी। कल शाम वह प्रमिला पर बरस पड़ी थी।

"सुन ले भलीमानुस, अब तू यहाँ से चली जा! सीधी तरह से नहीं जाएगी तो चोटी पकड़कर निकाल दूँगी। तूने मेरे बेटे को बहुत परेशान किया है, अब मैं और नहीं करने दूँगी।"

महेन्द्र उस समय अपने कमरे के बीचोंबीच टाँगें फैलाए खड़ा था, वहीं पत्थर का बुत बना खड़ा रहा। उससे हिला-डुला नहीं गया।

प्रमिला ने महेन्द्र की ओर देखा था और देर तक देखती रही थी।

"तुम चाहते हो मैं चली जाऊँ?" उसने नज़दीक आकर पूछा था। "तुम मुझे घर से निकाल देना चाहते हो?" और महेन्द्र देर तक काठ का बुत बना

खड़ा रहा था।

"हमें कम-से-कम कुछ देर के लिए अलग रहना चाहिए।"

"कुछ देर के लिए क्यों? लात मारकर बाहर निकालो छिनाल को, सोचते क्या हो?" पीछे से चाची ने चिल्लाकर कहा था। और उसी दिन दो कपड़ों में ही वह निकल आई थी।

इस सूरत में वह वहाँ कैसे रह सकती थी? और पिताजी कह रहे हैं कि मुझे वहीं पर बने रहना चाहिए था।

"एक बार टूट जाए तो फिर यह जुड़ती नहीं।" सिर पर खड़ा बाप बोले जा रहा था : "इतना खींचो कि टूटे नहीं। बड़ी कच्ची डोर होती है शादी की। समझ-बूझ से काम लेना चाहिए। अब तुम कोई बच्चा तो नहीं हो ना। ख्वामख्वाह बैठे-बिठाए मुसीबत मोल ले ली।"

देर तक टहलने-झींकने-खीझने के बाद नारंग साहब को कचहरी की याद आई। ग्यारह बजे के लगभग स्टांप-पेपरों और हलफ़नामों पर दस्तख़त करवानेवाले लोग आने लगते हैं, उसी वक़्त ही मजिस्ट्रेटों को थोड़ी फुर्सत भी रहती है, अब न पहुँचे तो दिन बर्बाद हो जाएगा। देर से पहुँचे तो छोटे मजिस्ट्रेटों के चपरासियों के साथ उलझना पड़ता है।

पर घर में चाय की पत्ती तक नहीं थी। बर्तन बरसों पहले से बाल्टी में बन्द रखे थे। एक बाल्टी और एक लोटा गुसलखाने में रखे थे, और बस।

नारंग साहब ने जेब में से अठन्नी निकालकर प्रमिला की ओर बढ़ाते हुए कहा :

"यह आठ आने रख लो। मैं जाते हुए ढाबेवाले से कहता जाऊँगा कि तुम्हें थाली पहुँचो दे। यह आठ आने उसे दे देना। मैं उधार नहीं रखता। साथ-साथ, रोज़-के-रोज़ पैसे देता हूँ। इसमें गड़बड़ नहीं होती।"

"नहीं पिताजी, मेरे पास पैसे हैं। उन्होंने आते वक़्त मुझे पचास रुपए दिए थे।"

"आगे भी देता रहेगा?"

"यह मुझे नहीं मालूम।"

"आगे नहीं देगा। उसने सस्ते में टाल दिया है।"

फिर अठन्नी बेटी की ओर बढ़ाते हुए बोले :

"पर बाप के घर में तो तुम ख़र्च नहीं कर सकती हो ना! यह लो, पकड़ो अठन्नी।"

पर प्रमिला ने फिर सिर हिला दिया।

“नहीं पिताजी, मेरे पास पैसे हैं, आप रखिए,” प्रमिला ने दृढ़ता से कहा।

“बहुत कम पैसे हैं, इसलिए इन्कार कर रही हो?” पिता ने धीमी आवाज़ में कहा, “आजकल मेरा काम बहुत अच्छा नहीं है। ज़्यादा होते तो मैं ज़रूर तुम्हें ज़्यादा पैसे दे जाता। ढाबेवाला एक थाली के आठ ही आने लेता है। इसीलिए...”

पर प्रमिला ने सिर हिला दिया। और वह स्वयं अपने व्यवहार पर हैरान हो रही थी। एक अजीब दृढ़ता से वह बराबर इन्कार किए जा रही थी। जैसे अन्दर-ही-अन्दर उसके कोई गाँठ-सी पड़ती जा रही हो। जैसे अन्दर-ही-अन्दर कोई चीज़ सहसा कठोर होने लगी हो, लोहे के तार की तरह।

नारंग साहब कमरे के बीचोंबीच उत्तेजित-से टहलने लगे, बार-बार सिर झटकते, बार-बार हाथों की उँगलियाँ एक-दूसरे में उलझाते। बार-बार उनके मुँह से 'उहँ', 'उहँ' शब्द निकलता। वह यहाँ तक अपने में खो गए थे कि लगता था उन्हें प्रमिला की उपस्थिति का भी बोध नहीं रहा हो। माँ जब ज़िन्दा थी, तब भी वह टहला करते थे, पर इस तरह से सिर नहीं झटका करते थे, इतने बूढ़े और निस्सहाय नहीं नज़र आते थे, न ही इतने अधिक उत्तेजित हुआ करते थे। प्रमिला को लगा जैसे उसने अपने बाप को किसी गहरे कुएँ में धकेल दिया है।

“आपको कचहरी से देर हो रही है, पिताजी, आप जाइए। मैं जैसा आप कहते हैं वैसा ही करूँगी।”

नारंग साहब ठिठक गए, प्रमिला की ओर देखते हुए वह इस दुनिया में लौट आए, उन्हें अपनी स्थिति का भास हुआ, उन्होंने जेब में से काला धागा खींचकर घड़ी निकाली, साढ़े-दस बज रहे थे। वह मेज़ की ओर गए, एक फ़ाइल उठाई और सीधे बाहर को जाने लगे। पर प्रमिला को पुराने वक़्तों के मुताबिक हलका-सा भास हुआ कि वह दरवाज़े तक पहुँचकर लौट आएँगे और फिर कोई बहुत ही महत्त्वपूर्ण बात कहेंगे। इतनी देर जो वह टहलते हुए अपने मन को मथते रहे थे तो उसका निष्कर्ष तो बताकर ही जाएँगे। अपनी बड़ी-बड़ी आँखें अपने पिता की पीठ पर लगाए, वह चुपचाप बैठी रही। और नारंग साहब सचमुच ही बाहरवाले दरवाज़े में से लौट आए। और न जाने क्यों प्रमिला का दिल धक्-से रह गया। बचपन के दिनों में वह और उसका भाई उनकी इस हरकत पर हँस दिया करते थे।

“मैं तुम्हारी मुश्किल हल नहीं कर सकता, ये मामले बड़े टेढ़े होते हैं।” उन्होंने साफ़ दो-टूक भाषा में कहा : “कचहरी में मामला ले जाऊँ तो जो थोड़ी

बहुत पूँजी है वह भी ख़त्म हो जाएगी, और बने-बनाएगा भी कुछ नहीं। तुम या तो उसके पास लौट जाओ, या कोई छोटा-मोटा काम देख लो। यहाँ आकर तुमने बिलकुल बच्चों वाली बात की है।"

"उन्होंने मुझे निकाल दिया है पिताजी, मैं खुद नहीं आई।"

"यों कोई निकाल सकता है? तुम मुझे बच्चा समझती हो?" नारंग साहब ने उत्तेजित होकर कहा। फिर सँभल गए।

"मैं क्या करूँ, मैं आज हूँ, कल नहीं रहूँगा, तुम कहाँ दर-दर की ठोकरें खाती फिरोगी।" फिर नारंग साहब उसके करीब आ गए। प्रमिला समझ गई, क्यों आए हैं। और समझते ही उसकी आँखें छलक आईं। माँ के जीते-जी भी पिताजी का ऐसा ही व्यवहार हुआ करता था। पहले जली-कटी बात कह दिया करते थे, फिर मनाने आ जाया करते थे, बच्चों के सामने माँ से माफ़ियाँ माँगने लगते थे।

"दुखी न हो, प्रमिला, मेरी बच्ची, मैं तेरा दुख समझता हूँ। मुझसे जो बन पड़ेगा, मैं करूँगा। पर ज़माना ऐसा आया है, किसी को कुछ सूझता नहीं कि क्या करे।"

"उनसे कहिए पप्पू को मुझे दे दें, मैं और कुछ नहीं चाहती, मैं उनसे कुछ नहीं माँगती। मैं अलग हो जाऊँगी।" प्रमिला ने रोते हुए कहा।

"पप्पू कहाँ है?" नारंग साहब को याद आया।

"उसे उन्होंने बोर्डिंग स्कूल में डाल दिया है।"

नारंग साहब का हाथ जो प्रमिला की पीठ सहला रहा था, ठिठक गया, और वह कुछ देर तक सोचते रहे।

"तेरे पास वह क्या करेगा, प्रमिला, वहाँ अच्छे स्कूल में रहेगा, कुछ पढ़-लिख जाएगा। ख़र्च भी उसका बाप देगा। मेरे पास इतने पैसे कहाँ कि मैं उसे अच्छी तालीम दे सकूँ। जहाँ वह बैठा है, उसे वहीं रहने दे। कभी-कभी जाकर मिल आया कर।"

"वह मिलने नहीं देते। उन्होंने स्कूलवालों को मना कर दिया है। मैं क्या करूँ?"

"इसका मतलब? वह कौन है मना करनेवाला?" बूढ़ी हड्डियों में हरारत आई। "स्कूलवालों को क्या अधिकार है कि बच्चे को माँ से न मिलने दें? कानून मर गया है? कौन है मना करनेवाला? अव्वल तो, अव्वल तो..."

पर कानून की कठिनाइयों की भयावह काली दीवार उनकी आँखों के सामने फिर सहसा खड़ी हो गई, जिसे पार करना उनके बस का न था।

घूम-फिरकर जिस रास्ते से भी जाओ, वह काली दीवार सामने खड़ी हो जाती है। पैसे की ताक़त से ही इन्सान उसे पार कर पाता है और वह पैसा इस घर में चुक गया था। घर में से पैसा निकल गया था और बुढ़ापा अपनी सम्पूर्ण शिथिलता और थकावट के साथ उतर आया था।

प्रमिला की निष्प्रभ हताश आँखें उन्हें देखती रह गईं।

नारंग साहब फिर पीठ-पीछे हाथ बाँधे कमरे में टहलने लगे।

सात

चिट्ठी हाथ में पकड़े-ही-पकड़े, प्रमिला का भाई चिल्लाने लगा। नंगे बदन गर्दन में तौलिया डाले, नीचे तहमद बाँधे, और मुँह में दातून रखे वह नहाने जा रहा था जब नारंग साहब की चिट्ठी मिली। आवेश में उसकी गालों की पतली-पतली फाँकें लाल हो गईं।

"वह मुझे जानता नहीं। वह है किस ज़ोअम में! एक बार छठी का दूध याद करा दूँगा। सरकारी अफ़सर है तो अपने घर में है। यहाँ किसी के कर्ज़दार नहीं हैं जो डरते फिरेंगे। मेरी बहिन पर जो हाथ उठाएगा उसकी मैं आँतें खींच लूँगा। वह मुझे जानता नहीं। उल्लू का पट्ठा। न जाने कैसे आ गया हमारे घर में।"

उसकी पत्नी, चुपचाप चूल्हे के पास बैठी उसकी ओर देखे जा रही थी :

"क्या कह रहे हो? किसकी बात है? कुछ मुझे भी बताओ।"

"बात है।" परशुराम के होंठों पर से गुस्से से झाग निकलने लगी थी। "बात है," उसने होंठ चबाकर कहा, "मेरी बहिन को उसके घरवाले ने घर से निकाल दिया है, फिर बाप उधर खड़ा मुँह देख रहा है।"

पत्नी चुप हो गई। पहले तो बाप के खत इधर-उधर पड़े रहते थे, परशुराम ने कभी विशेष ध्यान नहीं दिया था, कभी खत खोलता, कभी खोलता तक नहीं था। आज सहसा उबलने लगा था। इसे उबल लेने दो। पत्नी ने यह बात गाँठ बाँध ली थी कि जब उत्तेजित हो तो बीच में नहीं बोलो, बाद में अपने-आप ठंडा हो जाता है।

"तुम अब नहा लो जी, देखो तो, सूरज छत पर आ गया है। किस वक़्त

नाश्ता करोगे, और मैं किस वक़्त खाना बनाऊँगी।"

"यहीं पर हूँ, कहीं भागा तो नहीं जा रहा हूँ," परशुराम ने आँखें निकालकर पत्नी की ओर देखा, "तुझे ज़्यादा भूख लगी है तो तू पहले खा ले।" और परशुराम ने चिट्ठी को फिर पताका की तरह झुलाया : "मैं इस ब्याह के ही ख़िलाफ़ था। न जान, न पहचान। अब भुगते बहिन भी।"

और परशुराम रसोईघर के बाहर पिंजरे में बन्द शेर की तरह ऊपर-नीचे तेज़-तेज़ टहलने लगा। बार-बार नाली की मोरी के पास पहुँचकर मुँह में से दातून निकालकर थूकता, और फिर काग़ज़ का फ़ड़का हाथ में लिए चलने लगता। "उसने समझ क्या रखा है? मैं नाकों चने चबवा दूँगा।" दातून के तिनके उसके होंठों के दोनों ओर चिपक गए थे, दातून आधी रह गई थी, मगर वह अभी भी उसे चबाए जा रहा था। यही स्थिति अख़बार पढ़ते समय हुआ करती थी। तब भी वह गर्दन में तौलिया लटकाए, दातून चबाता सारी सुबह अख़बार पढ़ने व नाली में थूकने में बिता दिया करता था।

आख़िर परशुराम नहाकर गुसलखाने में से निकला और रसोईघर में पराठा और चाय का गिलास सामने रखकर बैठ गया, तो पत्नी ने धीरे-से पूछा : "तो फिर दिल्ली जाओगे, क्या?"

"जाऊँगा नहीं तो क्या? एक ही तो बहिन है मेरी। बहिन तो जान भी माँगे तो हाज़िर है, उस पर मुसीबत आए और मैं चुप बैठा रहूँ? वह भाई क्या जो बहिन को मुसीबत में देखकर चुप बैठा रहे?"

"फिर आज ही जाओगे क्या?"

"देखो, क्या करता हूँ।" परशुराम ने चाय का घूँट भरते हुए कहा।

"क्या लिखा है पिताजी ने? कुछ मुझे भी तो बताओ।"

"लिखा क्या है, बहिन को घर से चलता किया है, अब वह पिताजी के पास है। बेटे को पहाड़ पर किसी स्कूल में दाख़िल करवा दिया है। मैंने भी उसकी लात नहीं तोड़ी तो मेरा नाम परशुराम नहीं। वह समझता क्या है? यहाँ कच्ची गोलियाँ नहीं खेली हैं। सरकारी अफ़सर है तो अपने घर में है। यहाँ बड़े-बड़े सरकारी अफ़सरों को सीधा कर चुके हैं।"

पत्नी को फिर संशय हुआ। खत ने क्या सचमुच गहरी चोट की थी?

"तो फिर तुम जाओगे दिल्ली?"

"जाऊँगा नहीं तो क्या करूँगा, यहीं बैठा रहूँगा, तूने इस मामले को मज़ाक समझ रखा है?"

"कब जाओगे, मैंने तो यों ही पूछा है। तुम्हें जाना ही चाहिए, बहिन

तकलीफ़ में है। यों तो उसने राखी-टिक्के पर भी कभी-कभार ही याद किया है, मगर तुम जाओ। गए तो कब जाओगे?"

"चला जाऊँगा भाई, कुछ सोचने-समझने भी दिया कर। तू तो हाथ धोके मेरे पीछे पड़ गई है।"

अब पत्नी आश्वस्त हो गई कि परशुराम दिल्ली नहीं जाएगा। जा पाना इतना आसान भी नहीं था। पचास रुपए तो आने-जाने की टिकट में ही निकल जाते। कहाँ से लाएँ इतने पैसे? और फिर मामले यों थोड़े सुलझते हैं कि दिल्ली पहुँच गए तो मामला सुलझ गया। दिल्ली में एक नहीं, बीसियों मित्र-सम्बन्धी बैठे हुए हैं, नारंग साहब खुद वकील हैं। यह गए न गए, क्या फ़र्क़ पड़ जाएगा। हाँ, बहिन की ढाढ़स बँधेगी पर ढाढ़स-ढाढ़स में एक सौ रुपये पर पानी फिर जाएगा...

इसके बाद घर में दो-एक दिन तक इस पत्र की चर्चा रही। परशुराम आज-कल, आज-कल कहता रहा, फिर इस सम्बन्ध में सोचना तक उसे बोझिल लगने लगा। और पट्ठे ने ख़त का जवाब तक नहीं दिया।

चाची की राय थी कि मामले को किसी सूरत में भी कचहरी में न ले जाया जाए। अभी कुछ भी नहीं बिगड़ा है। मियाँ-बीवी की खींचातानी होती रहती है। कोई बात नहीं, उसने मायके भेज दिया तो। अपनी ओर से बात को बढ़ावा नहीं देना चाहिए।

"मैं तो कहूँगी चुप करके जहाँ बैठी है, वहीं बनी रह। यह दो दिन का उबाल है, अपने-आप ठंडा हो जाएगा। न उसके दरवाज़े पर जाकर एड़ियाँ रगड़, और न कचहरियों की ख़ाक छान। तुझे पहले जो कुछ समझाती रही उस पर तूने अमल नहीं किया। पर अब भी कुछ नहीं बिगड़ा, जैसे कहती हूँ वैसे ही कर। जहाँ बस न चले वहाँ समझदारी से काम लेना चाहिए।"

"मैं कहाँ कहती हूँ कचहरी में जाऊँ, पर मैं पप्पू के बिना नहीं रह सकती।"

इस पर चाची हाथ पसारकर बोली :

"बच्चे का सुख चाहती है तो उसे वहीं बना रहने दो। बच्चा उसके पास रहेगा तो पल तो जाएगा। तेरा तो कोई ठौर-ठिकाना ही नहीं। तू उसे खिलाएगी कहाँ से। अब जो हो गया सो हो गया। क्या मालूम इसी में कोई भलाई छिपी हो! अपने को बदहाल न कर। मैं जानती हूँ, तुझ पर क्या बीत रही है।"

"मैं कहीं बर्तन माँज लूँगी, पर पप्पू को अपने पास रखूँगी।"

इस पर चाची की आवाज़ तेज़ हो गई :

"बर्तन माँजेगी और उसे अपने पास रखेगी? उसे भी जूठन खिलाएगी और खुद भी जूठन खाएगी? तू उसका भला नहीं चाहती? तेरा बेटा जब बड़ा होगा तो अपने-आप तेरे पास चला आएगा। देख लेना। अभी उसके हित में यही है कि वह अपने बाप के पास रहे।"

पम्मी फ़र्श पर बैठी थी और दाईं उँगली से फ़र्श कुरेदे जा रही थी। उसने फिर सिर हिला दिया :

"मैं रात-भर सो नहीं पाती, चाची! यही सोचती रहती हूँ, पप्पू कहाँ पड़ा होगा, उस पर से कपड़ा उतर जाता होगा तो जाने कोई ओढ़ाता भी है या नहीं!"

"बहुत बातें नहीं कर, पम्मी! मर गई होती तो तेरे बच्चे को कोई पालता या नहीं? बड़ी आई बच्चेवाली! बच्चे का सुख चाहती है तो उसे वहीं पड़ा रहने दे।"

तभी प्रमिला को दोनों कन्धों से पकड़कर छाती से लगाते हुए और उसकी पीठ पर धीरे-धीरे हाथ फेरते हुए चाची बोली :

"जाप किया कर पम्मी, जाप किया कर, जाप से अन्दर का मैल धुल जाता है, जाप से भगवान तक बस में आ जाते हैं।"

फिर प्रमिला का हाथ अपने हाथ में लेकर चाची देर तक उसे जाप की महिमा के उदाहरण सुनाती रही :

"एक लाख बार जाप करो तो न केवल मन को त्राण मिलता है, बल्कि भगवान मन की मुराद भी पूरी कर देते हैं। डॉक्टर के बेटे पर ग्रह था। पति-पत्नी ने सवा लाख बार गायत्री का जाप किया, उस पर पूरा एक महीना लग गया, और ग्रह टल गया। बाबू मुल्कराज की नौकरी छूटने जा रही थी, उसे नोटिस मिलनेवाला था, एक साधु महात्मा ने कहा, एक लाख बार गायत्री का जाप करो। तू मानेगी नहीं पम्मी, सचमुच महीने के अन्दर-अन्दर वह नौकरी पर बहाल हो गया।"

"मैं और कुछ नहीं चाहती, मैं चाहती हूँ, पप्पू मेरे पास आ जाए।"

प्रमिला ने फ़र्श की ओर देखते हुए कहा।

"जाप कर। मैं तुझे महाराज के पास ले जाऊँगी, वह तुझे उपाय बताएँगे। सत्संग में मेरे साथ चला कर। वहाँ बहुत लोग आते हैं, मन को बड़ी शान्ति मिलती है। हमारे बुजुर्ग जाप की इतनी महिमा गाते हैं।" फिर प्रमिला के घुटने

पर हाथ रखकर चाची हँसकर कहने लगी, "औरतों को तो यों भी जाप करते रहना चाहिए। पति बस में न रहे तब भी जाप की ज़रूरत, बच्चा तन्दुरुस्त न रहे तब भी जाप की ज़रूरत, घरवाले की नौकरी छूटनेवाली हो, तब भी जाप की ज़रूरत..."

दूसरी ओर, महेन्द्र की ज़हनी शिकनें साफ़ करने के लिए नाटा अपनी रौब में था। उसकी ज़बान खुल रही थी और वह अपने अन्दाज़ में बातें किए जा रहा था :

'अबे उल्लू के पट्ठे, ये बातें छिपकर होती हैं। इश्क नाम की चीज़ न कभी दुनिया में थी, न होगी। बड़ा आशिक बनता है, औरों को भी दुःखी करता है, खुद भी रुसवा होता है। तू जिस औरत से मन आए यारी रख, पर घर क्यों तोड़ता है? छिपाने का नाम ही सदाचार है। कौन नहीं छिपाता, साले, सभी छिपाते हैं। कौन एकव्रती है? केवल वही एकव्रती है जो चुग़द है। सभी औरतों से भोग करते हैं, औरत बनी ही भोग के लिए है। पर लोग अपने घर नहीं तोड़ते। सभी औरतों के पास जाते हैं और सभी छिपाते हैं। दुनिया झूठ पर ही कायम है। छिपाओगे तो सबकुछ पाओगे, बताओगे तो चुग़द कहलाओगे। तू बहुत ईमानदार बनता है, साले, दो दिन की लज्ज़त है। ईमानदारी में बीवी को घर से बाहर किया, बच्चे की ज़िम्मेदारी अपने ऊपर ले ली। इतना प्रेम का भगत था तो उससे ब्याह क्यों किया था? हमारी भी घरवाली है, बाप ने कहीं से पकड़कर हमारे गले बाँध दी। हमारा मिजाज़ नहीं मिलता। पर साले, हम उसे धकेलकर बाहर तो नहीं फेंक रहे हैं। बच्चे भी पाँच दे दिए हैं, पालो, साली, बैठकर पालो, हमें खुला छोड़ दो। अब हम वक़्त पर घर जाएँ, देर से जाएँ, जाएँ न जाएँ, उसकी हिम्मत नहीं पूछ ले। अब कोई यह तो नहीं कह सकता कि नाटेशाह ने बीवी के साथ बुरा सलूक किया है। अगर गली-मुहल्ले में कोई हमारी बदनामी करे तो हमारी बीवी उसकी आँखें नोच ले। वह भी छिपाती है, हम भी छिपाते हैं, गाड़ी चल रही है। पर अन्दर से हमारी नहीं पटती। हमारी पत्नी से हमारा शराब का रिश्ता है, बस। शराब पी रखी हो तो कभी-कभार उसके पास चले जाते हैं, बिना शराब पिए तो हम उसके पास जा भी नहीं सकते। झूठ क्यों कहें। पर उसे हिदायत दे रखी है कि रोज़ रात को नहाकर और पाउडर लगाकर बैठा करे। साली, नहा भी ले तो भी हमारा नशा उसे देखकर उतर जाता है, झूठ क्यों कहें। पर हमने

उसे खाने-ओढ़ने की तकलीफ़ तो नहीं दी, खालिस बाईस कैरेट सोने की चूड़ियाँ बनवाकर दी हैं पिछले साल। इधर-उधर कभी लात-वात भी जमा देते हैं, ताकि सीधी चलती रहे। पर घर तो नहीं टूटने देते। हमें बेड-टी वक़्त पर मिल जाए, हमारे कपड़े धुले-धुलाए अलमारी में आ जाएँ, हमारा भोजन हमें वक़्त पर मिल जाए, बस, फिर हम तो रमता जोगी हैं, रमते हुए जिधर निकल गए।

''अब बता, साले, हम ज़्यादा शरीफ़ हैं या तू? अबे उल्लू के पट्ठे, उसे घर बुला ले, और बच्चे को उसके हवाले कर, भलेमानुसों की तरह। जिस औरत के पीछे मतवाला हुआ घूमता है, दो दिन बाद वह भी बासी पड़ जाएगी। साले, उसके मुँह में से भी बू आने लगेगी, उसी स्तर पर आ जाएगी जिस पर तेरी बीवी है। बल्कि तेरी बीवी ज़्यादा नमकीन है। साले, उसके साथ मेरा ब्याह हुआ होता तो उसे फूलों की सेज पर सुलाता।''

अपने मोटे चश्मों के पीछे से महेन्द्र की छोटी-छोटी आँखें नाटे के चेहरे की ओर देख रही थीं। धीमी-सी आवाज़ में बोला :

''मैं आज़ाद रहना चाहता हूँ, नाटे, तू इस बात को नहीं समझेगा। तू तो टुच्चा है, पल्ले दर्जे का। तू तो जानता भी नहीं कि प्रेम किसे कहते हैं।''

''अरे वाह रे वाह, एक औरत के साथ इश्क क्या किया, हमें प्रेम के उपदेश देने चला है। साले, हम बीस औरतों के साथ प्रेम कर चुके हैं, एक-से-एक सच्चा, हम असल प्रेमी हैं या तू? सुन, मेरे राजा, ज़माना बदल रहा है, पर अभी पूरा नहीं बदला।

''अगर आज़ाद बनकर रहना चाहता है तो अपना घर बनाए रख, और सब काम छिपकर करता जा। इश्क के कारण तो साले, तब भी घर नहीं टूटेंगे जब दुनिया बदल जाएगी। तब घर न बनेंगे न टूटेंगे। तू प्रेम के कारण घर तोड़ रहा है, तेरे जैसा पिछड़ा हुआ इन्सान दुनिया में नहीं है। साले, अगर बीवी कमाती-खाती हो और तू उसे घर से निकाल दे तब तो कोई बात भी बनती है। साले, इश्क नाम की कोई चीज़ नहीं दुनिया में। अपना घर बनाए रख, उसे तोड़ नहीं। तू यह समझ, नाटा नहीं, खुद अफ़लातून तुझे नसीहत कर रहा है, जिसने दुनिया देखी है। छिपाओ और ज़िन्दगी का मज़ा लो, बस हम तो यह मानते हैं, सुख लो और औरतों के शरीर से प्रेम करो। साले, न जाने तू कौन-सा प्रेम करता है! हम तो औरत के शरीर के पुजारी हैं।'' बात करते-करते नाटा रेस्तराँ में सहसा उचककर खड़ा हो गया, ''साले, निकल गई, हाथ से निकल गई। तेरी बातों ने कहीं का नहीं छोड़ा,'' और लम्बे डग

भरता हुआ, छरहरे बदन की नाजुक-सी युवती के पीछे-पीछे वह रेस्तराँ में से बाहर निकल गया।

प्रमिला को घर से निकाल देने की ख़बर से सतवन्त के घर में गहरी उदासी छा गई। सतवन्त के गले से तो कौर नहीं उतर पाता था। बार-बार टप्-टप् आँसू गिरने लगते। सरदारजी भी बहुत खिन्न महसूस कर रहे थे। सतवन्त बार-बार उत्तेजित हो उठती थी, पर सरदार साहब शान्त थे।

"तुम बात तो करके देखो," सतवन्त बोली, "तुम्हारी नहीं सुनेगा तो किसकी सुनेगा? एक ही दफ़्तर में काम करते हो। कालिज में एकसाथ पढ़ते रहे हो।"

"यह उसका निजी मामला है, मैं इसमें दखल नहीं दे सकता," सरदारजी ने दो-टूक जवाब दे दिया।

"निजी मामला क्या होता है, वह पत्नी को घर से निकाल दे और सभी मित्र-सम्बन्धी खड़े देखते रहें?"

"अन्दर की बातें हमें नहीं मालूम, सत्तो, कौन जाने किसका दोष है। तुम प्रमिला का पक्ष ले रही हो क्योंकि वह तुम्हारी सहेली है।"

सत्तो व्याकुल हो उठी। पहली बार उसे लग रहा था जैसे कहीं कुछ टूटा है जिसे जोड़ना आसान काम नहीं है, और उसका दिल दहल गया। जिस सुरक्षा को वह स्थायी समझे बैठी थी उसमें किसी वक़्त भी भयानक दरारें पड़ सकती हैं। महेन्द्र ने जिस दिन प्रमिला को घर से निकाला था, उस दिन प्रमिला अपनी सहेली को मिलने नहीं आई थी। महेन्द्र ने सीधा उसे ताँगे में बैठाकर रवाना कर दिया था। इसकी कल्पनामात्र से सतवन्त घबरा जाती थी। क्या यों भी बातें हो सकती हैं? जो आदमी बरसों तक एक-दूसरे के साथ इतनी घनिष्ठता से रहते रहे हों, वे सहसा एक-दूसरे के लिए अजनबी बन जाएँ, एक-दूसरे से नफ़रत करने लगें! प्रमिला को तो मैं जानती हूँ, वह तो गुपचुप ताँगे में बैठ गई होगी। मैं होती तो महेन्द्र की आँखें नोच लेती। ब्याहके क्यों लाया था अगर यों धक्का देकर घर से निकाल देना था तो?

"क्या तुम समझते हो प्रमिला का दोष है? इसमें क्या प्रमिला का भी दोष हो सकता है? उस बेचारी को उसने कहीं का नहीं छोड़ा। उसे पीटता रहा है, धमकियाँ देता रहा है। अब घर से निकाल दिया है, फिर भी कहते हो प्रमिला का दोष हो सकता है।"

"कोई क्या जाने," सरदारजी ने अख़बार पर से आँख उठाते हुए कहा, "ताली एक हाथ से तो नहीं बजती। महेन्द्र का दोष तो सामने नज़र आ रहा है।" फिर सरदारजी ने कन्धे बिचकाकर सिर हिलाया, "तुम अपनी सहेली को बड़ी गलत सलाह देती रही हो, सत्तो।"

सतवन्त का दिल धक्-से रह गया। अन्दर-ही-अन्दर यह बात उसके दिल को कुरेदे जा रही थी कि उससे स्वयं भूल हुई है, और प्रमिला को उसने गलत रास्ता सुझाया है।

"मैंने क्या किया है?"

"होता तो शायद तब भी वही जो कुछ अब हुआ है, पर मैं समझता हूँ, तुमने उसकी स्थिति को ठीक से नहीं समझा। उसे गलत तरीके सुझाती रही हो।" सतवन्त का चेहरा पीला पड़ गया।

"कौन-से ग़लत तरीके सुझाती रही हूँ? बताओ तो, मैंने क्या ग़लत किया है?"

"तुम उसे महेन्द्र का विरोध करने की सलाह देती रही हो। यह तरीका ग़लत था। इस तरह बातें सुलझती नहीं हैं।"

"उसने पीटना तो छोड़ दिया था, यह तो तुम भी मान गए थे।"

सरदारजी चुप रहे। "छोड़ दिया था, यह तो ठीक है, पर अन्दर-ही-अन्दर उसके मन में गाँठ पड़ गई थी। अब मेरी-तुम्हारी जो किसी बात पर अनबन हो जाए और तुम हर राह जाते को बताने लगो और मुझे बदनाम करने लगो तो मेरे दिल में तुम्हारे लिए क्या कोई प्रेम रह जाएगा?"

"मगर पीटना क्या शरीफ़ोंवाली बात है? पराए घर की लड़की को घर में लाकर पीटो?" सतवन्त ने उत्तेजित होकर कहा। उसे फिर से लगने लगा कि प्रमिला को दिया उसका परामर्श ग़लत नहीं था, ठीक ही था। आज के ज़माने में कोई आदमी अपनी पत्नी को पीट दे और सब देखते रह जाएँ, और फिर कहें कि पत्नी का दोष था! सतवन्त को फिर गुस्सा आ गया।

"महेन्द्र उसे पीटता रहा, उस वक़्त तो तुमने ज़बान तक नहीं हिलाई। प्रमिला ने इसका विरोध किया तो वह बुरी बन गई। वाह जी! देख लिया तुम्हारा इन्साफ़!"

पर सरदारजी उत्तेजित नहीं हुए।

"बुरी बात थी, कौन कहता है बुरी बात नहीं थी?"

"पर उस वक़्त तुम बोले क्यों नहीं? महेन्द्र से कहा क्यों नहीं कि बीवी पर हाथ नहीं उठाओ। मैं कहती नहीं थी कि महेन्द्र के दोस्तों का फ़र्ज़ है उसे

समझाएँ। उस वक़्त भी तुमने यही कहा था कि मियाँ-बीवी का निजी मामला है, इसमें तुम दखल नहीं दोगे।''

'सतवन्त नहीं समझ पाएगी,' सरदारजी ने मन-ही-मन कहा और चुप रहे। 'यह औरतों के हक़ों की बड़ी दुहाई देती रहती है, यह दुनिया को नहीं जानती।'

''औरत चाँटे क्यों खाए? किसी का कोई मतलब नहीं चाँटे मारने का।'' सतवन्त ने फिर उत्तेजित होकर कहा। ''मैं उसकी जगह होती तो उसका मुँह तोड़ देती।''

''बस-बस, सत्तो, बहुत बढ़-चढ़कर बातें नहीं किया करो। प्रमिला ने उसका मुँह नहीं तोड़ा फिर भी महेन्द्र ने पकड़कर उसे घर से बाहर निकाल दिया है।''

''क्या करती फिर?''

''क्या-क्या करती? अब क्या कर लिया?'' सरदारजी उत्तेजित होने लगे, मानो उनकी पत्नी महेन्द्र का विरोध न करके उनका विरोध कर रही हो। ''अब महेन्द्र ने उसे घर से निकाल दिया है तो वह क्या करेगी? कहाँ जाएगी? ले-देकर दस ज़मात पढ़ी है तेरी सहेली। दस जमातवाली को चपरासन की नौकरी भी आजकल नहीं मिलती। क्या अपने बाप के पास रहेगी? बाप के पास रखा ही क्या है? तुम कैसी बातें करती हो? जज़बाती बातों से भी कभी मामले हल हुए हैं?''

''मैंने ठीक कहा था, ग़लत नहीं कहा था,'' सतवन्त ने फिर उत्तेजित होकर कहा। ''मैं सोचती हूँ आज भी कुछ लोग उसके अफ़सर के पास जाएँ तो वह सीधा-सतर हो जाएगा। मैं उसे जानती हूँ। तुम चाहते हो, प्रमिला पिटती भी रहती और चुप भी बनी रहती। दो टुकड़ों के लिए? वह दूसरी औरत के पास जाता था, उसे जाने देती? वह अपनी सारी तनख्वाह अपने पास रखता था, रोज़ रात को उससे हिसाब लेता था, बच्चों के सामने उसे बुरा-भला कहता था, पीटता था। क्या यह छोटी-सी बात है? तुम्हारे दिल को कुछ नहीं होता, मेरे दिल पर तो साँप लोटते हैं।'' और सतवन्त को सोफ़े पर पसरकर बैठा अपना पति बुरा लगा। ''तुमने न तो उस वक़्त कुछ किया, न अब कुछ भी करने को तैयार हो। उनका निजी मामला कहकर कन्नी काट रहे हो।''

सरदारजी फिर भी कोहनी के बल अधलेटे, पसरे रहे और अलमारी की चाभी के साथ खेलते-मुस्कराते रहे।

''इनसे बनता-बनाता कुछ नहीं है। मैं यह नहीं कहता कि महेन्द्र ने जो

कुछ किया है, ठीक किया है।"

"तुम कुछ नहीं करोगे तो मैं करूँगी।"

"तुम क्या करोगी?" सरदारजी ने भवें चढ़ाकर हैरानी से पूछा।

"मैं उसके अफ़सर के पास जाऊँगी, उसे सारा क़िस्सा सुनाऊँगी। छोड़ूँगी मैं भी नहीं। एक बेगुनाह लड़की का घर बर्बाद हो जाए और सभी लोग बैठे देखते रहें।"

"क्या कहेगी अफ़सर से?" सरदारजी ने उसी तरह चाभी की चेन झुलाते हुए और व्यंग्य से मुस्कराते हुए पूछा।

"यह क्या बच्चों के-से सवाल पूछ रहे हो? क्या कहूँगी, प्रमिला पर जो बीती है वही सब कहूँगी।"

"और अगर उसने भी कह दिया कि यह प्रमिला और महेन्द्र का निजी मामला है, तो?"

सतवन्त का दिल धक्-से रह गया। वह एकटक अपने पति के चेहरे की ओर देखती रही। उसे लगा जैसे कोई दरवाज़ा खटाक-से प्रमिला के मुँह पर बन्द कर दिया गया है।

"वह कैसे कह सकता है? सरकारी नौकर कोई अपनी पत्नी के साथ बुरा सलूक करे तो क्या सरकार उसके कान नहीं खींचेगी?"

सरदारजी हँस पड़े :

"कैसी बच्चों-जैसी भोली-भाली बातें करने लगी हो, सत्तो! क्या सरकार ने उनकी शादी करवाई थी कि सरकार कान खींच लेगी? जाकर देख लो।" फिर उसी तरह हँसकर बोले : "वह पूछेगा तुम कौन हो तो क्या कहोगी?"

"मैं कहूँगी, मैं प्रमिला की सहेली हूँ।"

सतवन्त को उत्तेजित देखकर सरदारजी धीरज से बोले :

"पागल नहीं बनो सतवन्त, समझ-बूझ से काम लो। इसमें मामला और ज़्यादा बिगड़ेगा। अब शायद कुछ मुद्दत बाद महेन्द्र उसे वापस बुला ले। मगर दफ़्तर में शिकायत करने पर वह और बिगड़ेगा।"

पर सतवन्त ने सिर झटक दिया :

"बिगड़ेगा तो बिगड़ने दो। पहले उसने कौन-सी कसर छोड़ रखी है?"

सरदारजी उठकर बैठ गए। उत्तेजित होकर बोले : "महेन्द्र ने कौन-सा इतना बड़ा गुनाह किया था कि प्रमिला बावेला मचाने लगी? किसी लड़की के पास ही जाने लगा था ना? सौ में से नब्बे आदमी जाते हैं। क्या सभी की बीवियाँ पागल हुई फिरती हैं? वे जानती हैं मर्द का ऐसा स्वभाव है और चुप

रहती हैं। प्रमिला भी रो-धो लेती मगर चुप बनी रहती। अपने-आप महेन्द्र का उबाल कुछ देर बाद ठंडा पड़ जाता। ख्वाह-म-ख्वाह चीख़-चिल्लाकर इतना बड़ा झमेला खड़ा कर दिया।"

"उसे दोष नहीं दो। तुम भी प्रमिला को दोष देने लगे। महेन्द्र खुद शादी तोड़ना चाहता था...तुम कहो या न कहो, मैं तो करूँगी। मैं तो उसके अफ़सर के पास जाऊँगी। देखूँगी, क्या कहता है। मज़ाक तो नहीं है कि बीवी को लात मारकर घर से बाहर निकाल दे..."

आठ

दिल की बेचैनी में प्रमिला पागलों की तरह जाप पर झपटी। उसके रुग्ण मन को लगा, जैसे उसे अवलंब मिल गया है। अब वह दर-दर की ठोकरें नहीं खाएगी, शायद डगमगाएगी भी नहीं। घर की ओर पाँव बढ़ाए चलती जाती और जाप से जुड़े तरह-तरह के नियमों के बारे में सोचती जाती। जाप के दिनों में खट्टी चीज़ें खाना मना होता है, मैं तो केवल चाय पीती हूँ, घर में केवल चाय के लिए ही छटाँक-भर दूध आता है। जाप के दिनों में नीची नज़र करके चलते हैं, किसी के चेहरे की ओर आँख उठाकर भी नहीं देखते। जाप के दिनों में शीशा देखने की भी मनाही होती है...

प्रमिला अब सारा वक़्त ज़मीन की ओर देखती रहती। गाढ़े का सफ़ेद दुपट्टा ओढ़े रहती जिसमें सिर के बाल और आधा माथा तक ढके रहते। जो नीचे की ओर देखते रहो तो भगवान खुश होते हैं, क्योंकि इस तरह से मनुष्य में दम्भ नहीं रहता। 'जाप करते समय मन स्वच्छ होना चाहिए।' वह बार-बार मन-ही-मन कहती। मैं नहा-धोकर बैठ जाया करूँगी और गायत्री का जाप किया करूँगी। गायत्री की महिमा उसने पहले भी किसी उपदेशक के मुँह से सुनी थी जब एक बार वह अपनी माँ के साथ किसी मन्दिर में कथा सुनने गई थी। उपदेशक ने सभी श्रोताओं से कहा था कि गायत्री मंत्र का उच्चारण उसके साथ-साथ करें। "इस मंत्र में सभी प्रार्थनाओं का सार है," उपदेशक ने कहा था, "बोलो मेरे पीछे-पीछे—ॐ..." और मन्दिर में बैठे सभी लोगों ने हाथ जोड़कर उपदेशक के पीछे-पीछे गायत्री मंत्र दोहराया था : "ॐ भूर्भुवः स्वः..." और एक के बाद एक, उसने तीन बार गायत्री का जाप करवाया था।

"इससे सब क्लेश दूर हो जाते हैं। इस मंत्र का जाप करनेवाले पर भगवान की कृपादृष्टि होती है," उपदेशक ने मंत्र की महिमा बताते हुए कहा था।

प्रमिला की माँ भी जाप किया करती थी। वह माला हाथ में लेकर जाप किया करती थी, जिसके 108 मणके थे। मुँह-सिर ढाँप लेती, और अलग-थलग छज्जे के एक कोने में बैठ जाया करती थी। क्या माँ को भी ऐसी ही किसी स्थिति का सामना करना पड़ा था? माँ कभी भी मुँह से कुछ नहीं कहती थी। क्या किसी ज़माने में पिताजी भी किसी अन्य लड़की के चक्कर में थे? पिताजी की ढीली पगड़ी और बटुए-जैसा पोपला मुँह प्रमिला की आँखों के सामने आ गया। निरीह-सा, निरीह और कुरूप। ऐसे आदमी के लिए भी क्या माँ को जाप करना पड़ा था? इतने दुबले-पतले, दीन-हीन आदमी का मन जीत पाने के लिए भी? उसका मन खिन्न हो उठा। माँ ने कितनी बार जाप किया होगा? एक लाख बार? और तब पिताजी माँ के पास लौट आए होंगे? क्या सचमुच? टेढ़ा चलते हुए, सफ़ेद फ्रेम का चश्मा लगाए, ढीली-सी पगड़ी पहने, घिसी एड़ियोंवाले जूते घसीटते हुए माँ के पास लौट आए थे! हज़ार सोचने पर भी प्रमिला यह कल्पना नहीं कर पाई कि जवानी के दिनों में उसके पिताजी कैसे रहे होंगे। पर उसके पिता ने माँ को घर से निकाला तो नहीं था। इस बात में तो पिताजी अच्छे थे। माँ घर से निकलकर केवल अस्पताल में ही गई थी—मरने के लिए। तब माँ की उम्र पच्चीस वर्ष की रही होगी। माँ के मरने के एक दिन पहले प्रमिला के पिता प्रमिला और उसके भाई को माँ से मिलाने ले गए थे। नारंग साहब ने प्रमिला के भाई को गोद में उठा रखा था और प्रमिला बाप की उँगली पकड़े साथ-साथ चली जा रही थी। तभी उन्होंने एक पुल पार किया था। पुल के नीचे पानी था और सफ़ेद-सफ़ेद बत्तखें तैर रही थीं और प्रमिला उन्हें देखने के लिए रुक गई थी। फिर वे धूसर से रंग का दरवाज़ा पार करके एक लम्बे-चौड़े आँगन में आ गए थे जहाँ बड़े-बड़े पेड़ थे और हरी-हरी घास थी। प्रमिला बार-बार पीछे रह जाती थी। उसे लग रहा था जैसे हवा में सफ़ेद रंग की कोई चीज़ उड़ रही थी, जैसे कोई बड़ा-सा जाला हो, जो कभी नज़र आता और कभी आँखों से ओझल हो जाता हो। प्रमिला के पिताजी बार-बार रुक जाते थे और प्रमिला को जल्दी-जल्दी चलने को कहते थे...।

सारा का सारा दृश्य प्रमिला की आँखों के सामने घूम गया।

दूसरे दिन सुबह पौ फटने से पहले प्रमिला फिसलन-भरे गुसलखाने में पहुँच गई और ठंडे जल से भरी बाल्टी को टोह-टोहकर ढूँढ़ रही थी। जितना

अधिक ठंडा जल होगा, उतनी ही अधिक उसके मन को शान्ति मिलेगी, और भगवान उसकी प्रार्थना सुनेंगे। गुसलखाने के दरवाज़े में चिटखनी नहीं थी, फ़र्श पर फिसलन, और साबुन के नाम पर एक छोटा-सा टुकड़ा रखा था। लगता था, जब से माँ मरी थी गुसलखाने में किसी ने साबुन नहीं बदला था। प्रमिला नहाई और ठिठुरती हुई बाहर आ गई। गाढ़े की सलवार और कमीज़ के ऊपर उसने सफ़ेद गाढ़े का दुपट्टा ले रखा था। जब से चाची ने जाप की महिला बताई थी, वह सफ़ेद ओढ़नी ओढ़ने लगी थी। यही पाठ की पोशाक थी। नज़र नीची किए वह ठिठुरती हुई कमरे में आ गई। उसने ओढ़नी से आधा माथा ढँक लिया, फिर अपने बिस्तर के नीचे से दरी निकालकर उसे दोहरा किया और अपनी खाट के पास फ़र्श पर बिछा दिया।

दरी पर पालथी मारकर बैठने से पहले प्रमिला धीरे-धीरे चलती हुई अपनी पुरानी कोठरी की दहलीज पर जाकर खड़ी हो गई। जाप के समय कृष्ण महाराज का चित्र सामने होना चाहिए। माँ जब जाप करती थी, तो कृष्ण भगवान का चित्र सामने टँगा रहता था, बेंत के बने हुए फ्रेम में वह चित्र लगा था। कृष्ण महाराज के होंठ बाँसुरी पर लगे थे, कन्धों पर हलके प्याज़ी रंग का दुपट्टा था, जो हवा में लहरा रहा था, और कमर में गहरे रंग का वस्त्र था, और पैर नाचने की-सी मुद्रा में आड़े-तिरछे रखे थे, और बर्फ़-से सफेद रंग की एक गाय, सुन्दर सलोनी, उनकी पीठ-पीछे खड़ी थी और अपनी गर्दन घुमाकर कृष्ण महाराज के चेहरे की ओर देखे जा रही थी। सफेद, भरे-भरे शरीरवाली गाय, और भगवान के होंठों पर सदा की भाँति मुस्कान खेल रही थी। यह चित्र ज़रूर कोठरी में कहीं रखा होगा, वह उसे निकाल लाएगी और अपने सामने, काले ट्रंक के ऊपर, दीवार के सहारे रख देगी। पर प्रमिला द्विविधा में पड़ गई। देर हुई जा रही है, इस समय न मालूम चित्र मिलेगा या नहीं। अभी पिताजी जाग जाएँगे। अन्दर धूल-मिट्टी होगी, हाथ और कपड़े मैले हो जाएँगे, फिर से नहाना पड़ेगा। पिताजी जाग गए तो सबसे पहले चाय माँगेंगे। "जाग गई बेटी प्रमिला?" वह अब बूढ़ों की तरह पुकारते हैं, "जाग गई बेटी प्रमिला? ज़रा चाय तो बनाना।" और उसे जाप पर से उठना पड़ेगा।

वह चुपचाप लौट आई और दरी पर पालथी मारकर बैठ गई, दोनों हाथ गोदी में रखकर जोड़ दिए और आँखें मूँद लीं।

"ॐ भूर्भुवः स्वः तत्सवितुर्वरेण्यं
भर्गो देवस्य धीमहि धियो योनः प्रचोदयात्..."

"ॐ भूर्भुवः स्वः..."

प्रमिला के पतले-पतले होंठ बुदबुदाए। आज मैं सौ बार जाप करूँगी, पूरे सौ बार जाप करूँगी, प्रमिला ने मन-ही-मन कहा। जाप करते समय माँ की उँगलियाँ कैसे हिलती थीं। माँ माला के मणकों पर गिनती करती जाती थी, मैं कैसे गिनती करूँ? प्रमिला ने पपोटों पर गिनना शुरू किया। 'ॐ भूर्भुवः स्वः'...बुदबुदाते हुए प्रमिला ने अँगूठे का सिरा छोटी उँगली के निचले पपोटे पर रखा। ॐ भूर्भुवः स्वः...दूसरी बार मंत्र पढ़ चुकने पर उसने अँगूठे को उठाकर बीच के पपोटे पर रखा। धीरे-धीरे 'ॐ' शब्द पर दबाव पड़ने लगा, और बाकी का हिस्सा रटी हुई गरदान की तरह मुँह में से एक ही साँस में निकलने लगा। कैंची की तरह चलती हुई ज़बान एक-एक मंत्र को काट-काटकर फेंकने लगी। 'ॐ भूर्भुवः स्वः...' 'ॐ भूर्भुवः स्वः...' सौ बार तो मिनटों में कर लूँगी, प्रमिला ने मन-ही-मन खुश होकर कहा। कल माँ की कोठरी देखूँगी, शायद कोई माला मिल जाए। उँगलियाँ अपने आप माला की गाँठ पर पड़ जाया करेंगी तो पता चल जाया करेगा कि एक सौ आठ बार जाप कर लिया। पपोटों पर गिनना नहीं पड़ेगा। "ॐ भूर्भुवः स्वः..." गायत्री मंत्र बराबर बुदबुदाया जा रहा था। उसमें अब न शब्द था न श्वास, केवल होंठ हिल रहे थे और नीचे अँगूठा यंत्रवत् एक उँगली के पपोटे से दूसरी उँगली के पपोटे पर चलता हुआ बराबर गिनती किए जा रहा था। प्रमिला का मन उत्तेजित था, जल्दी-से-जल्दी सौ बार जाप कर डालना चाहती थी। 'वरेण्यम्' शब्द पर उसकी ज़बान तनिक रुकती, वरना वह मंत्र को और भी जल्दी बोल सकती थी। इसी लय में उसका सिर भी धीरे-धीरे हिलने लगा था, आगे-पीछे, आगे-पीछे..."ॐ भूर्भुवः स्वः..." प्रमिला को लगा कि कोई ठोस चीज़ उसके हाथ में बनी रहेगी तो उसका सन्तुलन बना रहेगा, वह गिरेगी नहीं, भयंकर शून्य में निराश्रित सारा वक़्त नीचे-ही-नीचे गिरती नहीं रहेगी। कल वह श्रीकृष्ण महाराज का चित्र ज़रूर निकाल लाएगी। खाट के पायताने, काले रंग के ट्रंक पर कपड़ा बिछाकर वह चित्र को उस पर रख देगी। कल से वह फूल भी कृष्ण महाराज के चरणों में रखा करेगी, और धूप भी जलाएगी। अगर उसे पीतल का छोटा-सा धूपदान मिल गया तो वह भगवान की आरती भी उतारा करेगी। घर के इस कोने को मन्दिर बना लेगी। घंटियाँ बजेंगी, और धूप जलाकर वह कृष्ण महाराज की आरती उतारेगी, यों, दाएँ हाथ में पीतल का धूपदान उठाए, वह खड़ी होकर उसे चित्र के इर्द-गिर्द झुलाएगी, फिर घंटियाँ बजाएगी। "जहाँ बैठा दे तुत ही बैठूँ, बेचे तो बिक जाऊँ।" बचपन में प्रमिला अपने पिता को ताली बजा-बजाकर और आँखें बन्द कर, सिर हिला-हिलाकर

मीरा का यह गीत गाते हुए सुना करती थी। वह भी वैसे ही किया करेगी। फिर फूलों की पंखुड़ियाँ भगवान के चरणों में अर्पण करेगी, और गले में पल्ला डालकर, सिर नवाकर, दोनों हाथ जोड़ माथे से लगाकर कहेगी : "हे भगवान, मैं तुम्हारी दासी प्रमिला, आपसे हाथ जोड़कर प्रार्थना करती हूँ कि मेरे घर को टूटने से बचा लो..." प्रमिला को लगा जैसे कमरे का कोना रोशनी से भर गया है, और वहाँ फूल महकने लगे हैं।

प्रमिला का मन इस कल्पना से उत्तेजित हो उठा था। जाप अभी भी बराबर चल रहा था। पर प्रमिला गिनती से उखड़-उखड़ जाती थी। जाप का उच्चारण अभी यंत्रवत् नहीं हो पाया था। अभी उसमें भावनाएँ विघ्न डालने दौड़ी आती थीं। जब यंत्रवत् हो जाएगा तो प्रमिला की उत्तेजना भी शान्त हो जाएगी, तब माथा भी नहीं तपेगा, और उसे भास होने लगेगा कि वह मानसिक एकाग्रता के गम्भीर चरण में प्रवेश कर गई है। मन की व्याकुलता कम होगी, मानसिक तनाव भी कम होगा, धीरे-धीरे वह अपने मन का बोझ भगवान के कन्धों पर डालती जाएगी और स्वयं स्वतंत्र होती जाएगी, हलकी होती जाएगी। तब अपने-आप ही भगवान दया करेंगे और उसकी साध पूरी कर देंगे।

उसे लगा, जैसे साध सचमुच पूरी होने लगी है। घर से दूर कहीं सड़क पर महेन्द्र के पैर ठिठक गए हैं और वह उसकी ओर घूम गया है। ज्यों-ज्यों वह मंत्र का उच्चारण करती जाती है, महेन्द्र उसकी ओर खिंचता चला आ रहा है। वह और भी नज़दीक आ रहा है। पर पप्पू कहाँ है? धक्-से प्रमिला के मंत्र-पाठ की शृंखला टूट गई, और क्षण-भर के लिए वह व्याकुल हो उठी। उसने भींचकर आँखें बंद कर लीं और एकाग्रता से मंत्र-पाठ करने लगी। अबकी बार महेन्द्र उसकी आँखों के सामने आया तो वह काले रंग का सूट पहने हुए था, और पप्पू उसके साथ-साथ, उसका हाथ पकड़े, दाएँ हाथ की तर्जनी मुँह में दबाए धीरे-धीरे चला आ रहा है।

"माँ कहाँ है?" पप्पू ने पूछा। महेन्द्र ने कोई उत्तर नहीं दिया।

प्रमिला का मन शंकित हो उठा। महेन्द्र क्या उत्तर देगा? वह क्यों नहीं कहता कि वे उसकी माँ के पास जा रहे हैं? प्रमिला सुबक उठी। नहीं, नहीं, वे मेरी ओर नहीं आ रहे हैं। पर मैं कहाँ हूँ? जब तक वे मेरे पास पहुँचेंगे, मैं कहाँ होऊँगी? जिस रास्ते से महेन्द्र-पप्पू चले आ रहे थे, वह प्रमिला को जाना-पहचाना लगा। अभी पुल आएगा, पुल के नीचे पानी बह रहा होगा और उस पर बत्तखें तैर रही होंगी। यह तो अस्पताल को जानेवाला रास्ता है, उसी अस्पताल को जिसमें उसकी माँ मरी थी। माँ के मरने के एक दिन पहले जब

वे माँ से मिलने आए थे तो वह रास्ता इतना बीहड़ नहीं लगा था, पर आज वह इतना चुपचाप-सा क्यों लग रहा है? लगता है चीज़ों में से उनका सार निकल चुका है, केवल उनके ढाँचे बाकी रह गए हैं, निर्जीव, निस्पंद। उस वातावरण में से माँ निकल गई थी। यही कुछ हुआ है, और कुछ नहीं हुआ। और कुछ नहीं हुआ...।

प्रमिला ने हड़बड़ाकर आँखें खोल दीं। उसका दिल धक्-धक् कर रहा था। अभी भी उसकी आँखों के सामने वह अटपटा-सा दृश्य घूमे जा रहा था।

कमरे में हलका-सा उजाला हो गया था। खिड़की के ऊपर शीशों पर फूटते प्रभात का हलका-सा प्रकाश पड़ रहा था और हरे-लाल-पीले शीशे चमकने लगे थे। छन-छनकर हलकी-सी रोशनी कोठरी में खुलनेवाले दरवाज़े की चौखट पर भी पड़ रही थी। प्रमिला को लगा, जैसे वह वास्तविक संसार में लौट आई है, जैसे अभी तक वह किसी स्वप्न-लोक में विचरती रही थी। खिड़की के बाहर चमेली की झाड़ी पर छोटे-छोटे सफ़ेद फूल खिल रहे थे, लगता था, आसमान पर से तारे उतरकर झाड़ी पर बिखर गए हैं।

"ग़रीबनवाज़! हे मालिक!" साथवाले कमरे में से आवाज़ आई। नारंग साहब जाग गए थे। "हे ग़रीबनवाज़, हे सच्चे मालिक!"

प्रमिला उठ खड़ी हुई। दरी उठाकर तह करते हुए उसे लगा जैसे सारा वक़्त वह सपना देखती रही है। उसका मन अभी भी स्वप्न-लोक में घूम रहा था। उसकी आँखों के सामने अभी भी वह पुल था, जिसके नीचे, हलके हरे जल पर बत्तखें तैर रही थीं, प्रकाश भी था, घंटियाँ भी बज रही थीं, फूल भी महकते थे, पर गहरा अवसाद छाया था, उसकी समझ में नहीं आ रहा था कि वह एक लाख बार गायत्री का जाप कैसे पूरा कर पाएगी?

प्रमिला जब चाय बनाकर, हाथ में चाय का गिलास थामे पिता के कमरे में गई, तो नारंग साहब खाट पर बैठे थे और बार-बार शरीर को खुजला रहे थे। कभी सिर खुजलाते थे और कभी तोंद। मैले से रूमाल से नारंग साहब ने चाय का गिलास दोनों हाथों में ले लिया और धीरे-धीरे, चम्मच के साथ एक-एक घूँट चाय का मुँह में डालने लगे। हर बार चाय के गिलास में से नारंग साहब चम्मच भरकर निकालते तो उनकी उँगलियाँ काँपने-सी लगतीं और चम्मच काँपता हुआ उनके मुँह तक जाता। प्रमिला को लगता जैसे चम्मच में से चाय छलककर नीचे गिर पड़ेगी। पिता की शिथिल उँगलियों को देखकर उसका दिल पसीज उठा।

"तो तुमने फिर क्या सोचा है?" अपनी छोटी-छोटी आँखों से प्रमिला की

ओर देखते हुए नारंग साहब ने पूछा।

प्रमिला सामने खड़ी फ़र्श की ओर देखे जा रही थी। फिर उसके मुँह से निकल गया :

"मैं सुबह उठकर गायत्री का जाप करती रही हूँ। अब से रोज़ किया करूँगी।" फिर पिता की ओर देखकर बड़े आग्रह से बोली, "पिताजी, माँ के पास कृष्णजी की एक तसवीर हुआ करती थी ना? फ्रेम में मढ़ी हुई, आपको याद है वह कहाँ रखी है?"

पिता की छोटी-छोटी आँखें उसके चेहरे पर लगी थीं।

"क्या बोले जा रही हो, मैं कुछ पूछ रहा हूँ, तुम जवाब कुछ दे रही हो!"

प्रमिला चुप हो गई, और स्तब्ध-सी पिता के चेहरे की ओर देखने लगी। जाप की योजना गत रात जितनी सच्ची और सारभूत जान पड़ी थी, दिन के उजाले में, पिता के सामने वह उतनी ही ज़्यादा बचकाना और निरर्थक जान पड़ने लगी थी।

वकील साहब ने चाय का खाली गिलास तिपाई पर रख दिया, कुछ देर तक प्रमिला के चेहरे की ओर देखते रहे, फिर जँभाई लेकर उठे :

"जाप-वाप में क्या रखा है, इनसे क्या होता है! फ़िज़ूल की बात। तुम बैठकर जाप करो और मैं अदालत की खाक छानूँ!"

और सिर झटककर गुसलखाने की ओर बढ़ गए।

प्रमिला को लगा, जैसे वह कोई अपराध करती पकड़ी गई है। दरी पर बैठी वह जाप का आनन्द लेती रही है जबकि समस्या का सारा बोझ अपने पिता पर डाले रही है। बचपन में भी उसे ऐसा ही अपराध का बोध हुआ करता था, जब वह कमरे के एक कोने में गुड़ियों से खेल रही होती और पिता डाँटकर उठा देते, "जाओ प्रमिला, रसोईघर में माँ की मदद करो। तुम जानती हो वह बीमार है, और तुम इधर बैठी खेल रही हो।"

प्रमिला का मन खिन्न हो उठा। वास्तविक संसार में बड़ा क्षोभ था, दिल को चौबीस घंटे चाटते रहनेवाली चिन्ता थी, और एक प्रकार की अनिश्चितता जिसमें व्यक्ति सारा वक़्त डोलता-सा रहता था। सँभलकर चलनेवाले को भी ठोकरें लगती रहती थीं, मनुष्य सोचता है कि सपाट, साफ़-सुथरी सड़क पर चल रहा है, पर वास्तव में वहाँ पत्थर और काँटे और खपचियाँ बिखरी रहती हैं, जिनसे अकारण ही पैर छिलते रहते हैं। यह बात जाप की दुनिया में नहीं है। जाप बच्चों के खेल की तरह है, बाहर की सुध-बुध भूलकर उसमें मन लगा रहता है, बच्चे खेलते हैं तो उनका भी चेहरा दमकने लगता है, मिट्टी के घरौंदे

वे भी उसी तरह सजाते हैं जैसे भक्त फूलों से मूर्ति के चरणों को सजाता रहता है।

बाहर उजाला हो गया था, पर कमरे के अन्दर अभी भी झुटपुटा-सा था।

गुसलखाने में से लौटकर नारंग साहब ने बेटी के कन्धे पर हाथ रखा और धीरे-से बोले :

"अपने-अपने विश्वास की बात है, बेटी, अगर तुम्हें जाप में विश्वास है तो ज़रूर किया कर। मैंने बिना सोचे-समझे बात कह दी। जाप से मन में एकाग्रता आती है, एक तरह की ताकत मिलती है।"

प्रमिला का दिल डूबने-सा लगा। उसे लगा जैसे अन्दर-ही-अन्दर कुछ भुरभुराने लगा है, और हाथ-पैर शिथिल पड़ रहे हैं। जब भी कभी कोई बात बनने की बजाय बिगड़ने लगती और उसका मन शंकित हो उठता तो उसके हाथ-पैर ठंडे पड़ने लगते।

"आप ही बताएँ, मैं क्या करूँ?" प्रमिला ने धीमी आवाज़ में पिता से कहा।

नारंग साहब फिर खाट पर बैठ गए।

"यों हाथ-पर-हाथ रखे बैठ जाने से तो कुछ नहीं होगा ना! मेरी हडिडयाँ तो बूढ़ी हो चुकी हैं। अब तुम जवान लोग अपने मामले नहीं सँभालोगे तो मैं कहाँ तक सँभाल पाऊँगा?"

प्रमिला ने गहरा, लम्बा साँस खींचा।

"कचहरियों के मामले बढ़े टेढ़े होते हैं। मैं अब भी चाहता हूँ, सुलह-सफ़ाई से कोई फ़ैसला हो जाए, कोई समझौता कर लो। अगर रुपये-पैसे से मामला सुलझता हो तो मैं यह घर महेन्द्र के नाम लिख देता हूँ। मेरे पास और है ही क्या?"

प्रमिला चुप रही। नारंग साहब फिर बुदबुदाए, मानो अपने-आपसे बातें कर रहे हों :

"तुम उसकी बहिन से जाकर मिलो। वह अपने भाई को समझाए, ऐसी बड़ी बात क्या है, आख़िर?"

"वह कुछ नहीं कहेगी। वे सब मेरे ख़िलाफ़ हो गए हैं।"

नारंग साहब उठकर टहलने लगे। दोनों हाथ पीठ-पीछे रखे वह कमरे की एक दीवार से दूसरी दीवार तक टहलते रहे। फिर कमरे के बीचोंबीच रुककर बोले :

"अभी वक़्त है, समझौता हो जाए तो अच्छा है।"

तभी, अनायास ही, प्रमिला को लगा कि सम्भव है कुछ बातें ऐसी भी हों जिन्हें उसका बाप नहीं समझ पाता, कि जीवन की गति में उसका बाप पीछे छूट गया है।

"सुनो," नारंग साहब ने कहा।

प्रमिला ने आँखें ऊपर उठाईं।

"तुम उसकी बहिन से कहो कि अगर महेन्द्र तुम्हारे साथ नहीं रहना चाहता तो घर के बीचोंबीच दीवार खींच दे, एक ओर तुम रहो, दूसरी ओर वह रहे। बच्चे को खुली छुट्टी हो, वह दोनों ओर आ-जा सके। तुम कभी भी उस ओर नहीं जाओ, महेन्द्र का मन आए तो वह तुम्हारी ओर आए, मन न आए तो नहीं आए..."

प्रमिला बाप के चेहरे की ओर देखती हुई सुनती रही।

"उसकी बहिन से कहो कि यह बात भाई के कान में डाले। कचहरी में वह भी नहीं जाना चाहता, हम भी नहीं जाना चाहते। अदालत अगर अलग हो जाने की इजाज़त भी दे दें तो ख़र्च तो उसे देना पड़ेगा, और बच्चा भी माँ ले सकती है। इस तरह से मामला सुलझ जाएगा। तेरा भी घर बना रहेगा और वह भी जैसे चाहता है, वैसे रह सकेगा। बेटा भी दोनों के पास रहेगा।" और नारंग साहब सिर हिलाकर फिर टहलने लगे। "यह तजवीज़ बुरी नहीं है। उसे मान जाना चाहिए। हमारे रिश्ते में एक आदमी ने ऐसे ही किया था। दीवार खींच दी थी। माँ-बाप अलग हो गए थे, पर बच्चे दोनों के पास बने रहे।" वह टहलते हुए बुदबुदाए।

प्रमिला के दिल में गहरी टीस-सी उठी। उसकी आँखों के सामने एक दीवार खिंच गई, अलंघ्य, सपाट दीवार, जेलखाने की दीवार-जैसी। किस जगह यह दीवार खिंचेगी? दीवार भयावह थी, बीहड़ थी, पर धीरे-धीरे उसके पीछे उसे अपने पप्पू की किलकारियाँ सुनाई देने लगीं। पप्पू खाट पर खड़ा कूद रहा था। प्रमिला को दीवार बुरी नहीं लगी। मैं समझूँगी मैं अन्धी हो गई हूँ, पप्पू को देख नहीं सकती पर उसकी आवाज़ तो सुन सकती हूँ। मैं दीवार के साथ लगकर बैठ जाया करूँगी, और पप्पू की आवाज़ सुनती रहा करूँगी...

पर वह सिर हिलाकर बोली, "वह नहीं मानेंगे जी! वह बच्चे को मुझसे अलग रखना चाहते हैं, वह कहते हैं मुझे बच्चे पालना नहीं आता। पप्पू सवाल पूछता है तो मैं ठीक से जवाब नहीं दे सकती। वह कहते हैं पप्पू का दिमाग साइंस की ओर है, वह चाँद-सितारों के बारे में सवाल पूछता है, मैं अनपढ़ उसे क्या जवाब दूँ! वह उसे बोर्डिंग में ही रखना चाहते हैं। कहते हैं, घर के

मुक़ाबले में बोर्डिंग ज़्यादा अच्छा है।''

फिर सहसा प्रमिला ने बिफरकर कहा, ''आपने मुझे पढ़ाया क्यों नहीं, पिताजी, मैं भी अच्छी पढ़-लिख गई होती तो कुछ कर सकती थी, पप्पू को अपने पास रख सकती थी।''

''क्यों, दस जमातें पढ़ी हो, लड़कियों के लिए यही कुछ होता है, और क्या!''

''दसवीं जमात को कौन पूछता है! मैं बीस जगह नौकरी के लिए ठोकरें खा चुकी हूँ, तीस रुपये से ज़्यादा की नौकरी कहीं नहीं मिलती।''

''औरतें पढ़-लिख गई हैं, इसीलिए घर बरबाद हो रहे हैं,'' टहलते-टहलते ही नारंग साहब बोले। प्रमिला सुनकर क्षुब्ध हो उठी, पर मुँह से कुछ नहीं बोली। अपने पिता की झुकी हुई पीठ की ओर देखते हुए फिर एक बार उसके मन में यही विचार कौंध गया कि जिसे वह ज्ञान का भंडार और शक्ति का अक्षय स्रोत समझे बैठी थी, वह तो क़रीब-क़रीब अपाहिज बन चुका है...

नौ

कमरे के बीचोंबीच दो खाटें जोड़कर बिछाई गई थीं, और उन पर फीके-हरे रंग के पलँगपोश बिछे थे। ईंटों के मटमैले फ़र्श पर जगह-जगह मिट्टी जमी थी, लगता था, कमरा मुद्दत बाद खोला गया है और जल्दी में साफ़ किया गया है। सजावट के नाम पर कमरे में कुछ भी नहीं था। हाँ, एक दीवार पर कैलेंडर में से फाड़कर निकाली हुई एक तस्वीर टँगी थी जिसमें लम्बे-लम्बे कानोंवाला एक कुत्ता पेड़ के तने के पास जीभ निकाले बैठा था। चारपाइयों के पीछे एक तिपाई रखी थी, मगर उस पर कोई कपड़ा नहीं बिछा था। बरसाती के तीनों दरवाज़े खुले थे जिससे ठंडी हवा साँय-साँय करती अन्दर आ रही थी! दरवाज़ों और खिड़कियों पर वर्षों से रोगन नहीं किया गया था।

धीरे-धीरे सीढ़ियाँ चढ़कर प्रमिला कमरे में पहुँची! कमरा सिगरेटों के धुएँ से अटा था।

कुछ दिन पहले प्रमिला महेन्द्र की बहिन के घर जा पहुँची थी। प्रमिला की हालत देखकर पहले तो बहिन को स्वाभाविक-सा सन्तोष हुआ था। भाई जिस औरत को पसन्द न करे, उसे भाई की बहिन कैसे पसन्द कर सकती थी? शादी से पहले बहिन को प्रमिला में सभी गुण नज़र आए थे। भाई ने मुँह फेर लिया तो प्रमिला में उसे दोष-ही-दोष नज़र आने लगे। इससे भी ज़्यादा रौंदी हुई नज़र आती तो भी बहिन को सन्तोष ही होता। पर बहिन दूर-द्रष्टा थी, नहीं चाहती थी कि भाई का घर टूट जाए, प्रमिला के प्रति घृणा रहते हुए भी वह भाई के घर को बनाए रखने के हक़ में थी। इसलिए उसने प्रमिला को फटकारा नहीं, उसके मुँह पर दरवाज़े का ताक बन्द भी नहीं किया, बल्कि

उसे अन्दर बुला लिया, उसकी बात भी सुनी और अन्त में यह कहकर कि "तुम दोनों एक बार मिल लो, और एक-दूसरे से खुलकर बात कर लो। इसका इन्तज़ाम मैं कर दूँगी," उसने उन दोनों के मिलने का इन्तज़ाम महेन्द्र के मित्र नाटे के घर में करवा दिया था, कि महेन्द्र और प्रमिला छत पर की बरसाती में एक रात रहें और जिसे जो कहना है कह ले, आगे वे जानें और उनका काम...

कमरे के अन्दर क़दम रखते हुए प्रमिला को लगा, जैसे ऐसा ही कोई कमरा उसने पहले भी कहीं देखा है, जिसके बीचोंबीच दो पलँग जोड़कर बिछाए गए थे, और दोनों के पीछे गोल-सी तिपाई रखी थी। पर उस कमरे में तो जगह-जगह फूलों के गजरे लटक रहे थे और हवा उनकी महक से बोझिल हो रही थी। तब वह यों अकेली कमरे में दाख़िल भी नहीं हुई थी, दस सहेलियाँ, हँसती-बतियाती उसे कमरे तक छोड़ने आई थीं।

महेन्द्र पहले से वहाँ मौजूद था और खुली खिड़की के दासे पर पैर रखे बाहर की ओर देखे जा रहा था। उसने काले रंग की पतलून और सफ़ेद कमीज़ पहन रखी थी, और आस्तीनें चढ़ा रखी थीं। महेन्द्र ने हाथ उठाकर सिगरेट का कश लिया! दहलीज़ पर खड़ी प्रमिला की नज़र उसकी कोहनियों के नीचे उग रहे घने बालों पर पड़ी। महेन्द्र के शरीर पर, छाती, पीठ और टाँगों पर, असामान्य रूप से घने बाल थे, जिन्हें वह, हँसी-मज़ाक में अपने पौरुष की निशानी माना करता था।

पिछले दो दिन चाची ने और पिताजी ने बहुत कुछ सिखाया-पढ़ाया था, जिससे वह बहुत डगमगाई और घबराई थी, पर सीढ़ियाँ चढ़ते हुए जाने उसकी घबराहट कैसे दूर हो गई थी और एक क्लांत-सी स्थिरता उसके मन में आ गई थी।

महेन्द्र घूम गया। शायद उसे प्रमिला के ऊँचा-ऊँचा साँस लेने की आवाज़ सुनाई दे गई थी। उसके घूम जाने पर प्रमिला सहसा विचलित-सी हो उठी।

"पप्पू को नहीं लाए?" दहलीज़ पर खड़े-खड़े उसके मुँह से निकल गया!

महेन्द्र एकटक प्रमिला के चेहरे की ओर देख रहा था। यह उसकी पुरानी आदत थी, बोलने से पहले देर तक दूसरे आदमी के चेहरे की ओर एकटक देखता रहता था, यहाँ तक कि दूसरे आदमी को झेंप होने लगती। आख़िर उसने तनिक मुस्कराकर सिर हिला दिया।

"पप्पू का यहाँ क्या काम था? बैठो।" उसने कहा।

प्रमिला नज़दीकवाली खाट पर पायताने बैठ गई।

"यह किसका घर है?" प्रमिला ने धीरे-से पूछा।

प्रमिला को देखकर महेन्द्र को हलका-सा धक्का लगा। प्रमिला दुबला गई थी। उसके गाल पिचक गए थे और दाँत कुछ-कुछ बाहर को झाँकने लगे थे। होंठों के कोने नीचे की ओर ढलक गए-से जान पड़ते थे। प्रमिला की आँखें भी खिंची-खिंची-सी थीं और उनमें हलका-सा ऐंचापन आ गया था।

महेन्द्र को निराशा हुई। उसे कभी-कभी प्रमिला के गदराए शरीर की याद आया करती थी, विशेषकर जब वह धीमी चाल से, एक कमरे से दूसरे कमरे में, बिना चुन्नी ओढ़े आया-जाया करती थी, और महेन्द्र को प्रमिला की गर्दन और कन्धों का गठन बड़ा कमनीय लगा करता था।

प्रमिला से अलग हो जाने के बावजूद वह प्रमिला को मन से निकाल नहीं पाया था। बारह साल का एकसाथ का जीवन, उसे सहसा मन से कैसे मिटाया जा सकता था? कभी मन में पछतावा उठता, कभी इस बात की खीझ कि अलग हो जाने के बावजूद वह अलग नहीं हो पाया, यह मामला मन पर बोझ बना हुआ है, एक समस्या बनकर खड़ा हो गया है। उधर उसे तरह-तरह की ख़बरें मिलतीं कि प्रमिला का पिता मामले को कचहरी में ले जाएगा, कचहरी में वह महीनों घिसटना नहीं चाहता था, और ज़्यादा लोगों की नज़रों में नहीं आना चाहता था। मन में क्षोभ उठता, खीझ उठती, आत्मानुकंपा का भाव उठता। मन-ही-मन उसने गाँठ बाँध ली थी कि प्रमिला रोए, गिड़गिड़ाए, कुछ भी कहे, वह दृढ़ बना रहेगा, दोबारा गृहस्थी चलाने का सवाल ही नहीं उठता, पर ऐसा निश्चय कर लेने से उसके मन का बोझ हलका हो पाया हो, ऐसा नहीं था। किंकर्तव्यविमूढ़-सा वह सिगरेट पर सिगरेट फूँके जा रहा था।

कभी सोचता, मैं प्रमिला के साथ किस लहजे में बात करूँ, औपचारिक ढंग से, जैसे एक अजनबी दूसरे अजनबी से करता है, या आत्मीयता से, जैसे मित्र-सम्बन्धी करते हैं? जिस भाँति प्रमिला घर से निकाली गई थी उसे याद करके कभी-कभी उसका दिल बैठ जाता था—टाँगे में गुमसुम बैठी वह अन्त तक उसकी ओर देखती रही थी, लेकिन वह हिम्मत कर गया था और मोड़ काटकर टाँगा आँखों से ओझल हो गया था। उस दिन को याद करके भी उसे बड़ा सूना-सूना लगता था, जब प्रमिला, नंगे पाँवों, उसके पीछे-पीछे भागती चली आई थी, 'मत जाओ, मत जाओ ना' कहती हुई, और पहली बार उसे हिस्टीरिया का दौरा पड़ा था...क्षोभ, उत्कंठा, उपेक्षा, तरह-तरह की भावनाएँ उसके दिल को मथती रही थीं।

चाची के इसरार करने पर प्रमिला मूँगिया रंग की साड़ी पहनकर आई थी,

और माथे पर बिन्दी और माँग में सिन्दूर भी भरकर आई थी, पर इसके बावजूद उसके चेहरे पर रौनक नहीं आ पाई थी, प्रमिला के चेहरे पर जैसे धूल-सी उड़ रही थी। 'बुझी-बुझी औरत, शरीफ़, घरेलू और बासी!' महेन्द्र ने मन-ही-मन कहा।

"तुम्हारे पिताजी, सुना है, मामला कचहरी में ले जाना चाहते हैं।" अपनी झेंप मिटाने के लिए महेन्द्र ने खाट की पाटी पर बैठते हुए कहा।

प्रमिला चुप रही, नज़र नीची किए फ़र्श की ओर देखती रही।

"कचहरी में जाना कोई अच्छी बात है?" वह धीरे-से बोली।

प्रमिला की आवाज़ में भोलेपन की गूँज महेन्द्र को बड़ी मुद्दत बाद सुनाई दी। आज वह उसे बुरी नहीं लगी। भीतर-ही-भीतर, दूर अन्दर कहीं महेन्द्र को इस बात का भास हुआ कि इस औरत को जाल बिछाने के लिए भेजा गया है, मुझे फिर से गृहस्थी में फाँसने के लिए, मगर वह आश्वस्त था, यह जानते हुए कि जो जाल वह बिछाने आई है, वह स्वयं चिथड़े-चिथड़े होता जा रहा है।

तभी उसकी नज़र प्रमिला के पैरों पर पड़ी। मूँगिया रंग की साड़ी के नीचे प्रमिला के पैरों पर धूल जमी थी, एड़ियाँ मैल से काली पड़ गई थीं और उन पर दरारें पड़ गई थीं। पैरों की उँगलियों के नाखून चपटे और उँगलियों के बीच का अन्तर बढ़ा हुआ लग रहा था। पैर बड़े भौंड़े लग रहे थे। प्रमिला के शरीर का सर्वेक्षण करती हुई महेन्द्र की आँखें प्रमिला की आँखों से मिलीं। उनमें ऐंचापन आ गया था, ऐंचापन भी और गँदलापन भी, जैसा बीड़ी पीनेवालों की आँखों में आ जाता है। आँखें खिंची-खिंची थीं, जैसी पहले दिनों घर में कलह होने के बाद हो जाया करती थीं।

यों तो प्रमिला बन-ठनकर आई थी, पर बात बनी नहीं थी। बालों की लटें अभी से उखड़कर माथे पर झूलने लगी थीं। महेन्द्र का मन हुआ, वर्षों पहले की तरह हाथ उठाकर लटों को बालों में खोंस दे, पर वह निश्चेष्ट-सा बैठा रहा।

"मुँह-हाथ धोना चाहती हो? यहाँ पीछे गुसलखाना है, बेशक चली जाओ।"

प्रमिला चुपचाप उठी और बगलवाले कमरे में चली गई।

महेन्द्र देर तक खाट पर बैठा रहा। फिर एक और सिगरेट सुलगाकर खिड़की पर आ गया और बाहर झाँकने लगा।

बाहर नीचे रेलवे यार्ड था। खम्भों पर जगह-जगह दूर तक रोशनी के

कुमकुमे जल रहे थे। और उनके नीचे रेल की दर्जनों लाइनें एक के पीछे एक, दूर तक बिछी थीं। खम्भों के कुमकुमों की रोशनी के नीचे वे जगह-जगह से सफ़ेद लौ देती जान पड़ रही थीं। बाईं ओर, शंट करते किसी इंजन में से भाप की सफ़ेद गठरियाँ-सी निकल रही थीं। कोई आदमी जो शायद लाइन-मैन रहा होगा, लाल-हरा लैंप हाथ में झुलाता हुआ, यार्ड में खड़ी किसी खाली गाड़ी के साथ-साथ चलता जा रहा था। बहुत ही बौना लग रहा था वह, अल्प मानव-बिन्दु-सा। अँधेरे में केवल उसके चलते पाँव नज़र आ रहे थे जो लैम्प में से छिटकती रोशनी को रौंदते चले जा रहे थे, और रोशनी बार-बार उसके पाँवों से लिपटती जा रही थी। दाईं ओर, दूर, बहुत दूर, अनेक ऊँचे-ऊँचे खम्भों पर सिगनलों की लाल और हरी बत्तियाँ चमक रही थीं। महेन्द्र की आँखें फिर सामने की ओर लौट आईं। लाइन-मैन, लैम्प हाथ में झुलाता, अब रेल की पटरियाँ पार करता यार्ड के दूसरी ओर जाने लगा था। लगता था, अँधेरे में लैम्प की रोशनी से रास्ता काटता चला जा रहा है। बहुत-से कश लगा चुकने के बाद महेन्द्र ने सिगरेट का ट्कड़ा खिड़की के दासे पर मसल दिया और खिड़की की छड़ पर कोहनियाँ टिकाए फिर बाहर देखता रहा।

प्रमिला साड़ी के पल्लू से हाथ-मुँह पोंछती हुई गुसलखाने में से निकलकर आई। पैर धोने का उसे ख़याल नहीं आया था।

महेन्द्र ने मुड़कर देखा।

"साड़ी से मुँह क्यों पोंछ रही हो, क्या वहाँ तौलिया नहीं टँगा था?"

"वहाँ एक ही तौलिया टँगा था। वह तुम्हारा रहा होगा ना? तुम नहीं चाहते, कोई दूसरा आदमी तुम्हारा तौलिया इस्तेमाल करे।" और मुँह पोंछती हुई प्रमिला फिर खाट पर बैठ गई।

"पप्पू कैसा है?" प्रमिला ने दूसरी बार अधीर स्वर में पूछा। "उसे क्यों नहीं लाए?"

महेन्द्र खाट पर बैठते हुए थोड़ी देर तक चुप रहा।

"पप्पू यहाँ पर नहीं है, तुम जानती तो हो। पप्पू बोर्डिंग में है।"

"तुम मिले हो उससे? कब मिले थे? उसकी सेहत कैसी है? ठीक खाता-पीता है या नहीं?"

महेन्द्र चुप रहा।

"मुझे पूछता था?" कहते हुए प्रमिला की आवाज़ लड़खड़ा गई। फिर थोड़ी देर चुप रहने के बाद धीरे से बोली, "उसे कह दिया होता कि तेरी माँ मर गई है...तुम मुझे क्यों तड़पा रहे हो? तुम जानते हो, पप्पू के बिना मैं नहीं

रह सकती?''

मुलाक़ात का रुख भावुकता की ओर बढ़ रहा था। भावुकता उसे यों भी पसन्द नहीं थी, लिजलिजी, आँसुओं से सनी भावुकता। उसकी अपनी आँखों के सामने पप्पू का चेहरा घूम गया जब महेन्द्र उसे बोर्डिंग में छोड़कर आया था, गुमसुम खड़ा, पत्थर की मूरत बना उसकी ओर देखता आँखें मिचकाता रहा था, जबकि अन्य बच्चे हाथ हिला-हिलाकर अपने माँ-बाप को विदा कर रहे थे। शुरुआत ही आँसुओं से हुई है तो आगे क्या होगा, उसने मन-ही-मन कहा और चुप बना रहा।

पर ये शब्द कह चुकने के बाद प्रमिला स्वयं सँभल गई थी। अपनी भावुकता उसे भी असंगत लगी थी, वह जैसे अन्दर-ही-अन्दर समझ गई थी कि बच्चे की दुहाई देने से कुछ बने-बनाएगा नहीं।

''वह तुम्हारी कैसी?'' प्रमिला ने सहसा पूछ लिया।

अनजाने में महेन्द्र के कान लाल हो गए और वह अटपटा-सा महसूस करने लगा।

''वह कौन?'' उसने हाथों की उँगलियों को एक-दूसरी में उलझाते हुए लापरवाही के अन्दाज़ में पूछा।

''वही बंगालन। तुम उसके साथ शादी करोगे क्या?''

''उसका बाप बहुत बीमार है, वह आजकल यहाँ नहीं है। नागपुर गई है।''

प्रमिला की थकी-थकी आँखें तनिक और खुल गईं, उसे लगा जैसे कोई दीवार गिरते-गिरते रुक गई है, खड़ी रह गई है।

''क्या वह लौटकर नहीं आएगी?''

''आएगी तो, मगर मुझे मालूम नहीं कब आएगी।''

नीचे की मंज़िल से, बर्तनों की खट-खट के बीच किसी-किसी वक़्त हँसने-बतियाने की आवाज़ें आ रही थीं। एक बार किसी बच्चे के रोने की आवाज़ आई जिस पर प्रमिला का सारा शरीर झनझना उठा। प्रमिला के दिल में गहरी टीस उठी और उस घर के लोगों से उसे बड़ी ईर्ष्या हुई। कोई सुखी परिवार नीचे बसता है, उसने सोचा।

''यह किसका घर है?'' उसने फिर पूछा।

''मेरे एक दोस्त का। नाटे का।'' महेन्द्र ने धीरे-से कहा। प्रमिला को नाटे का नाम सुनकर कँपकँपी-सी हुई।

सीढ़ियों पर किसी के क़दमों की हलकी-सी आहट सुनाई दी। दोनों ने

एक-दूसरे की ओर देखा। कौन हो सकता है? धीरे-धीरे क़दम निकट आ रहे थे।

नौकर था। इन घरवालों का नौकर था। हाथ में पानी का जग और एक गिलास उठाए हुए था। शायद उसे भेजा गया था कि जाओ ऊपर देख आओ, ये लोग क्या कर रहे हैं। घर की मालकिन ने, नाटे की पत्नी ने, भेजा होगा ताकि दूसरे दिन चस्के ले-लेकर गली-मुहल्ले की स्त्रियों को बता सके कि रात को उसके घर क्या कारगुजारियाँ होती रहीं। नाटे की पत्नी को इसमें क्या सुख मिलेगा?

"पानी लाया हूँ जी!" नौकर ने कहा और पानी का जग तिपाई पर रख दिया। फिर एक ओर को हटकर खड़ा हो गया।

"बीबीजी ने पूछा है, आप दूध पियोगे जी? दूध लाऊँ जी?"

महेन्द्र को लगा, जैसे नौकर कनखियों से कभी एक की ओर तो कभी दूसरे की ओर देखे जा रहा है।

"हमें कुछ नहीं चाहिए। तुम यह पानी और गिलास छोड़ जाओ।" महेन्द्र ने कड़ी आवाज़ में कहा।

नौकर ने कमरे से निकलते हुए फिर एक बार दहलीज़ पर से सिर घुमाकर दोनों की ओर देखा, और मुस्कराता हुआ सीढ़ियाँ उतर गया। महेन्द्र ने उठकर दरवाज़ा बंद कर दिया। महेन्द्र का पारा चढ़ने लगा था। एक-दूसरे से अलग होनेवाले पति-पत्नी लोगों की नज़रों में एक तमाशा जैसे बन जाते हैं, लोग उनका मज़ाक उड़ाते हैं, नौकर बड़ी लापरवाही से उनके साथ पेश आ रहा था। पर प्रमिला ने नौकर की ओर कोई विशेष ध्यान नहीं दिया। उसे कमरे के बाहर का अँधेरा और इस अलग-थलग कमरे में अपनी स्थिति बेहद सूनी और दुनिया से कटी-कटी-सी लगने लगी थी। मानो अंधकार के अंतहीन समुद्र में यह कमरा एक डोलता हुआ द्वीप हो जिस पर वे दोनों आ पड़े हों और कहीं कूल-किनारा नज़र न आ रहा हो।

"वह कब लौटेगी?" प्रमिला ने पूछा।

"कौन कब लौटेगी!"

"वही, तुम्हारी बंगालन।"

"तुम्हें उससे क्या?" महेन्द्र ने धीमे-से कहा।

"क्या उससे ब्याह करोगे?"

महेन्द्र तैरती-सी नज़र से प्रमिला की ओर देखता रहा, फिर विरक्त-सी आवाज़ में बोला :

"मैं किसी से ब्याह नहीं करूँगा। एक बार ब्याह करके बहुत सुख भोग लिया है।"

प्रमिला अपनी खिंची-खिंची आँखों से उसकी ओर चुपचाप देखती रही, मुँह से कुछ नहीं बोली।

थोड़ी देर बाद महेन्द्र चुपचाप उठ खड़ा हुआ, और दीवार के साथ रखे अपने छोटे-से बैग में से रात के कपड़े निकालने लगा।

प्रमिला को लगा जैसे उसके हाथों में से स्थिति फिसलती जा रही है, उसकी पकड़ में कुछ भी नहीं आ रहा है। चाची के लिए यह कह देना कितना आसान था कि जाते ही महेन्द्र से लिपट जाना, हँसकर कहना कि अब गुस्सा थूक दो, जो हो गया सो हो गया। और पिताजी तो उस वक़्त तक बोलते-समझाते रहे थे जब तक प्रमिला रिक्शा में बैठ नहीं गई, "अगर वह नहीं माने तो उसके पाँवों को पकड़ लेना, कहना मार डालो, पर घर से नहीं निकालो।" प्रमिला कुछ भी नहीं कह पाई थी। कुछ करने की सूझ ही जैसे चुक गई थी। केवल सतवन्त की सीख उन दोनों की सीख से अलग थी : सीधे मुँह उससे बात नहीं करना। उसे यह पता नहीं चले कि तू उससे दया की भीख माँगने आई है।

पर प्रमिला चुपचाप बैठी रही। छोटे-से बैग में से महेन्द्र ने नीली धारियोंवाला रात को पहनने का पाजामा निकालकर खाट के सिरहाने रखा, फिर कुर्ता निकाला। प्रमिला के लिए ये परिचित कपड़े थे, उसके चले आने के बाद महेन्द्र ने नये कपड़े नहीं सिलवाए थे। उसे यह अजीब-सा लगा। घर वैसे-का-वैसा ही था, उसके अन्दर साज़-सामान, कपड़े-लत्ते सभी वैसे-के-वैसे ही मौजूद थे, केवल वह उसमें से निकल आई थी। उस घर के माहौल को क्षण-भर के लिए उसके रोम-रोम ने महसूस किया।

"तुमने क्या सोचा है, मैं घर आ जाऊँ? छह महीने तो कब के बीत चुके हैं।"

प्रमिला ने सहसा भावोद्रेक में कहा।

महेन्द्र के हाथ ठिठक गए, और वह चश्मों के पीछे से प्रमिला की ओर एकटक देखते हुए धीरे-धीरे मुस्कराने लगा—फीकी, झूठी, बौद्धिक मुस्कान।

"नहीं," उसने खड़े-खड़े कहा, और फिर इस तरह मानो बन्दूक दागने के बाद भी वह अविचल भाव से अपने काम में जुटा रह सकता है, उसने बैग से टुथ-ब्रश और टुथ-पेस्ट निकाले और सिरहाने के पास रख दिए। फिर वैसे ही आश्वस्त भाव से तिपाई पर से सिगरेट की डिबिया और दियासलाई उठाई

और सिगरेट सुलगाकर खाट पर बैठ गया।

''नहीं?'' प्रमिला की आँखें और ज़्यादा फैल गई थीं, ''तो मैं कहाँ जाऊँ?''

प्रमिला की आवाज़ में उत्तेजना बढ़ गई थी, उधर महेन्द्र अन्दर-ही-अन्दर बहुत उखड़ा-उखड़ा और अटपटा महसूस करने लगा था।

''मैं अकेला रहना चाहता हूँ।'' उसने खोखली-सी आवाज़ में कहा, ''गृहस्थी में मेरी कोई रुचि नहीं रह गई है, मुझे अपनी ज़िन्दगी का बोझ भी उठा पाना कठिन लग रहा है, किसी दूसरे की ज़िन्दगी का बोझ मैं नहीं उठाना चाहता, उठा सकता भी नहीं।''

प्रमिला फिर फूट पड़ी :

''तुम आज़ाद रहना चाहते हो, ताकि जिस लड़की से चाहो प्रेम कर सको, और कोई बात नहीं है।''

''यही कह लो,'' महेन्द्र ने पहले ही-सी आश्वस्त आवाज़ में कहा, ''हम एक-दूसरे से भिन्न हैं। मैं तुमसे प्रेम नहीं करता।''

''प्रेम क्या होता है? मुझे तुम्हारा प्रेम नहीं चाहिए। मैं अपने बेटे के साथ अपने घर में रहना चाहती हूँ।'' प्रमिला बिफरकर बोली, ''तुम जाओ जिसके पास जाना चाहते हो, मुझे कुछ लेना-देना नहीं है...''

महेन्द्र जानता था कि प्रमिला घबराई हुई है, वह यों भी उसकी बात को नहीं समझ पाएगी। उसे समझाने का अब कोई मतलब भी नहीं रह गया है। धीरे-से समतल आवाज़ में बोला :

''पप्पू, घर की तुलना में बोर्डिंग स्कूल में कहीं ज़्यादा अच्छी तरह रहेगा। जिस घर में पति-पत्नी के विचार मेल न खाते हों और कलह रहती हो वहाँ बच्चे को रखना उसके साथ बहुत बड़ी बेइन्साफ़ी करना है। रही तुम्हारी बात, मैं सौ रुपया महीना तुम्हें देने को तैयार हूँ। पप्पू की तालीम का बोझ भी मैं उठाऊँगा।''

फिर कश लेने के बाद प्रमिला के चेहरे की ओर देखते हुए बोला :

''तुम्हारे बाप ने क्या सोचा है? क्या अभी भी कचहरी में जाने का विचार है?''

प्रमिला को धक्का-सा लगा।

''तुम बाप-बाप क्यों कहते हो? पिताजी क्यों नहीं कहते?''

प्रमिला ने आँख उठाकर देखा, सिगरेटवाला हाथ होंठों पर रखे महेन्द्र अधमुँदी आँखों से उसकी ओर देखे जा रहा था :

"जब कहा करता था, तो कहा करता था।"

"पप्पू को तुम मुझे दे दो, मैं और कुछ नहीं माँगती। अगर तुमने घर तोड़ने का फ़ैसला कर लिया है तो तुम्हारी खुशी। पर मैं पप्पू को नहीं छोड़ सकती।" प्रमिला की आवाज़ अनजाने में ऊँची हो गई थी।

"तुम उसकी पढ़ाई का क्या करोगी?... तुम्हारे पास रहकर वह दो कौड़ी का हो जाएगा।"

"मैं उसकी माँ हूँ। बच्चे सदा माँ के पास पलते हैं। मैं अपने को सुधार लूँगी, मैं भी तो उसका भला चाहती हूँ।"

"वह रहेगा कहाँ?" महेन्द्र ने व्यंग्य-भरी मुस्कराहट से कहा, "तुम्हारे घर में?"

प्रमिला हत्‌बुद्धि-सी महेन्द्र के चेहरे की ओर देखने लगी। फिर उसे अपने पिता का सुझाव याद हो आया। बोली :

"तुम अपने ही घर के बीचोंबीच दीवार खिंचवा दो। मुझे अलग कर दो। बेशक पप्पू तुम्हारे पास रहे। मैं दीवार के एक ओर पड़ी रहूँगी। तुम दूसरी ओर पप्पू को लेकर रहना। जैसा मन आए रहना, मैं कुछ नहीं कहूँगी। मैं पप्पू की आवाज़ तो सुन सका करूँगी।"

महेन्द्र अवाक्-सा प्रमिला के चेहरे की ओर देखने लगा। प्रमिला कहे जा रही थी :

"पिताजी भी कचहरी में नहीं जाना चाहते। उन्होंने ही यह सुझाव दिया है।"

महेन्द्र व्याख्या की-सी आवाज़ में बोला :

"मेरी विवाह में या घरेलू ज़िन्दगी में कोई दिलचस्पी नहीं रह गई है। मैं आज़ाद रहना चाहता हूँ, तुम भी आज़ाद रहो। पप्पू बोर्डिंग स्कूल में रहे, उसका ख़र्च मैं दूँगा, तुम्हें भी सौ रुपया महीना दूँगा।"

प्रमिला फिर बिफर उठी।

"मुझे बार-बार नहीं कहो," उसने चिल्लाकर कहा, "मुझे कुछ नहीं चाहिए, तुम जाओ उस काली-कलूटी के पास। मुझे मेरा बच्चा दे दो, उसके बिना मैं मर जाऊँगी, पप्पू के बिना मैं मर जाऊँगी..." प्रमिला की आवाज़ ऊँची उठने लगी थी।

महेन्द्र को लगा जैसे हिस्टीरिया का दौरा पड़नेवाला हो। पर वह निश्चेष्ट बैठा रहा। पहले प्रमिला जब यों चीख़ती-चिल्लाती थी तो महेन्द्र के दिल पर की झिल्ली कड़ी होने लगती थी उसकी धृष्टता बढ़ने लगती थी, तब भले ही

वह गिड़गिड़ाती रहे या चीख़ती-चिल्लाती रहे, महेन्द्र पर कोई असर नहीं होता था। इसी धृष्टता को वह अपने चरित्र की दृढ़ता माना करता था। पर आज वह बड़ा खोया-खोया और अटपटा महसूस कर रहा था।

"मुझे इस बारे में और कुछ नहीं कहना है," महेन्द्र ने कहा, "रात बहुत हो गई है, अगर कुछ कहने को हुआ तो सुबह बात करेंगे।" और वह उठकर खिड़की के पास जा खड़ा हुआ।

पीछे से फिर प्रमिला की सुबकती-सी आवाज़ आई, "अगर तुम मुझे घर में नहीं रखना चाहते तो नहीं रखो, मैं कुछ नहीं कहूँगा। तुम पप्पू को भी ले गए हो," प्रमिला बच्चे की तरह बिलखे जा रही थी, "तुम पप्पू को मुझे दे दो। मैं जहाँ कहोगे चली जाऊँगी, मेरा साया भी तुम्हारे घर पर नहीं पड़ेगा। सौगन्ध खाकर कहती हूँ। मैं तुमसे कुछ माँगूँगी भी नहीं।"

महेन्द्र खिड़की के दासे पर पैर रखे बाहर की ओर देखता हुआ सुने जा रहा था। प्रमिला की आवाज़ में उसे भोलेपन का स्वर बार-बार सुनाई देने लगा था। 'मारो गोली, इसे बुला लो वापस, चलने दो जैसे गृहस्थी चलती है। पप्पू को तरसती है। या पप्पू को इसके हवाले कर दूँ और ख़त्म करूँ किस्सा।' फिर झट-से मन-ही-मन बोला, 'नहीं, नहीं, इस वक़्त डटे रहो, फिर से पैरों में जंजीरें पड़ जाएँगी, एक बार फँस गया तो फिर कभी भी निकल नहीं पाऊँगा। फिर से वही घिस-घिस शुरू हो जाएगी, वही बोझिल, नीरस, ज़िन्दगी फिर शुरू हो जाएगी, शिकायतें, उपदेश, रोना-धोना।'

महेन्द्र की नज़र नीचे रेलवे-यार्ड पर पड़ी। यार्ड पर निस्तब्धता छाई थी। शंटिंग करनेवाले इंजन से भी अब भाप के बवंडर नहीं निकल रहे थे। केवल रोशनी के कुमकुमे और उनके नीचे लम्बी रेल-लाइनों की रेखाएँ दूर तक खिंची थीं। उसे लगा जैसे सारा माहौल स्थिर हो गया है, एक अवसादपूर्ण चुप्पी जिसमें कुछ है जो अन्दर-ही-अन्दर चाटने-सा लगा है, अकुलाहट-भरी चुप्पी। बहुत दूर, एक सिगनल की ओर से बौना लाइनमैन हरा-लाल लैम्प झुलाता हुआ वापस लौट रहा था। यहाँ से केवल उसका झूलता लैम्प ही नज़र आ रहा था। बहुत से इंजन शान्त थे। लगता था, खड़े-खड़े जड़ हो गए हैं। रात का सन्नाटा सारे यार्ड पर उतर आया था। उसे अकुलाहट हुई। उसे लगा जैसे वह निपट अकेला है, बरसों से अकेला है, कि उसका कोई ठौर-ठिकाना नहीं है। महेन्द्र मन में जो निश्चय करके आया था, उस पर डटा हुआ था, लेकिन इसके बावजूद उसके मन में जड़ता आती जा रही थी, उसे कुछ भी सूझ नहीं रहा था।

बाहर रेलवे यार्ड में सहसा हरकत हुई। एक गाड़ी मुसाफ़िरों से भरी धीरे-धीरे प्लेटफ़ार्म पीछे छोड़कर, यार्ड के किनारे-किनारे सिगनलों की ओर बढ़ रही थी। महेन्द्र की नज़र एक आदमी पर पड़ी जो गाड़ी के साथ-साथ धीरे-धीरे भागता जा रहा था और डिब्बे की खिड़की में से सामान की छोटी-छोटी चीज़ें अन्दर फेंक रहा था। फिर खिड़की में से किसी स्त्री का सिर बाहर निकला, उसके सिर पर से साड़ी का पल्लू उतरा हुआ था और वह हाथ हिला-हिलाकर बड़ी घबराहट में, उस आदमी को गाड़ी में चढ़ जाने का आग्रह कर रही थी। फिर वह आदमी उचककर पिछले डिब्बे के पायदान पर चढ़ गया था और हँसे जा रहा था, स्त्री अपने डिब्बे की खिड़की में से सिर निकाले अभी भी उसकी ओर देखे जा रही थी, और हाथ हिला-हिलाकर उसे अन्दर चले जाने का आग्रह कर रही थी।

महेन्द्र को यह दृश्य बड़ा भला लगा। रात के सूनेपन में जैसे स्निग्धता भर गई हो। क्षण-भर के लिए उसके मन में वर्षों पुरानी एक याद कौंध गई। वह भी एक दिन इसी तरह चलती गाड़ी के साथ-साथ भागता रहा था और गाड़ी में बैठी प्रमिला की ओर एक-एक करके सन्तरे फेंकता जा रहा था। वे शादी के शुरू के दिन थे, और प्रमिला अकेली गाज़ियाबाद से लौट रही थी और उसे मालूम नहीं था कि महेन्द्र भी इसी गाड़ी में सफ़र कर रहा है। और जब प्रमिला ने उसे देख लिया था तो झट-से खिड़की में से सिर बाहर निकालकर, घबराहट में छटपटाती हुई-सी बार-बार हाथ हिला-हिलाकर गाड़ी में चढ़ जाने का आग्रह करती रही थी। तब पहली बार अजीब-सी सौगन्ध उसने प्रमिला के मुँह से सुनी थी : "मेरा गड़ा मुर्दा देखो जो फिर गाड़ी में से कभी उतरो तो!" और वह देर तक हँसता रहा था...उसने खिड़की में से सिर निकालकर बाहर देखा—गाड़ी दूर जा चुकी थी, पर वह मुसाफ़िर अभी भी पायदान पर खड़ा था और उसकी पत्नी खिड़की में से सिर निकाले अभी भी हाथ हिलाए जा रही थी।

तभी उसे अपनी स्थिति का बोध हुआ। वह देर से प्रमिला की ओर पीठ मोड़े खड़ा था। प्रमिला चुप थी। शायद रो-धोकर चुप हो गई थी। अब वह आग्रह नहीं करेगी, मगर वह इतनी चुप क्यों है? क्या वह कमरे से बाहर निकल गई है? क्या वह कहीं सीढ़ियाँ तो नहीं उतर गई? इस अँधेरी रात में कहाँ निकल गई है?

उसने मुड़कर देखा। प्रमिला खाट के बीचोंबीच पालथी मारे बैठी थी, और सदा की भाँति, गोद में दोनों हाथ जोड़े प्रार्थना कर रही थी। प्रमिला का

कांतिहीन चेहरा तनिक झुका हुआ था, बालों की एक रुखड़ी-सी लट, बेतरह से माथे पर झूल रही थी, जैसे सदा झूला करती थी। साड़ी का पल्लू कन्धों पर से फिसल गया था।

महेन्द्र अवाक्-सा उसकी ओर देखता रह गया। आज भी प्रमिला को प्रार्थना करना है? महेन्द्र को लगा जैसे उसके अन्दर कुछ टूटा है, एक अनूठी-सी भावना का ज्वार उसके अन्दर उठा। प्रमिला का यों इस जगह बैठकर प्रार्थना करना उसे झकझोर गया। क्या यह इस स्थिति में भी प्रार्थना कर सकती है? यह किस मिट्टी की बनी है? क्या अब भी अपनी प्रार्थना में यह मेरे सुख की कामना करेगी? मेरे सुख की, पप्पू के सुख की और अपने मित्र-सम्बन्धियों के सुख की?

प्रमिला की देह थकी-थकी, शिथिल-सी लग रही थी। गालों पर के दो चित्ते, आँखों के बन्द होने के कारण ज़्यादा बड़े-बड़े लग रहे थे। उसके होंठ हौले-हौले हिल रहे थे, वह प्रार्थना के रटे-रटाए शब्द बुदबुदा रही थी।

अनायास ही महेन्द्र धीरे-से आकर प्रमिला की खाट की पाटी पर बैठ गया और हाथ बढ़ाकर प्रमिला के माथे पर झूलती बालों की लट को दाएँ कान के पास बालों में खोंस दिया।

प्रमिला ने सिहरकर आँखें खोल दीं। वह अपनी प्रार्थना में गहरी डूबी हुई थी। महेन्द्र की ओर नज़र उठाने के बाद उसने फिर एक बार आँखें बन्द कर लीं, लेकिन तुरन्त ही उन्हें फिर खोल दिया और हड़बड़ाकर महेन्द्र की ओर देखने लगी।

"तुम प्रार्थना करो, मैंने यों ही, मेरा कोई मतलब न था..." महेन्द्र ने कहा और उठ खड़ा हुआ। "कमरे में सर्दी है, ठहरो, मैं पिछला दरवाज़ा बन्द कर देता हूँ..." वह उठा और बरसाती के पीछे, गली की ओर खुलनेवाले दरवाज़े को बन्द कर दिया और लौटकर, उसी भावोद्रेक में डूबा दोनों खाटों के बीच ठिठका खड़ा रहा। फिर उसने झुककर साड़ी के पल्लू से प्रमिला की पीठ और कन्धे ढँक दिए। प्रमिला अभी भी सिर झुकाए बैठी थी। तभी महेन्द्र ने आगे बढ़कर उसे बाँहों में भर लिया।

प्रमिला ने गहरी साँस खींची और बच्चों की तरह सुबक उठी। "तुम बहुत बुरे हो!" उसने बिगड़ते हुए महेन्द्र के कन्धों पर अपना सिर रखते हुए कहा : "भला अपनी घरवाली को भी कोई यों तड़पाता है? मैंने तुम्हारा क्या बिगाड़ा है?" और बार-बार अपने हाथों से उसके कन्धे पकड़ती हुई-सी बोलती गई, "सच, तुम बहुत बुरे हो, मैं तुम्हारे साथ कभी नहीं बोलूँगी।" और उसने गहरी

साँस खींची जिससे उसका अंग-अंग काँप गया।

प्रमिला के शरीर में महेन्द्र को असीम स्निग्धता का भाव हुआ, उसे लगा जैसे उसकी छटपटाहट शान्त हो रही है। प्रमिला के स्निग्ध, अलसाए शरीर में उसे एक प्रकार का त्राण मिल रहा था, उसे लग रहा था जैसे उसकी भटकन ख़त्म हो रही है। प्रमिला के अंग-अंग में एक प्रकार की आत्मीयता थी जो महेन्द्र के मन को स्थिरता देती जान पड़ रही थी। क्षणभर के लिए महेन्द्र की चेतना जागी। दूर अन्दर से कहीं क्षीण-सी आवाज़ आई, 'यह तुम किस ओर बढ़े जा रहे हो? इस ओर तो गहरी खाई है, उसमें गिरे तो जीवन-भर उसमें से निकल नहीं पाओगे।' लेकिन भावुकता का ज्वार बढ़ता जा रहा था, उसे लग रहा था कि यही प्रवाह सबकुछ है, उसकी नीलम-धारा इतनी सुहावनी, इतनी प्रबल थी, लगता था जीवन की सभी विषमताएँ इसमें डूबती चली जा रही हैं।

प्रमिला भाव-विह्वल हो उठी थी। किसी-किसी वक़्त वह लम्बी साँस खींचती, कभी हलकी रुदन की-सी काँपती आवाज़ उसके होंठों में से निकलती, पर महेन्द्र की बाँहों में वह सिमटती जा रही थी।

"तुम बोलते क्यों नहीं हो? तुम कुछ भी कहते क्यों नहीं हो?" उसने फुसफुसाकर कहा।

तभी महेन्द्र के अन्दर से फिर हलकी-सी आवाज़ आई, 'अभी भी वक़्त है, इसमें से निकल आओ। प्रमिला जो कुछ भी समझ रही है, गलत समझ रही है। उसे भ्रम में मत रखो, बहुत बड़ा बखेड़ा खड़ा हो जाएगा...' पर जैसे भावुकता की एक और लहर उठी, और इसी क्षीण, दुर्बल आवाज़ को रौंद गई। प्रमिला के शरीर के साथ अनगिनत स्मृतियाँ गुँथी थीं। महेन्द्र भावना के उस स्तर तक जा पहुँचा जिसमें संशय, संकोच, तर्क, विवेक, सभी के बंध ढीले पड़ जाते हैं, केवल लहरों-ही-लहरों का भास होता है और मनुष्य चाहता है उन्हीं में डूबा रहे, उन्हीं में खोया रहे...

"जानते हो?" प्रमिला चहकती-काँपती आवाज़ में कह रही थी, "मैं पूरे एक लाख बार गायत्री का जाप करके आई हूँ। मुझे जाप फल गया है। मैं नहीं मानती थी, पर चाची बार-बार मुझे आश्वासन देती थी, उसे यकीन था कि जाप से दिल की मुराद पूरी हो जाती है...तुम बोलते क्यों नहीं? आज बहुत प्रेम आया है मुझ पर?"

पर भावना और वासना की लहरें एक के बाद एक उठती चली जा रही थीं और महेन्द्र उनमें डूबता चला जा रहा था...

पौ फटने को थी, जब महेन्द्र, दोनों हाथ सिर के नीचे रखे छत की ओर ताके जा रहा था। उसका मन फिर से विचलित हो उठा था। प्रमिला का सिर महेन्द्र की छाती पर था और एक हाथ उसके कन्धे पर, और वह गहरी नींद सो रही थी। इतनी गहरी नींद प्रमिला बहुत दिनों बाद सोई थी।

भावुकता और वासना का ज्वार उतर चुका था, और महेन्द्र की आँखों के सामने ज़िंदगी के नुकीले पत्थर, टेढ़े-मेढ़े ठूँठ, कीच, चट्टानें, फिर से अपनी सारी कुरूपता लिए नज़र आने लगे थे। जीवन फिर से जटिल हो उठा था।

सबसे पहले उसकी आँखों के सामने वह दीवार आई जिसका आग्रह प्रमिला ने किया था, ऊँची, लम्बी दीवार, जिसमें न खिड़की थी, न कोई झरोखा। सपाट सीधी, और ऊँची दीवार। उसकी कल्पना करते ही महेन्द्र का दम घुटने लगा। उसे जान पड़ा जैसे दीवार खींच देने से वह किसी जेलखाने में बन्द हो जाएगा और दीवार खींचने का मतलब ही उसे बन्द करना था। 'यह सब जाल था जिसमें उसके वकील बाप ने मुझे फँसाने की कोशिश की है, और मैं पागलों की तरह इस जाल में कूद गया हूँ। कचहरी में जाए बिना ही ये लोग कामयाब हो गए हैं।' उसकी आँखों के सामने वही गृहस्थ-जीवन घूम गया जिससे इतनी मुश्किल से उसने पिंड छुड़ाया था। वही घिस-घिस, चिख-चिख, वही बर्तनों की खट-खट, वही शिकायतें, वही गला-सड़ा रिश्ता, वही गृहस्थी की सड़ाँध जिससे उसे इतनी अधिक घृणा थी, वही बोझिल, नीरस-सी ज़िन्दगी फिर से आ जाएगी, वही जड़ता, वही बक-झक। लोगों के सिखलाने पर सारा वक़्त प्रमिला स्वाँग भरती रही थी और अब निश्चिन्त सोई पड़ी है, जबकि वह मूर्खों की तरह उस जाल में कूद गया है। उसने सिर के नीचे से दोनों हाथ निकाले और प्रमिला का सिर दोनों हाथों में लेकर छाती पर से हटा दिया। और स्वयं अलग हो गया। वह बेहद परेशान हो उठा था। प्रमिला कुनमुनाई, जैसे बच्चे कुनमुनाते हैं, उसने गहरी साँस ली, कुछ अस्फुट-से शब्द भी बुदबुदाई। पर सिरहाने पर सिर पड़ते ही फिर गहरी नींद सो गई। लेकिन महेन्द्र देर तक आँखें फाड़े छत की ओर ताकता और अपनी विषम स्थिति की कल्पना से छटपटाता रहा।

जब प्रमिला जागी तो कमरे में धूप खिली थी। अलसाहट में लेटे-ही-लेटे इधर-उधर देखने के बाद, अपने को अपरिचित कमरे में पा, वह जम्हाई लेकर उठ बैठी। उसे याद आया वह कहाँ है। उसने महेन्द्र की खाट की ओर देखा, खाट खाली थी। महेन्द्र का बैग भी वहाँ नहीं था जिसे उसने अपनी खाट के सिरहाने की ओर फ़र्श पर रख छोड़ा था। महेन्द्र का कहीं नाम-निशान नहीं

था! वह भागकर गुसलखाने में गई, महेन्द्र वहाँ पर भी नहीं था; वह लपककर मुँडेर की ओर गई, फिर देर तक खिड़की में से रेलवे-यार्ड की ओर झाँक-झाँककर देखती रही। उसे लगा जैसे रात-भर सपना देखती रही है।

थोड़ी देर बाद जब घर का नौकर चाय के बारे में पूछने आया तो प्रमिला फटी-फटी आँखों से उसकी ओर देखती रह गई।

दस

सुषमा ने दरवाज़ा खोला तो सामने महेन्द्र को खड़ा देखकर घूम गई :
"अरे तुम?" और जम्हाई लेती हुई कमरे के अन्दर लौटने लगी, "मुझसे तुमने कहा तो नहीं कि तुम आओगे।"

"सो रही थीं, क्या?" महेन्द्र ने पीठ-पीछे दरवाज़ा बंद करते हुए कहा।

"नहीं तो; यों ही बैठी थी, दिन को मुझे नींद ही कहाँ आती है।" सुषमा ने पीठ फेरे-फेरे ही कहा और एक और जम्हाई लेती हुई कमरे के अन्दर जाने लगी। तभी महेन्द्र ने आगे बढ़कर सुषमा को दोनों कन्धों से पकड़ा और उसे ज़ोर-से अपनी ओर घुमाकर अपने होंठ उसके होंठों पर रख दिए।

सुषमा झटके से उससे अलग हो गई।

"क्या हो गया है आज तुम्हें?" उसने पीछे हटते हुए कहा, "तुम तो वहशी हुए जा रहे हो।"

महेन्द्र तनिक खिसिया गया, पर फिर आगे बढ़कर उसे कन्धों पर से पकड़ते हुए बोला : "मिलने पर सबसे पहले स्त्री को चूमा जाता है।"

"मुझे अच्छा नहीं लगता," सुषमा ने तुनककर कहा, फिर सँभल गई। "तुम मर्द लोग तो जानवर होते हो, निरे जंगली, मांस के भूखे।"

"और तुम? तुम औरतें क्या होती हो?"

"यह भी कोई ढंग है प्यार करने का? मेरी गर्दन झिंझोड़ दी।"

सुषमा ने अपनी गर्दन मलते हुए कहा।

महेन्द्र फिर खिसिया गया, मगर हँसकर बोला :

"मुझे तो इसी तरह का वहशी प्यार ही अच्छा लगता है। मैं तो चाहता

हूँ तुम्हारे कपड़े फाड़ दूँ, तुम्हारा सारा शरीर रौंद डालूँ, मुझे वे औरतें कभी भी पसन्द नहीं आईं जो बहुत बन-सँवरकर रहती हैं," महेन्द्र ने अपना कोट उतारकर बेतकल्लुफ़ी से सोफ़े की पीठ पर फेंकते हुए कहा, "मुझे वे औरतें पसन्द हैं जिनके बाल उलझे हों, कपड़े अस्त-व्यस्त हों, कुर्ता छाती पर से मैला हो, बेशक दो-एक जगह से फटा हो, मुझे अलसाई-अलसाई-सी औरतें पसन्द हैं, उनींदी-उनींदी। चुस्त-दुरुस्त औरतें बिलकुल पसन्द नहीं। बहुत सूझ-बूझवाली औरतें जो सारा वक़्त एक कमरे से दूसरे कमरे में भागती फिरती हैं, मुझे कतई पसन्द नहीं, जो हर पाँच मिनट बाद बैग खोलकर शीशा देखें, मुँह पर पाउडर लगाएँ, लिपस्टिक ठीक करती फिरें..."

सुषमा ऊबने लगी थी। महेन्द्र अपनी इस पसन्द की गरदान बीसियों बार दोहरा चुका था।

"ढीली-ढाली औरतें अच्छी होती हैं," वह सोफ़े पर बैठा कहे जा रहा था, "मगर इसका यह मतलब नहीं कि उनका शरीर भी ढीला हो। शरीर कसा हो, अदाएँ ढीली हों, मेरा यह मतलब है। मांस के लोथड़े को कोई क्या करे।"

"प्रमिला तो बहुत चुस्त नहीं थी, ढीली-ढाली थी, उसे तुमने क्यों छोड़ दिया?" अनायास ही सुषमा के मुँह से निकल गया। महेन्द्र को लगा, जैसे सुषमा ने चाबुक मार दी हो। तीखी नज़र से सुषमा की ओर देखकर बोला :

"प्रमिला में सेक्स नहीं था, ठंडी थी। लाश की लाश पड़ी रहती थी।"

सुषमा ने मानो सुना-अनसुना कर दिया और सोफ़े के पीछे से हटकर, सदा की तरह धीरे-धीरे खिड़की की ओर जाने लगी। महेन्द्र जानता था कि वह खिड़की पर पर्दा गिराएगी, मगर सुषमा की गति में कोई उत्सुकता अथवा व्यग्रता नहीं थी। बल्कि आधा पर्दा खींच चुकने के बाद वह लौट आई और चुपचाप सोफ़े पर बैठ गई।

महेन्द्र सोफ़े पर बैठा देखता रहा। सुषमा के सोफ़े पर बैठ जाने के बाद उसने स्वयं आगे बढ़कर बाकी का पर्दा खिड़की पर गिरा दिया।

"सारा का सारा पर्दा क्यों नहीं गिराया?"

"यों ही।" सुषमा ने थकी-सी आवाज़ में कहा।

इस वाक्य से भी महेन्द्र के अहं को धक्का लगा, मगर वह चुप बना रहा।

"क्या पियोगे? चाय या कॉफ़ी?" सुषमा ने पूछा। यह प्रश्न भी घिसा-पिटा प्रश्न था।

"तुम्हारे पास और कुछ पिलाने को है ही क्या? जो पिलाओगी, पी लेंगे।"

आज पटरी बैठ नहीं रही थी। दोनों उखड़ा-उखड़ा महसूस कर रहे थे।

"लाओ, कॉफ़ी ही पिलाओ। या छोड़ो, कुछ भी नहीं पिएँगे।"

"तुम हमेशा पहले यही कहते हो, बाद में पीने भी लगते हो।"

और सुषमा चुपचाप उठकर रसोईघर की ओर चली गई।

महेन्द्र सकपका गया। उसे लगा, जैसे सुषमा की उदासीनता उसके प्रति उत्तरोत्तर बढ़ती जा रही है। सहसा आवेश में वह उठ खड़ा हुआ और लपककर रसोईघर की दहलीज़ तक जा पहुँचा :

"यह मत समझो, मैं तुम्हारा बिना रह नहीं सकता। एक बार मेरे साथ रुखाई से बोलोगी तो उम्र-भर मैं तुम्हारा मुँह नहीं देखूँगा।"

सुषमा ने सिर झटक दिया और कन्धे बिचका दिए। इस खोखले दंभ से वह अब तक अच्छी तरह परिचित हो चुकी थी। अनेक बार वह इस तरह की धमकियाँ दे चुका था, पर दो दिन से ज़्यादा उससे दूर नहीं रह पाता था। इस दौरान महेन्द्र का पहला रूप मुखौटे की तरह गिर चुका था। जब तक संयत, गम्भीर, मुस्कराती मुद्रा से बात किया करता था, उसका एक-एक वाक्य दृढ़ता का परिचायक हुआ करता था, भले ही मुस्कराते मुस्कराते ज़हर में बुझा डंक मार दे। वह जान गई थी कि प्रमिला के चले जाने के बाद वह अपना सन्तुलन खो बैठा है, और उखड़ा-उखड़ा भटकने-सा लगा है।

हर ज़िन्दगी किसी-न-किसी खूँटे से बँधी रहे तो वह अपना सन्तुलन बनाए रखती है, खूँटा टूट जाए तो वह जैसे अधर में लटक जाती है। प्रमिला के चले जाने के कुछ ही दिन बाद आज़ादी और स्वच्छंद प्रेम की भावना क्षीण पड़ने लगी थी। शाम के वक़्त घर भाँय-भाँय करने लगता। शुरू के दिनों में ज़िन्दगी का ढर्रा बदलने के लिए उसने घर में बहुत-सी तबदीलियाँ कर दी थीं। अपना पलँग वह बैठनेवाले कमरे में ले आया था, साथ में अपने कपड़ों की अलमारी भी। प्रमिला के कपड़े उसने एक ट्रंक में बंद करके कोठरी में रख दिए थे, बरामदे में से अलगनी का तार उतार दिया था जिस पर प्रमिला धुलाई के कपड़े टाँगा करती थी। बाज़ार से हरे शेडवाला एक टेबल-लैंप ले आया था। दफ़्तर से घर लौटकर वह अपने लिए चाय तैयार करता, चाय की ट्रे बैठक में आरामकुर्सी के साथ रख लेता, और हरे शेडवाले लैम्प की रोशनी में चाय की चुस्कियों और सिगरेट के कशों के साथ वह सारी शाम कोई पुस्तक पढ़ता रहता। ऐसे समय में उसे किसी गम्भीर पुस्तक का अध्ययन करना अच्छा लगता, विशेषकर दार्शनिक पुस्तक का। इस दिशा में उसे प्राचीन लेखक— यूनान और प्राचीन रोम के लेखक पसन्द थे। कमरे के शान्त वातावरण में उसे यह लगता कि वह किसी शान्त, नीली झील पर नौका में बैठा चला जा रहा है।

महेन्द्र को सुषमा की गुनगुनाती आवाज़ गहन रहस्यमयी कन्दराओं में से गूँज-गूँजकर आती-सी सुनाई देती थी।

उन दिनों सुषमा के साथ बिताए एक-एक क्षण में धड़कन थी, उन्माद था। उसे लगता जैसे सुषमा की मुट्ठी में उसकी जान है। सुषमा उसे रिझाने के लिए नई-नई साड़ियाँ बदलती, तरह-तरह से बाल बनाती, कभी बालों में बड़ा-सा फूल टाँक लेती, कभी फूलों का गजरा टाँक लेती, कभी माथे पर छोटी बिन्दी लगाती, कभी बड़ी। महेन्द्र उस वक़्त तक चाय के प्याले को मुँह नहीं लगाता था जब तक सुषमा उसे अपने होंठों से छू न ले। दोनों एक ही प्याले में घूँट-घूँट भर करके पिया करते थे। सुषमा तरह-तरह से उसे झुठलाती, छोटी-छोटी शरारतें करती, उसकी चीज़ें छिपा देती, उसके जेबों में तरह-तरह के पुर्जे लिखकर डाल देती। सुषमा जब रसोईघर में होती तो महेन्द्र उसकी चीज़ें उठाकर चूमता रहता। सुषमा की आसमानी रंग की साड़ी की तहों में महेन्द्र मुँह लपेटता हुआ उसे पागलों की तरह चूमा करता। सुषमा के शरीर की गन्ध कमरे में छाई रहती और वह उसमें मतवाला बना डोलता रहता।

पर इस उन्माद को छनते देर नहीं लगी। प्रमिला रास्ते का रोड़ा थी ज़रूर पर एक प्रकार की आड़ हट जाने पर ये लोग, अन्य लोगों की नज़रों में आने लगे थे। आए दिन कोई-न-कोई उँगली उठा देता था। सतवन्त जिस रोज़ दफ़्तर के डायरेक्टर से मिलने गई, उस रोज़ वह सुषमा से भी जा मिली और दफ़्तर के अनेक लोगों के सामने उसे बुरी तरह फटकार आई थी। प्रमिला के चले जाने से ये प्रेमी आजाद तो हो गए थे, पर साथ ही एक दिशाहीन विस्तार में जा पहुँचे थे, जिसका कोई कूल- किनारा न था। इसमें वे केवल अबाध रूप से बेरोक-टोक घूम सकते थे पर उनके सामने कोई गन्तव्य न था। दोनों की आँखों के सामने कोई साझा भविष्य नहीं था, जिसे वे, इस कमरे की घुटन-भरी परिधि के पार देख सकते हों। वर्तमान-ही-वर्तमान था और वर्तमान से कब कोई सन्तुष्ट हुआ है? सुषमा महेन्द्र के साथ शादी करने को तैयार हो जाती यदि महेन्द्र चाहता तो। पर महेन्द्र शादी करना नहीं चाहता था। इस कारण उनके प्रेम-सम्बन्ध में एक तरह का खिंचाव आना अनिवार्य था।

अब वे एक-दूसरे के लिए रहस्य नहीं रह गए थे। इस सम्बन्ध में से जादू उड़ने लगा था। शीघ्र ही सुषमा हाड़-मांस की स्त्री लगने लगी थी, पास बैठी होती तो उसकी गालों के मसाम नज़र आने लगते। उसके नाखूनों पर से उखड़ा हुआ रंग महेन्द्र को भद्दा लगने लगा था। और सुषमा के शरीर में उसे स्थूलता का भास होने लगता। उसे कभी-कभी लगता जैसे सुषमा का साँस धौंकनी की

तरह चलता है। सुषमा के व्यक्तित्व में उसे छिछलापन नज़र आने लगा था। उसे लगने लगा था जैसे सुषमा में सुचारुता नहीं है, उसने प्रेम के कुछेक वाक्य रट रखे हैं, कुछेक अदाओं का अभ्यास कर रखा है जिन्हें वह बड़ी निपुणता से दोहराती रहती है।

अपने डूबते प्रेम को बचा पाने के लिए उन्होंने कई तरीके अपनाए। वे उत्तेजना के नये-नये माध्यम ढूँढ़ते, लोगों से नज़रें बचाकर कभी शहर के बाहर निकल जाते, किसी मकबरे के आसपास झाड़ियों के पीछे जा बैठते, कभी किसी रेस्तराँ में या सिनेमाघर में जा बैठते। इस सम्बन्ध में आकर्षण तो था, भूख तो थी, पर पहले जैसी तृप्ति नहीं रह गई थी। अब अपने घर लौटते समय महेन्द्र दबी आवाज़ में उसे गालियाँ भी देने लगा था। अब वे दोनों कभी-कभी एक-दूसरे पर चीख़ने-चिल्लाने भी लगे थे। कभी सुषमा का तो कभी महेन्द्र का बैठे-बैठे पारा तेज़ होने लगता। दोनों के बीच किसी-न-किसी वक़्त घृणा की ज्वाला भड़क उठती, उसकी जलती शिखा, साँप की जीभ की तरह कमरे में काँप जाती, फिर शीघ्र ही शान्त भी हो जाती, दोनों अपने को संयत कर लेते, यह जानते हुए भी कि दोनों का आपस में मूलतः कोई सम्बन्ध नहीं है, एक-दूसरे से उन्हें कुछ भी लेना-देना नहीं है। ज़माना था जब इस कमरे में प्रवेश करने पर उत्तेजना और गहन प्रेम की लौ-सी महेन्द्र के अन्दर जलने लगती थी, और कमरे की हर चीज़ पर अलौकिक नीलिमा-सी छा जाती थी। पर अब स्थिति बदल चुकी थी। अब वासना की चाबुकें मार-मारकर उस उत्तेजना को जगाना पड़ता था। वासना जाग जाए तो कुछ देर के लिए कमरे में लाली छिटक जाती थी, वासना बुझी-बुझी रहे तो वातावरण बोझिल-सा बना रहता है। जमाना था जब कमरे में फैली सुषमा के शरीर की गंध उसे मतवाला बना देती थी। अब यही गंध असह्य होने लगी थी, उसमें कसैलापन, बासीपन आ गया था, अब उसमें जैसे पुराने पड़ते प्रेम की सड़ाँध मिलने लगी थी।

निजी तौर पर दोनों की स्थिति असहाय-सी होती जा रही थी। महेन्द्र अन्दर से छटपटाता हुआ, विवश होकर सुषमा के पास आता था, हालाँकि बाहर से वह इस बात को ज़ाहिर नहीं होने देता था। दफ़्तर का वक़्त ख़त्म होने पर जब वह दफ़्तर के बाहर की सीढ़ियों पर खड़ा होता तो 'कहाँ जाऊँ?' का प्रश्न लपककर उसके सामने खड़ा हो जाता। उसे लगता जैसे उसकी आँखों के सामने धूसर प्रसार फैला है, और उसका कहीं ठौर-ठिकाना नहीं है। तब उसे रिक्तता का भास होता और शाम के साये जैसे सीधा उसके दिल पर गहराने लगते। कहाँ जाऊँ? सिनेमा देख आऊँ? 'ला बोहेम' में जा बैठूँ? सुषमा

के यहाँ चला जाऊँ? सुषमा के आकर्षण में अभी भी वासना की चुभन थी। रेस्तराँ में बैठने में अलसाहट का भास था—सिगरेट फूँको और निष्प्रयोजन बैठे रहो। सिनेमा में मनबहलाव था, मगर बाद में दिल में रिक्तता-सी भर-भर जाती थी, लगता था शून्य में पटक दिया गया है। जहाँ भी जाओ बाद में दिल में रिक्तता भर जाती थी और असह्य थकावट का भास होता था। सुषमा उसकी स्थिति को समझती थी। वह जानती थी कि महेन्द्र की नज़र में उसकी कीमत बढ़ गई है। साफ़-साफ़ जैसे आँखों के तराजू पर ही उस बढ़ती क़ीमत का अन्दाज़ा लगा लिया करती थी। वह जानती थी कि महेन्द्र अधिकाधिक निराश्रय होता जा रहा है, और डगमगाता हुआ उसके पास सहारा लेने के लिए आता है। पर वह यह भी जानती थी कि महेन्द्र उसके अवलम्ब को अन्दर-ही-अन्दर बालू की भीत का-सा अवलम्ब मानता है। या तो वह किसी दूसरी स्त्री के प्रति आकृष्ट होकर उस दूसरी स्त्री की बाँहों में अवलम्ब ढूँढेगा, या प्रमिला को वापस बुला लेगा।

उधर सुषमा की अपनी स्थिति जटिल होती जा रही थी। उसके क्षितिज पर एक वर्माजी प्रकट हो गए थे। वर्माजी दफ़्तर के डिप्टी डाइरेक्टर थे। सतवन्त इन्हीं के पास महेन्द्र की शिकायत करने गई थी। महेन्द्र के ख़िलाफ़ तो वर्माजी क्या ऐक्शन लेते, सुषमा के प्रति उनकी लार टपकने लगी। वर्माजी में बहुत दम नहीं रह गया था, पर गीली-गीली नमदार आँखों में वासना तैरती रहती थी। अगर इतने बड़े अफ़सर न होते तो उनके पीले ढलके हुए चेहरे और लिजलिजे व्यक्तित्व से सुषमा को मतली आ जाती। एक बार तो सुषमा को प्यार करते समय वर्माजी के मसनूई दाँत अपनी जगह से उखड़ गए थे और उन्हें तर्जनी और अँगूठा मुँह में डालकर उन दाँतों को अपनी जगह पर फिट करना पड़ा था। इसके अतिरिक्त वर्माजी प्रेमालाप करना भी नहीं जानते थे। देर तक चुपचाप बैठे वासना-भरी आँखों से सुषमा की ओर देखते रहते, या फिर अपने घर की बातें करने लगते—अपनी पत्नी की, कि वह चिड़चिड़े स्वभाव की है, पर दिल की अच्छी है, कि उन्होंने गाज़ियाबाद में ज़मीन ले रखी है जहाँ अवकाश प्राप्त करने के बाद वह घर बनाएँगे, कि उनके रिटायर होने में अभी डेढ़ साल बाकी है। सुषमा को वह कभी निरीह लगते, कभी अपाहिज। उनकी बड़ी-बड़ी नमदार आँखों के नीचे गूमड़ थे। बातें करते-करते कभी उनकी आँखें भर जातीं तो पानी टपककर इन गूमड़ों में भर जाता था। लेकिन दफ़्तर में उनका बड़ा दबदबा था। अपने दफ़्तर में से निकलते तो बरामदे-भर के चपरासी अपनी-अपनी जगह पर खड़े हो जाते, बल्कि सारे दफ़्तर में ख़बर

फैल जाती कि साहब आ रहे हैं।

यों वर्मा काइयाँ था। दफ़्तर की बात को बीच में नहीं आने देता था। एकाध बार सुषमा ने अपनी कन्फ़र्मेशन की बात चलाई तो वर्मा ने बड़े नपे-तुले डाइरेक्टरी ढंग से कह दिया, "तुम्हारा मामला महेन्द्र के कारण कुछ बिगड़ गया है। अभी ठहर जाओ, वक़्त आने पर ठीक कर दूँगा।" तब से सुषमा एक तरह से अधर में लटक गई थी। वह नहीं चाहती थी कि एक और जंजाल खड़ा हो जाए। वह यहाँ से निकल जाना चाहती थी। महेन्द्र को इस नये मामले की ख़बर नहीं थी। इसी कारण वह ताज्जुब करता रहता था कि सुषमा में उसके प्रति बेरुखी क्यों आती जा रही है।

सुषमा की दृष्टि में वर्मा की तुलना में महेन्द्र में अभी भी कहीं अधिक आकर्षण था। वर्मा लिजलिजा था, बूढ़ा था, पिलपिला था, गंजा था, उसकी बातों में कोई रस नहीं था, स्फूर्ति नहीं थी। महेन्द्र लड़ता तो था, कसमें तो खाता था, कभी-कभी अपने बाल तो नोचता था। महेन्द्र के साथ उसे गहरा प्रेम भी हो गया था, मगर प्रमिला को भेजकर महेन्द्र ने एक सहज स्थिति को जटिल बना दिया था। और सुषमा की अपनी स्थिति उत्तरोत्तर अधिक जटिल बनती जा रही थी।

...महेन्द्र इस बीच सोफ़े पर पसर गया था और अधमुँदी आँखों से सामने दीवार की ओर देखे जा रहा था। वही पर्दे, वही सोफ़ा, ड्रेसिंग-टेबल पर रखे सुषमा के वही सस्ते जेवर, वह ऊब रहा था और उत्तरोत्तर आत्मानुकम्पा से भरता जा रहा था। उसकी नज़र दीवार पर लगी छिपकली की ओर गई, और वह सिर से पाँव तक जैसे काँप गया। वही छिपकली थी। दीवार से चिपटी उस बनावटी छिपकली से उसकी अपनी स्थिति मिलती-सी जान पड़ी।

सुषमा कॉफ़ी बनाकर ले आई।

"चलो, कहीं बाहर चलें," महेन्द्र ने कहा, "मैं इस कमरे से ऊब गया हूँ।"

सुषमा चुप रही। कोई जवाब देगी तो वह कुछ और सख़्त सुस्त कह देगा।

"तुम्हारे पास कोई और साड़ी नहीं है पहनने को? रोज़ यही आसमानी रंग की साड़ी पहने रहती हो!"

सुषमा कटकर रह गई। अब यह साड़ी इसे अखरने लगी थी। इसी की तहों में मुँह ढाँप-ढाँपकर वह इसे चूमा करता था। सुषमा से न रहा गया :

"मैं बड़ी अफ़सर तो नहीं हूँ कि मेरे पास साड़ियों का ढेर लगा रहे। एक साधारण कैशियर ही तो हूँ।"

"इस बकवास का क्या मतलब है? मैंने कुछ नहीं तो एक हज़ार रुपये

के तोहफ़े तुम्हें दिए होंगे।"

"मैं तुमसे माँगने नहीं गई थी। तुम खुद लाए थे। आज भी उनमें से जो मेरे पास हैं उन्हें ले जाओ।"

और सुषमा ने अपने गले में पहना सफ़ेद मोतियों का हार उतारकर महेन्द्र के सामने सोफ़े पर पटक दिया।

"मैं इतना कमीना नहीं हूँ कि दी हुई चीज़ को वापस लेता फिरूँ। सच तो यह है कि मुझे भूल चुका है मैंने तुम्हें क्या दिया है।"

"तुम्हें कुछ भी नहीं भूला है, तुम्हें एक-एक चीज़ याद है, आज नहीं तो दस दिन बाद उन चीज़ों को मेरे सामने गिना दोगे।"

महेन्द्र सोफ़े पर उठ बैठा :

"मैंने आख़िर तुमसे क्या कहा है। यही कहा है ना कि आसमानी रंग की इस साड़ी के अलावा कोई दूसरी साड़ी तुम्हारे पास पहनने को नहीं थी? यही कहा है कि कुछ और? और तुम अंट-शंट बकने लगी हो। अगर तुम्हें मेरे तोहफे मंजूर नहीं थे तो लिए क्यों थे? अगर तुम्हें यह हार नहीं चाहिए तो मुझे भी नहीं चाहिए।" और आवेश में महेन्द्र ने सोफ़े पर से मोतियों का हार उठाया और सीधा खिड़की के पास जाकर पर्दा हटाकर उसे बाहर फेंक दिया।

कमरे के बीचोंबीच खड़ी सुषमा आँखें फाड़े उसे देखे जा रही थी।

"यह तुमने क्या किया है? तुम्हें क्या हो गया है?"

"मुझे हो गया है, मुझे कुत्ता काट गया है, तुम इसे उतारकर मेरे सामने फेंक सकती हो तो मैं इसे खिड़की से बाहर भी फेंक सकता हूँ।"

सुषमा उन्हीं क़दमों पहले तो लपककर खिड़की के पास गई और पर्दा हटाकर नीचे झाँकती रही, और फिर सहसा सीधी कमरे से बाहर चली गई।

दोनों हाथों में अपना माथा थामे महेन्द्र सोफ़े पर बैठ गया।

कुछ देर बाद दरवाज़ा खुलने की आवाज़ आई। सुषमा लौट आई थी और हाथ में हार पकड़े मुस्करा रही थी।

"तुम इतने गुस्सैल हो, मुझे मालूम नहीं था।" फिर महेन्द्र के पास आकर उसके बालों को सहलाती हुई बोली, "लो, इसे अपने हाथों से मुझे पहना दो। बहुत गुस्सा नहीं करते। अगर मुझसे ऊब गए हो तो मेरे पास नहीं आया करो। मैं यों भी शीघ्र ही यहाँ से चली जाऊँगी। तुम चिन्ता नहीं करो।"

महेन्द्र इस पर बेबस-सा सुषमा से लिपट गया और बच्चों की तरह सुबकने लगा :

"मैं पागल हो जाऊँगा, मैं एक दिन पागल हो जाऊँगा..."

सुषमा धीरे-धीरे उसके बाल सहलाने लगी। इस खंडित प्रेम को जोड़ पाना असम्भव था, पर ऐसे क्षणों में लगता था, वह अभी पूरी तरह से टूटा नहीं है। महेन्द्र बहुत दूर नहीं देख पाता था, लेकिन सुषमा जो स्थिति के प्रति अधिक जागरूक थी, उसे भी ऐसे समय में भास होने लगता कि उनके प्रेम में शायद स्थायित्व आ जाए और वह सभी जटिलताओं में से बचकर निकल जाए। सुषमा की स्थिति महेन्द्र की स्थिति से कहीं ज़्यादा पेचीदा थी। महेन्द्र के बालों को सहलाते हुए एक अनूठा-सा विचार सुषमा के मस्तिष्क में कौंध गया। 'अगर महेन्द्र को वर्माजी के बारे में पता चल जाए तो इसकी कैसी प्रतिक्रिया होगी?' फिर स्वयं ही इसका उत्तर देते हुए मन-ही-मन बोली : 'इसे तो लक़वा मार जाएगा।' और तभी उनकी स्थिति पर क्रूर प्रहार करते हुए दरवाज़े पर दस्तक हुई, तीन बार, बिलकुल नपी-तुली, और दोनों के कान खड़े हो गए। वर्माजी ठीक तीन बार ही दस्तक दिया करते थे।

ग्यारह

टाँगा धीरे-धीरे एक बाज़ार को लाँघकर दूसरे बाज़ार में प्रवेश कर रहा था। अपने घर के बाहर ही नारंग साहब को एक टाँगा मिल गया था। गाड़ीवान अपने फटीचर टाँगे के बम पर बैठा था ताकि नारंग साहब के बैठ जाने पर टाँगे का सन्तुलन बना रहे। खस-खस कूचीनुमा दाढ़ीवाली गाड़ीवान अपने टाँगे और घोड़े की ही भाँति जीर्ण-शीर्ण लग रहा था। साज़ को ऐन घोड़े की पीठ पर रस्सी के टुकड़े से बाँधा गया था। घोड़े की पीठ पर, दाईं ओर लाल-सा घाव का निशान था जिस कारण घोड़े की चमड़ी पर बार-बार लहरें-सी उठ रही थीं। बोसीदा-सा टाँगा, दिल्ली की बोसीदगी का प्रतिरूप ही लग रहा था।

नारंग साहब बैठते ही बतियाने लगे थे।

"अब टाँग में दर्द उठता है, पैदल कचहरी तक नहीं जाया जाता।"

और झुककर बाईं टाँग पर से पतलनू ऊपर की ओर खिसकाते हुए बोले : "यह हिस्सा बिलकुल जैसे काठ हो गया है। रात-भर करवटें बदलता रहता हूँ, सो नहीं पाता।"

गाड़ीवान ने घूमकर अपनी सवारी की ओर देखा :

"उम्र-उम्र की बात है साहिब, जवानी की बात और है, बुढ़ापे की और।"

"इंजेक्शन लगवाता रहूँ तो थोड़ा आराम रहता है। पर आजकल इंजेक्शन बहुत महँगे हो गए हैं।"

"जी, बाबूजी..." ख़स-ख़स दाढ़ीवाले ने बैठे-ही-बैठे कहा और सुस्त-रफ़्तार घोड़े की पीठ पर हलका-सा छाँटा मारने के बाद चाबुक की लकड़ी को बम

के साथ ठकोरने लगा।

नारंग साहब की छोटी-छोटी आँखें घोड़े की पीठ पर लगी थीं।

"रात को अकेला पड़ा-पड़ा हाय-हाय करता रहता हूँ।"

उन्होंने बाईं टाँग पर झुककर हाथ फेरते हुए कहा, "एक लड़का है, कानपुर में रहता है। वहीं पर एक पूर्बिया लड़की से शादी करके बैठ गया है। जमुना नाम है लड़की का।"

गाड़ीवान ने सिर उठाकर नारंग साहब की ओर देखा। उसकी नज़र उनके काले कोट पर पड़ी। 'वकील हैं, बोलेंगे नहीं तो क्या करेंगे,' उसने मन-ही-मन कहा।

"लड़की यहीं ब्याही है, पर वह बस नहीं पाई। घरवाला सरकारी नौकर है, अच्छी तनख़्वाह पाता है, पर उसने बच्चे को रख लिया है, और इसे घर से निकाल दिया है।"

गाड़ीवान ने फिर घूमकर अपनी सवारी की ओर देखा। नारंग साहब के सिर पर रखी बड़ी-सी सफ़ेद पगड़ी ढीली पड़ चुकी थी और उनकी आँखें अभी भी घोड़े की पीठ पर लगी थीं, और वह बराबर बोले जा रहे थे :

"कहता है तुझे शऊर नहीं है। अफ़सरों की सोसाइटी में तू उठने-बैठने का ढंग नहीं जानती, मेरे दोस्त आते हैं तो तू गुमसुम बनी बैठी रहती है। पर असल में यह बात नहीं है। असल में उसकी आशनाई एक दूसरी लड़की से हो गई है, काली-कलूटी कोई बंगालन है, उसी के दफ़्तर में काम करती है। वह उसके साथ रहना चाहता है।"

"जी!" गाड़ीवान ने धीरे-से कहा।

"अब वह पगला गई है, और दिन-भर सड़कों पर घूमती रहती है। मेरी टाँग में दर्द रहता है, मैं उसके पीछे-पीछे कहाँ भागूँ। लोग यह तो नहीं समझते, अपनी परेशानियाँ मुझ पर लादते रहते हैं। मैं क्या-क्या करूँ?"

गाड़ीवान ने मुड़कर फिर नारंग साहब की ओर देखा और होंठों-ही-होंठों में 'या अल्लाह!' बुदबुदाया।

"मैंने उससे कहा भी है, एक बार नहीं बीसियों बार कहा है, कि देख बेटी, तू उसकी मिन्नत-समाजत कर, उसके दोस्तों से उसे कहलवा, उसके भाई-बहिन से मिल, उसके दिल में जो मलाल आ गया है, उसे दूर कर दे। तेरा मामला सुलझ जाएगा। अब मैं और क्या कर सकता हूँ?"

नारंग साहब ने फिर बाईं टाँग पर से अपनी पतलून ऊपर की ओर खिसकाई और बोले :

"देखो, इस वक़्त भी सूजी हुई है। उँगली ज़ोर से दबाओ तो झट से उसमें गड्ढा पड़ जाता है।" और उन्होंने दाएँ हाथ का अँगूठा ज़ोर-से टखने के पास दबाया, "अब मैं उठाऊँगा तो देखना, वहाँ पर तुम्हें गहरा गड्ढा नज़र आएगा।" और उन्होंने अँगूठा उठाया। नीचे, सफ़ेद-सा गोल गड्ढा बना हुआ था, "देखा?"

गाड़ीवान चुप रहा।

"शाम तक मेरा पैर बहुत सूज जाता है। इसीलिए मैंने बूट पहनना छोड़ दिया है। यह ढीली-सी गुरगाबी पहनता हूँ। इसमें से पैर निकालकर बैठ जाता हूँ। बूट में तो पैर सारा वक़्त दबता रहता है, बूट नहीं पहना जाता।"

गाड़ीवान के कान अभी भी नारंग साहब की दास्तान पर लगे थे, पर अब वह घूम-घूमकर उनके चेहरे की ओर नहीं देख रहा था।

"अपनी-अपनी किस्मत की बात है।" नारंग साहब कहे जा रहे थे। "घरवाली होती तो बेटी को सँभाल लेती, ठीक रास्ते पर ले आती। औरतें बहुत-कुछ कर सकती हैं। वह बड़ी समझदार थी। बड़ी नेकबख़्त थी। सारा वक़्त उसका चेहरा खिला रहता था, जैसे फूल खिला रहता है। जिस चीज़ को हाथ लगाती थी, वही सोना हो जाती थी। बस, उसके जाने की देर थी कि घर में धूल उड़ने लगी है। सच पूछो तो तभी से मेरे हाथ-पैर सुन्न हो गए हैं। कुछ करने-धरने को जी ही नहीं चाहता..."

नारंग साहब थोड़ी देर तक चुप बने रहे, फिर धीरे-से बोले, मानो गाड़ीवान को कोई रहस्य बता रहे हों, "मरने के बाद वह कई बार मुझे दर्शन दे चुकी है। नींद में आती है, हँसती हुई, तब मुझे बड़ा अच्छा लगता है। मेरा रोम-रोम खिल उठता है।

"एक बार मैं खाट पर बैठा था। मेरी आँखों में आँसू थे। मैंने आँखें उठाईं तो लगा जैसे वह मेरे आँसू में खड़ी है, ऐसे झिलमिला रही थी और हाथ के इशारे से मुझे तसल्ली दे रही थी, घबराओ नहीं, प्रमिला के सब काम सुलझ जाएँगे। चिन्ता किसी बात की नहीं करो, मैं तुम्हारे साथ हूँ। कहते-कहते बस, ओझल हो गई...एक बार मैं कचहरी में से निकला तो वह कचहरी के फाटक पर खड़ी थी। बिलकुल साफ़, साक्षात् देवी की तरह, सफ़ेद दुपट्टा ओढ़े हुए थी, नीचे रेशमी कमीज़ और सलवार पहने हुए थे, कपड़े वह हमेशा रेशमी पहना करती थी। यों, हाथ पसारकर कहने लगी, पम्मो अब तुम्हारे हवाले। यों, यों..." और नारंग साहब ने दायाँ हाथ पसार दिया। 'पम्मो अब तुम्हारे हवाले!' और कहकर ओझल हो गई। मुझे आज तक वह क्षण नहीं भूलता।

पम्मो तब छोटी-सी थी, दौड़ती थी तो कन्धों पर बाल नाचते थे। भाग-भागकर तितलियाँ पकड़ती रहती थी। तभी मैंने फ़ैसला किया कि दूसरी शादी नहीं करूँगा। बच्चे छोटे-छोटे थे, मैंने कहा, दूसरी शादी नहीं करूँगा। बच्चे अनाथ हो जाएँगे। उनकी सौतेली माँ जाने उनके साथ कैसा व्यवहार करे।''

नारंग साहब फिर चुप हो गए। गाड़ीवान ने फिर एक बार होंठों-ही-होंठों में 'या अल्लाह!' कहा, और छाँटे से टाँगे के बम को ठकोरा।

टाँगा मिशन अस्पताल की लम्बी दीवार के सामने से गुजर रहा था, और सड़क में हलकी-सी ढलान थी। पुरानी दिल्ली का शताब्दियों पुराना इलाका था। पटरी पर जगह-जगह हस्तरेखा पढ़नेवाले आचार्जी अपनी छोटी-छोटी दरियाँ बिछाए बैठे थे। कानों के ऊपर तीलियाँ खोंसे, तेलमालिश और चम्पी करनेवाले, कमलीवाले साधु, कहीं भिखारी, कहीं पटरी पर लेटे बेरोज़गार, आवारा लोग। कहीं कोई खोंचेवाला मुँह टेढ़ा किए आवाज़ें लगा रहा था। चारों ओर बासीपन था, लोगों के चीकट मैले कपड़ों, गरीबी और बुढ़ापे की बास हवा में फैली थी।

नारंग साहब चुप थे। गाड़ीवान ने हुंकार भरा, पर नारंग साहब फिर भी चुप थे। उसने घूमकर देखा तो नारंग साहब की नज़र घोड़े की पीठ पर से हटकर, बाईं ओर, मिशन अस्पताल की लाल दीवार के साथ-साथ पटरी पर, दूर सामने से आती हुई एक महिला पर टिकी थी। नज़दीक पहुँचने पर वकील साहब ने सिर आगे की ओर बढ़ाकर झट से पुकारा :

''प्रमिला। पम्मो! रोको जी, ताँगा रोको! देखते नहीं, मैं कह रहा हूँ, टाँगा रोको...''

टाँगा रुक जाने पर नारंग साहब बम का सहारा लेकर उतरे, और सड़क पार कर पटरी की ओर बढ़ गए।

महिला हड़बड़ाकर ठिठक गई, नारंग साहब की ओर देखा, फिर सकुचाकर मुस्कराई और सीधी अपनी राह चलने लगी।

''नहीं, वह नहीं है।'' नारंग साहब बुदबुदाते हुए लौट आए। ''वह भी कभी-कभी बालों में फूल टाँक लेती है, इसने भी टाँक रखे थे। कदबुत में भी प्रमिला जितनी लग रही थी, मैंने समझा प्रमिला है। कई बार धोखा हो जाता है। वह भी सड़कों की खाक छानती फिरती है। मैंने समझा, वही होगी। मैं कचहरी को जाता हूँ तो वह मेरे पीछे घर से निकल जाती है। अब मैं उसे कहाँ ढूँढ़ता फिरूँ? मेरे अपने घुटनों में दर्द रहता है।''

''जी, बाबूजी!'' गाड़ीवान ने धीमे से कहा।

"तुमने तो उसे नहीं देखा? तुम जगह-जगह टाँगा चलाते हो। आज कहीं देखा तो नहीं है?"

"उसे अस्पताल में दाख़िल क्यों नहीं करा देते बाबूजी? औरतज़ात का यों सड़कों पर घूमना ठीक नहीं। तरह-तरह के लोग होते हैं।"

"मैं इसे ले गया था। उन्होंने दाख़िल नहीं किया। कहने लगे—सनक है, घर पर रखो, महीने-दो महीने में ठीक हो जाएगी। उसके मन को धक्का लगा है। धक्का तो लगना ही था। घरवाले ने बसाने से जो इन्कार कर दिया, और बेटे को भी अपने पास रख लिया। धक्का तो लगना ही था।"

"जी, बाबूजी!"

"अब मैं दिन-भर उसे बाँधकर तो नहीं रख सकता। पगला न गई होती तो शायद तरस खाकर बसा लेता, अब क्यों बसाएगा? कोई कहता था रेलवे स्टेशन के पास उसे देखा है, कोई कहता है एक रेस्तराँ के बाहर खड़ी थी, कोई कहता है किसी घर के चबूतरे पर बैठी थी। कंकड़ बटोरती रहती है। यह कोई हाल है?"

"इसे घर में बैठाओ बाबूजी, औरतज़ात सड़कों पर घूमती अच्छी नहीं लगती," गाड़ीवान ने दूसरी बार कहा, पर नारंग साहब अपनी कहते चले जा रहे थे :

"खोजने पर मिल भी जाए तो घर में लाना उसे कौन-सा आसान होता है? मान जाए तो मान जाए, पर अगर अपनी जिद्द पर आ जाए तो उसे टाँगे में बैठाना नामुमकिन हो जाता है। सीधा ज़मीन पर बैठ जाती है। उसे घसीटना पड़ता है, हाथ-पैर पटकने लगती है। कोई एक मुसीबत है? अब मैं रोज़-रोज़ उसे कहाँ ढूँढ़ता फिरूँ? दिल्ली जैसा शहर। टाँगे पर बिठाकर लाऊँ तो दो रुपये टाँगेवाला माँग लेता है। फिर कचहरी वक़्त पर नहीं पहुँच पाता। जो थोड़ी-सी कमाई हो पाती है वह इसी वक़्त, बारह बजे से पहले। बारह बजने की देर है कि मेरे लिए दिन डूबा जाता है। यह बूढ़े बाप को कलपानेवाली बात नहीं तो क्या है?"

राह जाते हर आदमी पर नारंग साहब को ईर्ष्या हो रही थी। हर व्यक्ति अपने काम में व्यस्त था, अपने दायरे में बँधा था, उसकी रोज़ी बँधी थी, उसका घर-परिवार जुड़ा था। कितने भाग्यशाली हैं ये लोग। आकाश में घूमनेवाले ग्रहों की तरह अपने-अपने मंडल में घूमते हैं, अपना कारोबार करते हैं, एक मैं हूँ कि कटी पतंग की तरह, कभी एक जगह तो कभी दूसरी जगह भटक रहा हूँ, कहीं ठौर-ठिकाना ही नहीं। उधर पम्पो भटक रही है...

बाज़ारों की खाक छानते जब नारंग साहब कचहरी के पास पहुँचे तो साढ़े बारह बजा चाहते थे। हलफ़नामों और स्टाम्प-पेपरों पर दस्तख़त करवाने का वक़्त लगभग निकल चुका था। "एक और दिन इस नामुराद के पीछे बर्बाद हो गया।" वह बड़बड़ाए। उनके दिल में ऐसी खीझ उठी, कि मन चाहा अपनी बाँह काट लें, और प्रमिला मिले तो दो चाँटे उसके मुँह पर रसीद करें। मैं कमाऊँगा नहीं तो तू खाएगी कहाँ से? एक टूटा-फूटा घर है, वह भी चाहती है बिक जाए? मन-ही-मन वह झुँझला उठे। दो-तीन रुपये का काम भी मिल पाने की सम्भावना होती तो उन्हें ढाँढस मिलती...

कचहरी के फाटक पर इधर-उधर काले कोटोंवाले वकील डोल रहे थे। उन्हें देखते ही नारंग साहब अपनी कमाई की स्थिति को भाँप गए थे।

हथेली में तीन बार मसलकर उन्होंने एक अठन्नी बूढ़े गाड़ीवान को पेश की। उन्हें झगड़े का डर था। जो गाड़ीवान ने झगड़ा किया तो दो-चार आने और देकर बारह आने तक में पिंड छुड़ा लूँगा। कोई-कोई गाड़ीवान अठन्नी वहीं पटककर, गालियाँ बकता हुआ, टाँगा हाँककर ले जाता था। यह बूढ़ा गाड़ीवान कैसा व्यवहार करेगा? इससे भी तो मेरी स्थिति छिपी नहीं है।

पर गाड़ीवान बड़ा शरीफ़ आदमी साबित हुआ।

"नहीं साहिब, आपसे पैसे लूँगा? या अल्लाह! जैसी आपकी बेटी, वैसी मेरी बेटी। नहीं साहिब, बार-बार न कहें। मुझ नाचीज़ की यही खिदमत समझें। नहीं साहिब..."

जब टाँगा चला गया तो नारंग साहब का दिल भर आया। प्रमिला पर बड़बड़ाते रहने का उन्हें क्षोभ हुआ। उस बेचारी का क्या दोष? मैं दुखी हूँ तो वह कौन-सी सुखी है? किस्मत ही फूट जाए तो कोई क्या कर सकता है? मेरा तो रोम-रोम, मेरे शरीर की तो बोटी-बोटी उसकी सेवा करने के लिए हाज़िर है। वह दुखी रहे तो मैं कैसे सुखी रह सकता हूँ...

और वह बोझिल क़दम घसीटते हुए कचहरी के अन्दर चले गए।

बारह

पहाड़ी की ढलान पर, और नीचे क्यारियों के बीच स्कूल के बच्चे अपने रंग-बिरंगे कपड़ों में फूलों की तरह छिटके थे। दूर, स्कूल के पुराने गिरजे के शिखर पर का क्रॉस धूप में चमक रहा था। पहाड़ की ठंडी हवा सिर को जकड़ती-सी लगती थी। बाईं ओर देवदार के ऊँचे-ऊँचे पेड़ किन्हीं अतल गहराइयों में से निकलकर सीधे आकाश की ओर उठते हुए चले आए थे और उनके पीछे इन्हीं अतल गहराइयों में से साँय-साँय की रहस्यपूर्ण-सी आवाज़ सारा वक़्त आती रहती थी। ढलान के सिरे पर हाथी की पीठ की तरह बड़ी-सी चट्टान खड़ी थी, और उसकी एक दरार में से हॉली हॉक के फूलों के तीन-चार डंठल निकलकर हवा में दाएँ-बाएँ झूम रहे थे और उनमें से पराग और फूलों की पंखड़ियाँ झर-झरकर चट्टान के एक हिस्से को ढके थीं। हवा के किसी-किसी झोंके में जंगली गुलाब की हलकी-सी महक तैरती-सी आ जाती और मस्तिष्क में सोई स्मृतियों को जगाकर निकल जाती। दूर नीलिमा की चादर ओढ़े एक पर्वतमाला थी, जिसकी कुछेक चोटियों पर बर्फ छितरी थी और नीचे घने वनखंडों से ढकी ढलानें थीं।

हॉल कमरे के बरामदे में खड़े-खड़े महेन्द्र के अंदर फिर एक बार जैसे रोशनी-सी खिल उठी। स्कूल के विशाल डाइनिंग-रूम में से निकलकर, वह बरामदे में चला आया था। पीछे हॉल के अन्दर बूफे खाना चल रहा था, छुरी-काँटों की आवाज़ें आ रही थीं—हलके-हलके वार्तालाप की, स्त्रियों की टुनटुनाती हँसी की। मिसेज़ भगत अभी तक हॉल में नहीं पहुँची थीं, और महेन्द्र बरामदे में बाहर निकल आया था। महेन्द्र इस इन्तज़ार में था कि मिसेज़

भगत शीघ्र ही दाईं ओर से, स्कूल की एक अध्यापिका के कमरे में से निकलकर आएँगी, तभी दोनों हॉल के अन्दर खाना खाने जाएँगे। उसे यह सोचकर बार-बार गुदगुदी-सी भी होती कि पप्पू को इस पब्लिक स्कूल में दाख़िल करवा देने से, सामाजिक सीढ़ी पर वह एक और क़दम ऊँचा उठ आया था। अब मैं भी बड़े सरकारी अफसरों की दुनिया में पहुँच गया हूँ। सरकारी नौकरी के भी स्तर होते हैं, परतें होती हैं, सीढ़ियाँ होती हैं। शहर की तंग गलियों में से निकलकर अपने दफ़्तर को जानेवाला क्लर्क भी सरकारी नौकर है, कन्धे पर झूलते बालोंवाली युवतियों-महिलाओं के साथ, अपनी मोटर में बैठकर, रंगीन थर्मस, फलों की टोकरियाँ, चाकलेट, बीयर की बोतलें अपने साथ लेकर स्कूल को आनेवाले लोग भी सरकारी नौकर हैं। उस नई प्रोमोशन के मिलने से महेन्द्र का स्तर बदल गया था। उसे बार-बार लगता जैसे अँधेरे कूप में से निकलकर रोशनी में आ गया है। पिछला साल-भर यातना भोगते बीता था। एक के बाद एक मूर्खता होती रही थी। जहाँ सबसे पहले उसे अपने कैरियर के बारे में सोचना चाहिए था, वहाँ वह कभी नैतिकता के तो कभी सेक्स के पचड़े में पड़ता रहा था। अपनी पोज़ीशन के मुताबिक ही, अपने जैसे लोगों के बीच ही रहना मुनासिब होता है। और पोज़ीशन है तो तुम सबकुछ हो, वरना तुम कुछ भी नहीं हो। प्रमिला को अपने अभिसार का भेद बता देना इसी दृष्टि से मूर्खता थी। यदि कैरियर बनाना हो तो वैसी लिजलिजी भावुकता नहीं चल सकती, वैसी घिसी-पिटी पुरानी नैतिकता भी नहीं चल सकती। प्रमिला को जहाँ अपने अभिसार का भेद बता देना मूर्खता थी, वहाँ सुषमा के साथ अभिसार चलाना ही मूर्खता थी। लड़की उसी के दफ़्तर में कैशियर थी, जबकि उसकी पोज़ीशन का आदमी किसी दूसरे सरकारी अफ़सर की पत्नी से अभिसार चला सकता था। पिछले साल की हरकतों के बारे में सोचते हुए उसे लगा जैसे वह पचड़े में से निकलकर आया है, और पहली बार हलका-फुलका महसूस करने लगा है, मानो बहुत-से बोझ वह नीचे फेंक आया है। प्रमिला के बारे में सोचकर उसके मन में कभी-कभी बेचैनी-सी उठती रही थी। पर इस बेचैनी को अब वह समझ सकता था, बरसों की एक आदत को तोड़कर नई आदत डालना कौन-सा आसान काम है! एक बार वह पतलून-कोट छोड़कर खादी पहनने लगा था, महीनों तक वह आँखें नीची किए, सड़कों के किनारे-किनारे चलता रहा था ताकि उसे कोई देख न ले। मन में तरह-तरह के नैतिक प्रश्न उठते रहे थे, पर बात नैतिकता की नहीं थी, बात केवल आदत बदलने की थी। अब आदत सचमुच बदल गई थी। दृष्टि के साथ आदत बदल

जाती है, और जब आदत बदल जाए तो बेचैनी भी दूर हो जाती है। क्षण-भर के लिए यह सोचकर कि यदि प्रमिला घर पर बनी रहती तो क्या स्थिति होती, उसके बदन में सिहरन-सी हुई। क्लर्की के ज़माने की पत्नी के रूप में प्रमिला ठीक थी, लेकिन इस पोज़ीशन के अनुरूप वह नहीं थी। वह इस सोसाइटी के अनुकूल नहीं बनी थी। ऐसे स्थानों पर प्रमिला को साथ लाना, कन्धे पर गठरी ढोने के बराबर ही होता। पार्टी में आओ और गठरी को उतारकर किसी कुर्सी पर या सोफ़े पर रख दो। वह एक ओर गुमसुम बुत बनी बैठी रहती, न किसी से हूँ न हाँ, बिटर-बिटर कभी एक के मुँह को तो कभी दूसरे के मुँह को ताकती रहती। और पार्टी के बाद जब जाओ तो गठरी को उठाकर फिर से कन्धे पर रखे लो। लोग भी दबे-दबे हँसते रहें। यह सोसाइटी प्रमिला के बस की नहीं थी। यहाँ स्त्रियों की अपनी विशिष्ट रुचि थी—कपड़े पहनने, बन-सँवरकर रहने की, हलका-फुलका वार्तालाप करने की, हँसने-बतियाने की, यहाँ चारों ओर सुचारुता बिखरी पड़ी थी, क्या बात करनी चाहिए और क्या नहीं, वे सब जानती थीं। प्रमिला के कट्टरपंथी विचार अन्त तक नहीं टूटे थे और अन्त में वही पिछड़कर पीछे रह गई थी। मैंने बड़ी कोशिश की कि प्रमिला आज की दुनिया के मुताबिक बन सके, सरकारी अफ़सरों की स्त्रियों की तरह हँस-बोल सके, चहक सके, तरह-तरह के विषयों पर बातचीत कर सके, पर उसके संस्कार बहुत पक्के थे, उन्हें तोड़ पाना असम्भव था। और अब हम एक-दूसरे से बहुत दूर हो चुके हैं। वह वैसे ही प्रमिला को पीछे छोड़ आया था जैसे अपने गलीवाले मकान को छोड़ आया था जहाँ वह क्लर्की के ज़माने में रहा करता था, वैसे ही जैसे अपनी पुरानी साइकिल को छोड़ आया था, अपने क्लर्क दोस्तों की मंडली को छोड़ आया था जो हर शाम चाय की चुस्कियों के साथ घंटों अपने अफ़सरों की ही बातें करते रहते थे। प्रमिला पत्नी के नाते उनके मुकाबले में दूर तक आई थी, पर यहाँ तक वह भी साथ नहीं दे पाई थी। उसे साथ-साथ घसीटते लाना उसके प्रति भी अन्याय होता। अब जो प्रमिला लौट आई तो ज़िन्दगी का आख़िरी चांस भी खो जाएगा, इसके विपरीत फिर से वही घिस-घिस शुरू हो जाएगी। उसे बरसों पहले मुहल्ले की याद आई जहाँ उसके घर के पिछवाड़े रहनेवाला धोबी शाम को नदी पर से लौटने पर अपने दोनों गधों को एक ही रस्सी के साथ बाँध दिया करता था। एक पैर गधे का, दूसरे गधे के एक पैर से बाँध देता। लगता, दोनों गधे स्वतंत्र खड़े हैं पर दोनों में से कोई भी तीन गज़ से ज़्यादा दूरी तक नहीं जा पाता। रात-भर दोनों गधे एक-दूसरे को ही काटते अथवा खुजलाते रहते थे। इसी

प्रकार का रिश्ता पिछले बारह साल तक चलता रहा था, और अब महेन्द्र फिर से उसमें पड़ना नहीं चाहता था, उसके बारे में सोचकर ही उसके रोंगटे खड़े हो जाते थे। सुषमा के पास उसका अभिसार भी असंगत बात थी, महेन्द्र का मन बार-बार कहता। अच्छा हुआ जो पिंड छूट गया। जो बात बाहर निकल जाती तो उसका नाम सदा क्लर्क-लड़कियों के साथ ही जोड़ा जाता, किसी अफ़सर की स्त्री उसकी ओर आँख उठाकर भी नहीं देखती।

दो दिन पहले महेन्द्र अपना नया ओवरकोट बाँह पर डाले, हाथ में छोटा-सा सूटकेस उठाए रेलवे स्टेशन के आँगन में से निकला था तो तीन टैक्सियोंवाले उसकी ओर लपके थे। ज़माना था जब इसी रेलवे स्टेशन पर उतरते समय वह धक्के खाता बसों के पीछे भागा करता था। अब टैक्सियोंवाले अपने आप पहचानने लगे थे कि यह आदमी उस श्रेणी का है जिसके बच्चे पब्लिक स्कूल में पढ़ते हैं।

आँगन में उसने घूमकर पीछे की ओर देखा था। रेलवे स्टेशन का आँगन सुन्दर वस्त्रोंवाले पुरुष-स्त्रियों से छिटका था, कुछ लोग बाहर निकलते ही बड़ी-बड़ी गाड़ियों में बैठकर रवाना हो रहे थे। महेन्द्र के लिए स्कूल के वार्षिकोत्सव पर आने का यह पहला अवसर था बल्कि प्रोमोशन के बाद घर से बाहर निकलने का ही यह पहला अवसर था।

टैक्सी-स्टैंड पर, रेलवे-फाटक को घेरे टैक्सियों के ड्राइवर खड़े थे। रेलवे स्टेशन में से निकलनेवाले मुसाफ़िर धड़ाधड़ टैक्सियों में बैठकर सामने, पहाड़ों की दिशा में निकलते जा रहे थे। जिस वक़्त महेन्द्र गेट के पास पहुँचा उस वक़्त दो टैक्सियाँ खड़ी थीं, गेट पार करते-करते उनमें से भी एक टैक्सी निकल गई थी। एक ही टैक्सी वहाँ खड़ी थी और महेन्द्र मन-ही-मन डर रहा था कि ड्राइवर किराया बढ़ा देगा। तभी एक महिला हाँफती हुई गेट की ओर से भागती चली आई थी : "आपको कोई ऐतराज़ तो नहीं अगर हम दोनों एक ही टैक्सी कर लें? आप भी स्कूल में जा रहे हैं ना?" बड़े-बड़े कालरोंवाला, भूरे रंग का ओवरकोट कन्धों पर डाले, रूखे, कटे बालोंवाली एक तीसेक वर्ष की महिला उसके पास खड़ी हाँफ रही थी।

"मुझे भी स्कूल में ही जाना है। यदि हमने टैक्सी फ़ौरन नहीं कर ली तो यह टैक्सी भी हाथ से निकल जाएगी। चलिए इसी में बैठ जाते हैं। यहाँ टैक्सियाँ आसानी से नहीं मिलतीं।" और वह इस वक़्त का इन्तज़ार किए बिना कि महेन्द्र क्या निश्चय करता है, कार का पिछला दरवाज़ा खोलकर बैठ भी चुकी थी। महेन्द्र "ज़रूर, ज़रूर!" कहता हुआ तनिक झेंपकर आगे की

सीट पर, ड्राइवर के साथ बैठने जा रहा था जब महिला ने तनिक हँसकर उसे पीछे की सीट पर अपने साथ ही बैठने को कहा :

"आइए, आइए, आप भी पीछे बैठिए, आप आगे क्यों बैठना चाहते हैं?" और महेन्द्र खिसियाकर पीछे की सीट पर आकर बैठ गया था। पुराने संस्कार जल्दी नहीं टूटते, मन की दरारों में कीड़ों की तरह दुबके बैठे रहते हैं। स्त्रियों से वह अब भी वैसे ही झेंपता था जैसे सुषमा से जान-पहचान के पहले झेंपा करता था।

"इतनी दूर से बच्चों को मिलने आना बड़े झंझट का काम है।"

महेन्द्र ने वार्तालाप शुरू करने की चेष्टा करते हुए या अपनी झेंप मिटाने की कोशिश करते हुए कहा। उसने सोचा सिगरेट निकालकर सुलगा ले, झेंप के समय सिगरेट बड़ा सहायक होता है, लेकिन यह सोचकर कि बन्द कार में सिगरेट सुलगाना शायद उस महिला को अरुचिकर लगे, वह एक ओर को दबककर बैठा रहा था। पर इसी बीच मिसेज़ भगत ने अपना वेनिटी बैग खोल लिया था और सिगरेटों की डिबिया निकालकर सिगरेट सुलगा लिया था।

"पहले दो जगह गाड़ियाँ बदलो, फिर मोटर में जाओ..." महेन्द्र ने इस अन्दाज़ से कहा मानो बरसों से स्कूल के चक्कर काट रहा हो।

"मैं तो लौटकर जाती हूँ तो कहती हूँ, अब कभी नहीं आऊँगी, कभी नहीं आऊँगी पर जब यहाँ आ जाती हूँ तो सारी थकान दूर हो जाती है। आपके कितने बच्चे स्कूल में पढ़ते हैं?"

"एक। लड़का है, इसी साल दाख़िल हुआ है।" महेन्द्र ने कहा और आँख उठाकर महिला की ओर देखा। बड़े-बड़े कालरोंवाले ओवरकोट के जेब में हाथ डाले, सिगरेटवाले बाएँ हाथ की कोहनी दरवाज़े के साथ लगाए वह सीट के सिरे पर निश्चिन्त-सी बैठी थी। लगता था, सचमुच सुहावने मौसम का आनन्द ले रही है। उसके बैठने के ढंग से स्निग्धता का भास होता था, अल्हड़पन का भी, अलसाहट का भी, चुस्ती का भी।

"मैं तो चाहती भी नहीं थी कि बच्चों को इतनी दूर बोर्डिंग स्कूल में डालूँ। लेकिन...लेकिन..."

लेकिन पर आकर महिला रुक गई। अपनी बड़ी-बड़ी आँखों से महेन्द्र की ओर देखकर वह मुस्करा दी और दूसरी ओर देखने लगी।

अल्हड़पन के साथ-साथ महेन्द्र को मिसेज़ भगत में एक प्रकार की सुचारुता भी लगी। मोटर में उनके पैरों में बढ़िया किस्म की एक टोकरी रखी थी, जिसमें फल थे, दूध-पाउडर का एक डिब्बा था, नीले रंग की एक थर्मस

थी, दो साफ़-सुथरे नैपकिन थे, एक लाल रंग की फ़ैशनेबुल-सी जर्सी रखी थी। ओवरकोट के बावजूद मिसेज़ भगत ने पैरों में सैंडल पहन रखे थे। उनके नाजुक से गोर-गोरे पैर सैंडलों में महेन्द्र को बड़े सुन्दर लगे।

मोटर में बैठते ही महेन्द्र में स्थिरता आ गई थी, उसे लगा था जैसे स्थिति उसके काबू में आ गई है। महेन्द्र की स्थिति उस ऐक्टर की-सी हो रही थी जो स्टेज़ पर जाने से पहले घबरा रहा हो, पर स्टेज़ पर आ जाने पर उसकी सभी वृत्तियाँ यथास्थान एकाग्र हो जाएँ और उसे लगे जैसे स्थिति पर उसने पूर्ण अधिकार प्राप्त कर लिया। वर्माजी ने जब प्रोमोशन की चिट्ठी उसके हाथ में देकर उससे हाथ मिलाया था तब भी ऐसी ही भावना उसके मन में उठी थी। उसे लगा था जैसे वह दफ़्तर का धुरा है और दफ़्तर का सारा संचालन वह बड़े सुभीते से कर सकता है। हवा में तैरता-सा घर लौटा था। मिसेज़ भगत से वार्तालाप शुरू होते ही महेन्द्र ने छुट्टी की-सी हिलोर का अनुभव किया था। और अब जब मोटर हरी-भरी पहाड़ियों में जगह-जगह मोड़ काटती हुई आगे बढ़ने लगी थी, और बाएँ ओर की ऊँची पहाड़ी का शिखर प्रातः की हलकी-सी लालिमा से ढका था और चारों ओर नहाया-नहाया-सा लग रहा था, तो उसके बदन में फिर से अनूठे उल्लास की लहर उठी। तभी उसे पहली बार लगा था कि वह वर्षों से किसी गहरे अँधेरे कुएँ में पड़ा रहा है जिसमें से अब पहली बार निकलकर खिले प्रकाश में आँखें खोल रहा है। स्फूर्ति की लहर बार-बार उसके अन्दर दौड़ रही थी। तृप्ति का-सा भाव जीवन में आने लगा था। जीवन में कभी-कभी ऐसे क्षण आते हैं जब व्यक्ति का संसार के साथ तारतम्य कायम हो जाता है, कहीं कोई तार मिल जाता है और अन्दर की सारी छटपटाहट शान्त हो जाती है।

इसके बाद अपने-आप ही वार्तालाप में गति आ गई थी और वे एक-दूसरे से खुलने लगे थे। मिसेज़ भगत हवाई सेना के किसी अफ़सर की पत्नी थीं जिसका दूर एक ऐसे स्टेशन पर तबादला हो गया था जहाँ पर वह अपने परिवार को अपने साथ नहीं रख सकता था। इसी कारण मिसेज़ भगत दिल्ली में रहती थीं और अपने दोनों बच्चों—एक लड़के और एक लड़की—को यहाँ दाख़िल करवा दिया था।

मिसेज़ भगत में बच्चों का-सा खिलखिलापन था, जो न प्रमिला में था न सुषमा में। उनमें बड़ी उन्मुक्तता थी, अपने और पराए का भेद भी मिसेज़ भगत नहीं करती थीं। थोड़ी ही देर में वह महेन्द्र से ऐसी हिल-मिल गई थीं मानो बरसों की जान-पहचान हो। मिसेज़ भगत की रुचियाँ भी अधिक

परिष्कृत थीं, उनमें एक सहज हास्य की भावना थी, एक अलबेलापन था जो सीधा प्रकृति की देन जान पड़ता था, बहती हवाओं, सरसराते वृक्षों और मदमाती बेलों की देन।

तभी एक जगह मिसेज़ भगत ने मोटर रुकवा दी थी।

"रोको, रोको, ड्राइवर," उसने आग्रह किया था। "मैं तो झरने का पानी पिऊँगी। मैं जब भी आती हूँ, यहाँ पानी पीती हूँ, मुझे बड़ा अच्छा लगता है, ठंडा-ठंडा, आप भी पीजिए।" और वह मोटर के रुकने पर झट से बाहर निकल गई थी और अपनी साड़ी बचाती हुई दाईं ओर को सड़क के किनारे जा पहुँची थीं, जहाँ एक बड़ी-सी चट्टान में से जिसे एक विशालकाय पेड़ अपनी ओट में लिए था, एक झरना फूट पड़ा था, और उसका पानी एक बड़े से हौज में गिर रहा था और वहाँ से निकलकर पहाड़ी के साथ-साथ सड़क के किनारे-किनारे नीचे की ओर बह गया था।

"बहुत ठंडा है! उई!" मिसेज़ भगत ने कहा था, और बर्फ़-ठंडे जल से मुँह धोया था और बाल भिगो लिए थे और हँस-हँसकर साड़ी बचाती हुई आगे झुककर अपनी अँजुली में मुश्किल से दो घूँट पानी लेकर पी पाई थीं और सारा वक़्त हँसती रही थीं। तभी महेन्द्र को पहली बार लगा था कि झरने की कल-कल ध्वनि और मिसेज़ भगत के हास्य में कहीं कोई गहरा सम्बन्ध है, कहीं गहरे में दोनों जुड़े हुए हैं।

"काश कि मैं पेन्टर होती?" वहीं सड़क के किनारे खड़े-खड़े सामने प्रातः की धूप में खिले पहाड़ों की ओर देखते हुए मिसेज़ भगत ने कहा, "मैं ये पर्वतमालाएँ उतार लेती। अपनी कैनवस पर उतार लेती।"

हवा में पतझड़ की महक थी। उसी समय एक छोटा-सा सूखा पत्ता उड़ता हुआ मिसेज़ भगत के दाएँ कन्धे पर आकर अटक गया।

"हाय, आपने कभी सुबह सात बजे, या इससे भी पहले इन पहाड़ों का दृश्य देखा है?" वह चहके जा रही थीं, "अपने होटल के कमरे में से दूर-दूर तक यह नज़्ज़ारा नज़र आता है। मैं उठकर सबसे पहले यही दृश्य देखती हूँ। सुबह साढ़े सात और आठ के बीच पहाड़ों की चोटियों पर बादल नहीं होते। बर्फ़ से ढकी चोटियाँ इतनी साफ़ और इतनी नज़दीक दिखाई देती हैं कि डर लगता है।"

तभी महेन्द्र को लगा था जैसे मिसेज़ भगत की पलकों पर ओस की बूँदें उतर आई हैं और चमकने लगी हैं। तभी महेन्द्र को उनकी प्रत्येक भंगिमा में आकर्षण नज़र आने लगा था। तभी उसे लगा था जैसे उस दृश्य का अक्स

मिसेज़ भगत की काली चमकती आँखों में पड़ रहा है। मिसेज़ भगत के नाक-नक्श पतले और नाजुक थे, तभी वह उसकी तुलना किसी लता से या फूल की पंखुड़ियों से या झिलमिलाती ओस की बूँदों से करने लगा था। तभी महेन्द्र को अपनी पुरानी धारणा याद हो आई थी, कि स्त्री प्रकृति का ही स्वरूप बनकर पुरुष के जीवन में आती है—प्रकृति की सुषमा का, उसके सौरभ का, उसके अनंत सौन्दर्य का। तभी तो उनके हँसते होंठों में उसे फूटती कलियों का भास होता है। महेन्द्र अपने को झुठलाते हुए, मिसेज़ भगत की आँखों में किसी दैवी निमंत्रण को पढ़ने लगा था। उसे फिर से लगने लगा था जैसे उसके अन्दर की गाँठें खुलने लगी हैं, जैसे वह किन्हीं लहरों पर जीवन की दूरियाँ लाँघने लगा है, जैसे उसके अन्दर फिर से कुछ खुलने लगा है, फिर से कोई जीव, उत्सुक, प्यासा, व्याकुल, बरबस बहते झरनों की ओर भागने लगा है।

मिसेज़ भगत ने ठंडी साँस भरी और मोटर में आ बैठीं थीं।

उनके मोटर में बैठ जाने पर महेन्द्र को परम स्निग्धता का भास हुआ था।

गाड़ी चली तो सहसा महेन्द्र को नाटा याद आ गया। न जाने क्यों ऐसा हुआ। पर उसे लगा जैसे नाटा उसके सामने खड़ा है और उसका मज़ाक उड़ाने लगा है : 'साले, हमसे छिपाता है। तुझे इस औरत से आशनाई हो रही है क्योंकि इसका पति दिल्ली से बहुत दूर है और यह अकेली रहती है, और तेरे लिए एक चांस खुल रहा है। इसकी आँखों में न प्रकृति झाँकती है और न आकाश की नीलिमा। अब तू अपने को झुठला रहा है, फिर इसे झुठलाएगा...'

पर महेन्द्र ने सिर झटक दिया। यह कामुकता नहीं थी, यह प्रकृति-प्रेम था, यह ब्रह्मांड की आत्मा की धड़कन सुन पाने का व्याकुल प्रयास था, चेष्टा थी...।

मोटर में बैठते ही मिसेज़ भगत ने फिर से सिगरेट जला ली थी, और सीट में फँसकर बैठ गई थीं।

"आपकी पत्नी आपके साथ नहीं आईं? उन्हें भी ले आते, वह भी बच्चे से मिल जातीं।"

महेन्द्र चौंक-सा गया। उसे इस प्रश्न की आशा नहीं थी। उसे शक गुज़रा जैसे मिसेज़ भगत प्रमिला को जानती हैं और उसके घरेलू मामलों से परिचित हैं।

"पत्नी आजकल मायके गई है," उसने जवाब देने की औपचारिकता निभाते हुए कहा, फिर धीरे-से बोला : "मेरा गृहस्थ-जीवन बहुत कुछ टूटा हुआ है, आप से क्या छिपाना। कई बार सोचता हूँ मनुष्य के बस में कुछ नहीं रहता,

भाग्य ही सबकुछ करता है।"

"क्यों? क्या वह बीमार रहती हैं?"

"नहीं, नहीं, ऐसा तो नहीं, लेकिन हमारी गृहस्थी पटरी पर नहीं बैठी है। हम एक-दूसरे को समझ नहीं पाए, एक-दूसरे से बहुत भिन्न हैं। उसे जो आशाएँ मुझसे थीं मैं उन पर पूरा नहीं उतरा हूँ। दोष सरासर मेरा ही है..." और महेन्द्र ने ठंडी साँस ली और अवसादपूर्ण आँखों से मिसेज़ भगत की ओर देखा। "बच्चे को स्कूल में डालने का एक कारण यह भी था, कि हमारे बीच तनाव का बच्चे पर बुरा असर पड़ रहा था।..."

महेन्द्र बड़ी निष्पक्षता से अपने घर के बारे में बात कर रहा था, किस उदारता और विनम्रता से सारा दोष अपने ऊपर ले रहा था, अपने जीवन की विषमता का कितना तटस्थ मूल्यांकन कर रहा था। हम एक-दूसरे के लिए नहीं बने—ठीक ही तो था, यही तो बात थी, मूल में यही तो था, और क्या था।

महेन्द्र ने कनखियों से मिसेज़ भगत की ओर देखा। उनकी आँखों में उसे हलकी-सी सहानुभूति की झलक मिली। और महेन्द्र को मिसेज़ भगत की आँखें और अधिक सुन्दर, और अधिक हृदयग्राही नज़र आने लगी थीं। मिसेज़ भगत की आँखों के नीचे हलके-हलके साए थे जिससे आँखें और भी बड़ी-बड़ी, और भी अधिक संवेदनशील और गहरी, और भी अधिक सुन्दर लगती थीं मानो आँसुओं में घुलकर आई हों। उसे लगा जैसे मिसेज़ भगत के मन में भी कोई क्लेश है, भाग्य का कोई जख़्म है जिससे आँखें इतनी गहरी और संवेदनशील हो गई हैं। महेन्द्र का मन चाहा कि मिसेज़ भगत को सान्त्वना दे, उनका क्लेश हर ले, उनकी छोटी-सी छुट्टी को खुशियों से भर दे। पहले जो चुलबुलापन उस महिला की आँखों में नज़र आने लगा था, अब महेन्द्र को वहाँ गहरी वेदना और अवसाद का भाव नज़र आने लगा था जिसे बाहरी अल्हड़पन और चुलबुलापन छिपाए हुए था।

यह आत्मीयता धीरे-धीरे बढ़ती जा रही थी और समय बीतता पता भी नहीं चला था। यहाँ तक कि जब टैक्सी पहाड़ियाँ लाँघकर स्कूल के दरवाज़े तक पहुँची थी तो महेन्द्र की चेतना में से स्कूल और स्कूल में पढ़नेवाला उसका बेटा पप्पू बहुत कुछ निकल चुके थे।

अतिथि-भवन में ही बच्चों के माँ-बाप इकट्ठे हो रहे थे, यहीं पर उनके बच्चे भी उनसे भागते हुए आकर चिपट रहे थे। यहीं पर रेणु और अशोक भी आए थे, मिसेज़ भगत के बच्चे, और महेन्द्र उनसे बड़े चाव से मिला था। और देर तक उनके साथ खेलता-बतियाता रहा था। वह बार-बार उठ-उठकर

खिड़की के पास तो जाता, और अपने बच्चे के बारे में बार-बार कहता कि न जाने वह क्यों अभी तक नहीं पहुँचा है, पर मन-ही-मन वह नहीं चाहता था कि पप्पू इस समय उससे मिलने आए। मिसेज़ भगत के साफ़-सुथरे, चुस्त-दुरुस्त बच्चों के सामने पप्पू की आदतें बड़ी भौंडी लगेंगी, पप्पू कभी भी उसके साथ इस तरह खेला-चहका नहीं था जिस तरह मिसेज़ भगत के बच्चे अपनी माँ के साथ खेल-चहक रहे थे। और अच्छा ही हुआ, घंटी बजने तक वह नहीं आया, और तब बच्चे अपने माँ-बाप से अलग होकर अपनी-अपनी डारमिट्री की ओर जाने लगे थे।

पर वास्तव में पप्पू आया था। मेट्रन से, पिता के स्कूल में पहुँचने की ख़बर पाकर पप्पू का मन उत्तेजित हो उठा। बच्चे के मन में उठनेवाले उद्गारों की थाह पाना कठिन है, लेकिन छह महीने के एकाकीपन और सूनेपन के बाद, पिता के आने की ख़बर पाकर पप्पू के मन में भूचाल-सा उठने लगा था। अन्दर-ही-अन्दर कुछ घुमड़ने लगा था। यह आदमी मुझे पकड़कर झिंझोड़ेगा, क्या करेगा? उसका कलेजा फटने को हो आया था। पहले तो बुत-का-बुत बना खड़ा था, फिर धीरे-धीरे, मेट्रन के आग्रह करने पर सरकता हुआ अतिथि-भवन की ओर बढ़ गया था। और अतिथि-भवन के बाहर पहुँचकर वह ठिठका खड़ा रह गया था। अनजाने में ही, दूर ही ठिठका रहा था, और एक पत्थर की ओट में खड़ा अतिथि-भवन के बरामदे की ओर देखने लगा था जहाँ बहुत-से मेहमान अपने कमरों से बरामदे में आ-जा रहे थे। बरामदे के पीछे ड्राइंग-रूम था जहाँ महेन्द्र देर तक मिसेज़ भगत के बच्चों के बाल सहलाता और मिसेज़ भगत के सामने उनके बच्चों की तारीफ़ करता रहा था। तभी, पप्पू को अपने पिता का चेहरा नज़र आया था। महेन्द्र उठकर बरामदे में खुलनेवाली खिड़की के पास आकर खड़ा हो गया था और बाहर की ओर देखने लगा था। और तभी पत्थर के पीछे से ही, पप्पू भाग खड़ा हुआ था, और सरपट भागता हुआ अपनी डारमिट्री में लौट गया था।

महेन्द्र बरामदे में खड़ा देर तक पिछले दो दिनों के बारे में सोचता रहा। तभी मिसेज़ भगत दूर से आती दिखाई दीं। चौड़े लाल बार्डर और पल्लूवाली साड़ी पहने थीं और कन्धों पर काले रंग का क्लोक डाले थीं। और आँखों पर काले रंग का चश्मा था।

महेन्द्र का मन खिल उठा। खड्ड के किनारे-किनारे पेड़ों के नीचे दोपहरी

की घनघनाती धूप-छाँह के बीच मिसेज़ भगत चली आ रही थीं। तभी मिसेज़ भगत ने हाथ उठाकर हिलाया। महेन्द्र ने बड़े उत्साह से अभिवादन के उत्तर में हाथ हिलाया, और उन्हें लिवा लाने के लिए बरामदे की सीढ़ियाँ उतरकर उस ओर जाने लगा।

"कितना अच्छा मौसम है, है ना?" मिसेज़ भगत ने चहककर कहा। "मेरा तो जी चाहता है सारा वक़्त धूप में घूमती रहूँ। पहाड़ियाँ उतरूँ-चढ़ूँ। चलिए, लंच के बाद बच्चों को पिकनिक पर ले चलें।"

मिसेज़ भगत की साँस तेज़ी से चल रही थी। वह बरामदे की सीढ़ियाँ चढ़ने से पहले रुक गईं। "यह नीचे, ग्राउंडों के नीचे फॉरेस्ट-रोड है, बहुत अच्छी। बच्चों को ले चलेंगे। यहाँ टक-शॉप से कुछ खाने की चीज़ें ले लेते हैं... ।"

और फिर घूमकर बरामदे की सीढ़ियाँ चढ़ने लगीं।

"तीन बजे से पाँच तक बच्चों की छुट्टी है, वे माँ-बाप के साथ घूम सकते हैं। पाँच तक तो हम लौट ही आएँगे।"

"बहुत बढ़िया रहेगा। मैंने यहाँ का फॉरेस्ट-रोड देखा भी नहीं है।" महेन्द्र बोला।

"बहुत बढ़िया है, गहरा-गहरा अँधियारा और सारा वक़्त साँय-साँय की आवाज़ आती रहती है। वहाँ घूमते हुए मुझे कोलरिज़ की कविता 'कुब्ला खान' याद आती रहती है। आप देखेंगे तो आपको भी याद आए ... ।"

महेन्द्र को यह प्रोग्राम अच्छा लगा। मिसेज़ भगत बड़ी बेतकल्लुफ़ी से बात करती थीं। उनके वार्तालाप में मैत्री का, आत्मीयता का पुट था पर महेन्द्र को अभी तक इस बात का संकेत नहीं मिला था कि वह उसे लिफ्ट दे रही हैं या नहीं। पिकनिक के सुझाव के साथ बच्चों को साथ में ले जाने की बात भी थी। बच्चों को आड़ के लिए ले जाया जा रहा था, या इरादा ही केवल बच्चों को पिकनिक कराने का था? ज़ाहिर है जहाँ इतने लोग बाहर से आए हों, वहाँ अकेले में वह महेन्द्र के साथ कैसे घूम-फिर सकती होगी—और यह सोचकर महेन्द्र का मन आश्वस्त हो गया।

"मैं सोच रहा था, बच्चों का साथ ले जाना क्या ठीक रहेगा? बच्चे अपने दोस्तों-साथियों के साथ रहेंगे तो खेलें-कूदेंगे, हमारे साथ रहेंगे तो बँधे-बँधे महसूस करेंगे।" महेन्द्र ने साहस करके कह दिया।

मिसेज़ भगत ने आँख उठाकर देखा, फिर हँसकर बोलीं, "यही फ़र्क़ होता है मर्दों और औरतों में। मर्द बच्चों से पिंड छुड़ाते फिरते हैं, औरतें अपने बच्चों

के पीछे भागती फिरती हैं, उनके पीछे पागल हुई फिरती हैं।"

महेन्द्र खिसियाकर चुप हो गया। उससे भूल हो गई थी। बच्चों की ख़ातिर, बच्चों से मिलने ही सब माँ-बाप यहाँ आए थे। बच्चों को साथ लेकर घुमाना-फिराना ही यहाँ का चलन था। उससे भी इसी बात की आशा की जा रही थी।

दोनों ने डाइनिंग हॉल के अन्दर प्रवेश किया।

हॉल लोगों से खूब भर गया था, लोग खड़े-खड़े, दूसरे से बतियाते खाना खा रहे थे। महेन्द्र ने बड़ी समझदारी का काम किया था जो अपने साथ दो सूट लेता आया था और एक नया ड्रेसिंग गाउन ख़रीद लाया था वरना सारा वक़्त उसके मन में हीनता का भाव बना रहता।

हॉल के बीचोंबीच दो लम्बे मेज़ लगा दिए गए थे, सफ़ेद चादरों से ढके और उन पर प्लेटों में तरह-तरह के व्यंजन रखे थे।

हॉल तरह-तरह के धीमे वार्तालाप और हास्य से गुनगुना रहा था। महेन्द्र को अच्छा लगा। स्त्रियों के शृंगार से उठनेवाली महक हॉल में व्याप रही थी। हॉल में पहुँचकर मिसेज़ भगत 'एक्सक्यूज़ मी' कहकर उससे अलग हो गईं।

छोटी-छोटी बातें करने की अपनी कला है, अपना आर्ट है। प्लेट हाथ में लेकर खड़े-खड़े छोटे-छोटे विषयों पर बातें करना, छोटे-छोटे चुटकुले कहना, हास्य और व्यंग्य के छोटे-छोटे फिकरे कसना, ऊपरवाली जमात के लोगों की विशिष्टता है, स्त्रियों का तो यह अतिरिक्त आभूषण है, मुस्कराती रहती हैं और बेझिझक छोटे-छोटे वाक्य बोलती रहती हैं। बात छू भी जाए तो पता नहीं चले कि छूने के लिए कही गई है। यह छोटा-छोटा वार्तालाप उनका कवच भी है, जो उन्हें पुरुष की धृष्टता से बचाए रखता है। वार्तालाप का शिष्टाचार निभाते हुए वह उसे अपने से दूर रखे रहती हैं। महेन्द्र ने वाक्पटुता के इस गुण को आज अपने में भी पहचाना था और पहचानते ही उसमें अधिक साहस का संचार हो गया था। प्लेट उठाओ, उस पर खाने का सामान रखो, फिर चम्मच या काँटा लेकर एक ओर खड़े हो जाओ, बतियाते भी जाओ और खाते भी जाओ। एक व्यक्ति से बात कर चुको तो सरककर दूसरे किसी व्यक्ति के पास जाकर खड़े हो जाओ। लोग सरकते हुए एक से दूसरे व्यक्ति के पास आ-जा रहे थे, अनजाने अपरिचित लोग भी अकेले महसूस नहीं कर रहे थे। यहाँ तुम बड़े-से-बड़े फ़ौजी अफ़सर के साथ भी प्लेट हाथ में लिए बतिया सकते हो, सुन्दर-से-सुन्दर महिला के साथ भी।

"रात के वक़्त टैट्टू बहुत अच्छा था, बहुत बढ़िया, आपने देखा?" लाल

कोट पहने, गदराए शरीरवाली एक महिला महेन्द्र से कह रही थी। "टैट्टू तो इस स्कूल की स्पेशल्टी है।" महिला ने मांस की बोटी को काँटे से उठाकर, दाँत तनिक आगे बढ़ाकर, उस पर से गोश्त का टुकड़ा नोचते हुए कहा। "अबकी बार स्टॉफ़ का ड्रामा अच्छा रहा, पारसाल ड्रामा अच्छा नहीं था।"

"मैंने सुना है पहले हैडमास्टर ज़्यादा ऐक्टिव थे..." महेन्द्र ने जोड़ा। 'मिस्टर लायनल? हाँ!" महिला ने काँटे पर से छिछड़ा तोड़ते, दाएँ-बाएँ सिर हिलाकर हामी भरी, "बहुत ध्यान रखते थे। चौबीस घंटे स्कूल में घूमते रहते थे।" फिर लाल कोट और गदराए शरीरवाली महिला अपनी प्लेट में मीट के और टुकड़े डालने के लिए मुस्कराकर मुड़ गई थी और प्लेट भरकर दूसरी ओर हो ली थी।

सभी मेहमान एक जगह से दूसरी जगह धीरे-धीरे सरक रहे थे, मानो वे स्वयं न चलते हों, नीचे का फ़र्श सारा वक़्त घूमता रहता हो और उन्हें एक जगह से दूसरी जगह पहुँचा देता हो।

दाईं ओर से मोटे-मोटे शीशोंवाला चश्मा पहने स्कूल की उस्तानी मिस गुणवती चली आ रही थी। पप्पू को स्कूल में दाख़िल कराते समय बच्चे को इसी उस्तानी के सुपुर्द किया गया था।

"पप्पू अब तो कुछ-कुछ खुलने लगा है।" गुणवती मोटे-मोटे चश्मों में से महेन्द्र की ओर देखकर मुस्कराकर बोली, "पहले तो सारा वक़्त उदास-सा एक कोने में खड़ा रहता था, यहाँ तक कि हम लोग घबरा गए थे कि इस बच्चे का क्या करें।" मिस गुणवती हँस दी।

"पढ़ाई में कैसा है?" महेन्द्र ने कौर मुँह में डालते हुए पूछा।

"हम अभी तो इसी कोशिश में हैं कि वह बच्चों के साथ हिल-मिल जाए। अभी भी बड़ा अलग-अलग रहता है," मिस गुणवती स्थिति समझाती हुई-सी बोली, "सम्भव हो तो पहले आप महीने-दो महीने में एक बार आ जाया कीजिए। यों तो हम यहाँ माँ-बाप का आना पसन्द नहीं करते, इससे बच्चों के मन उत्तेजित हो जाते हैं, उनकी मानसिक स्थिरता भंग हो जाती है, मगर किसी केस में माँ-बाप का आना ज़रूरी होता है।"

"यही सोचकर मैं नहीं आया। इसी कारण उसकी माँ भी नहीं आ पाई।" महेन्द्र ने कहा।

इस वाक्य पर गुणवती ने आँख उठाकर अपने चश्मों के बीच से महेन्द्र की ओर देखा। महेन्द्र झेंप गया। क्षण-भर में ही वह समझ गया कि युवती उसकी निजी स्थिति को जानती है।

जब से महेन्द्र स्कूल में आया था किसी उस्तानी ने पप्पू की माँ के बारे में नहीं पूछा था। ज़ाहिर है ख़बर यहाँ पहुँच चुकी थी। पहुँची क्यों न होगी, पप्पू का व्यवहार ही सभी ख़बरें पहुँचा रहा होगा। पर इससे महेन्द्र हतोत्साह नहीं हुआ। इस माहौल में, उसे लगा, पति-पत्नी के एक-दूसरे से अलग हो जाने का कुछ-कुछ बाँका मूल्य ही आँका जाता है। इसमें कुछ-कुछ आधुनिकता की पुट है, और कुछ नहीं तो मनुष्य चर्चा का विषय तो बन ही जाता है।

"पप्पू से कह जाइए कि आपको खत लिखा करे।" मिस गुणवती कह रही थी।

"वह खत कैसे लिखेगा, छोटा-सा तो है?"

गुणवती हँस दी।

"छोटे बच्चों के लिए हम बोर्ड पर खत की इबारत लिख देते हैं, और बच्चे उसे नकल कर लेते हैं।...पर पप्पू ने कभी खत नहीं लिखा। आप कहेंगे तो मान जाएगा। आपको भी तो उसके खतों का इन्तज़ार रहता होगा।"

फिर गुणवती कुछ कहने जा रही थी जब सहसा रुक गई, मानो पप्पू की कोई बात बताने जा रही हो और सहसा यह सोचकर कि स्थान और अवसर उसके उपयुक्त नहीं हैं, चुप हो गई हो।

"क्या है? आप कुछ कहने जा रही थीं," महेन्द्र ने कहा।

मिस गुणवती ने एक बार फिर चश्मों के पीछे से महेन्द्र की ओर देखा और क्षीण-सी मुस्कान के साथ आगे बढ़ गई :

"उसे ज़रूर खत लिखते रहिएगा। और कभी-कभी उसे मिलने आ जाया करें..."

गुणवती आगे बढ़ गई थी। दूर से उसकी आवाज़ किसी अन्य व्यक्ति के साथ बात करती सुनाई दी :

"कल कुमुद की Performance देखी थी? How nice!..."

मिसेज़ भगत के साथ तय पाया था कि ऐन तीन बजे अतिथि-भवन के बाहर बच्चों के साथ मिलेंगे और वहीं से फॉरेस्ट-रोड को निकल जाएँगे। कॉफ़ी वह खुद बनवा लेंगी, दो पैकेट बिस्कुटों के महेन्द्र लेते आएँगे, सैंडविच और फल वह अध्यापिका के घर से अपने साथ लेती आएँगी।

महेन्द्र लंच के कुछ ही देर बाद पप्पू को उसकी डारमिट्री से लेने चला गया था। पप्पू बरामदे की सीढ़ी पर टाँगें लटकाए बैठा था, जबकि बहुत से

बच्चे डारमिट्री के आँगन में फुटबाल खेल रहे थे। अपने बेटे का हाथ पकड़कर वह डारमिट्री के पासवाली ढलान उतरने लगा जो नीचे बड़ी ग्राउंड की ओर जाती थी। वहीं पर अतिथि-भवन था। तभी उसकी नज़र दूर स्टाफ़ क्वार्टर्स की ओर गई जहाँ खाई के साथ-साथ जानेवाली सड़क पर मिसेज़ भगत अपने दो बच्चों के साथ एक दूसरे रास्ते से अतिथि-भवन की ओर जाने के लिए निकल पड़ी थीं। अबकी बार मिसेज़ भगत ने स्लैक्स पहन रखे थे और ऊपर चारखाने का कंबलनुमा क्लोक था। महेन्द्र को लगा, जैसे अपने-अपने एकाकीपन में दोनों का तार मिलता है।

महेन्द्र ने कदम तेज़ कर दिए। उसे पता नहीं चला कब उसके हाथ में से पप्पू का हाथ निकल गया है और कब वह पीछे छूट गया है। महेन्द्र ने घूमकर देखा। आगे के दाँत टूटे हुए, पप्पू के मुँह में से चाकलेट की लार बहकर ठुड्डी तक आ गई और चाकलेटवाला हाथ चिपचिपा हो रहा था, जिसे वह अपने निकर के साथ पोंछ-पोंछकर साफ़ कर रहा था। पप्पू को स्कूल में दाख़िल हुए छः महीने बीत चुके थे लेकिन वह अभी तक न तो स्कूल का रहन-सहन सीख पाया था, न अपने पुराने भौंड़े संस्कार छोड़ पाया था। इस पर सामने के दाँत टूटे हुए। लगता था, उसने न कभी कोई चाकलेट देखा हो, न कभी हाथ धोने की तमीज़ सीखी हो। झेंप से महेन्द्र ने मुड़कर मिसेज़ भगत की ओर देखा। मिसेज़ भगत दूर थीं, उन्होंने महेन्द्र के बेटे की यह हरकत नहीं देखी थी, लेकिन महेन्द्र को खटका हुआ कि शायद उनकी नज़र पड़ ही गई हो। मिसेज़ भगत के दोनों बच्चे कैसे सलीके से उनके साथ-साथ ठुमक-ठुमक चले जा रहे थे, और यहाँ पप्पू का एक मोजा टखनों तक ढिलका हुआ, घुटनों पर मिट्टी और निकर पर चाकलेट का पलस्तर! कोई क्या करे! महेन्द्र का मन आया पप्पू को झिंझोड़ दे। मगर उसकी ओर देखते ही उसका मन विरक्त हो उठा। इस पर मेहनत करने से क्या होगा? इसी बालक--इसी पप्पू के बारे में वह किसी ज़माने में महत्त्वाकांक्षी हुआ करता था।

महेन्द्र ने जेब में से रूमाल निकालकर पप्पू का मुँह पोंछा, उसके दोनों चिपचिपे हाथ पोंछे। फिर महेन्द्र से न रहा गया, बैठे-बैठे ही उसने बच्चे को दोनों बाँहों से पकड़कर तनिक झिंझोड़ दिया।

"ऐसे भी कोई खाता है? आठ साल का होने को आया है, तुझे किसी ने चाकलेट खाना भी नहीं सिखाया?"

पप्पू चुप रहा, पर खड़े-खड़े ही वह आँखें मिचकाने लगा जैसे पहले मिचकाया करता था। बेहद डरा-सा वह पिता के चेहरे की ओर देखे जा रहा

था और आँखें मिचकाए जा रहा था। बाप की घुड़की से वह बेहद डर जाता था। सहसा उसकी आँखें मुँदने-सी लगी थीं और महेन्द्र को अजीब 'सुर-सुर' सर शब्द सुनाई देने लगा। तभी महेन्द्र की नज़र उसके पैरों की ओर गई। पप्पू की पेशाब निकल गई थी और वह निकर में से चू-चू कर दाईं टाँग के साथ-साथ बहती सीधी मोजे में चली जा रही थी।

"सुअर के बच्चे, यह क्या किया? तुझे स्कूल में यह सिखाते हैं?"

महेन्द्र ने कड़ककर कहा, फिर घूमकर उस ओर देखा जिस ओर मिसेज़ भगत अपने बच्चों के साथ चली जा रही थीं। दूर डारमिट्री के सामने कुछ बच्चे खेल रहे थे, नीचे ढलान की ओर मिसेज़ भगत मोड़ काटकर अपने बच्चों के साथ आँखों से ओझल हो चुकी थीं। दाईं ओर जहाँ स्कूल की उस्तानी मिसेज़ नायडू का बंगला था, कुछ लड़कियों के हँसने की आवाज़ आ रही थी। किसी ने पप्पू की यह शर्मनाक हरकत नहीं देखी थी। पप्पू ज़ोर-ज़ोर से आँखें मिचकाए जा रहा था।

महेन्द्र के लिए कोई चारा नहीं था। वह उठा और पप्पू का हाथ पकड़कर उसे वापस डारमिट्री की ओर ले चला।

डारमिट्री के आँगन में अभी भी लड़के फुटबाल खेल रहे थे जिन्हें देखकर पप्पू पिता का हाथ छुड़ाकर डारमिट्री के अन्दर भाग गया। बरामदे की सीढ़ी पर काली-कलूटी भारी-भरकम एक स्त्री बैठी थी जो डारमिट्री के बच्चों की देखभाल करती थी। पप्पू को भागकर अन्दर जाते देखकर वह स्थिति को समझ गई और चिल्लाकर किसी को पुकारने लगी थी :

"मेहतरानी, आइयो, चार नम्बरवाले बाबा ने फिर निक्कर में पेशाब कर दी है!" फिर बड़बड़ाती हुई बोली, "यह लड़का कभी नहीं सीखेगा!"

तभी महेन्द्र आँगन में आ गया था और डारमिट्री की ओर बढ़ने लगा था। उसे अपनी ओर आता देखकर औरत उठ खड़ी हुई और उसका लहजा बदल गया।

"आप ही के साहबजादे हैं? साहिब, आपको तो पहले देखा भी नहीं है। आप पहली बार आए हैं ना?"

आया पुरानी थी, एक-एक बच्चे को, उसके माँ-बाप को, बच्चे के सभी भाई-बहिनों को जो कभी स्कूल में पढ़ते रहे थे, जानती थी। सभी बच्चों को बाबा पुकारती थी, डारमिट्री में उसकी हुकूमत थी।

"साहिब, आप तो बच्चे को ऐसे भूले, ऐसे भूले, इसकी सुध ही नहीं ली। और भी माँ-बाप हैं, हर महीने दौड़े आते हैं।" फिर दोनों हाथ कमर पर रखकर

हँसकर बोली :

"जितना हमें बाबा ने परेशान किया और किसी ने नहीं किया। घरवालों से पहली बार बिछुड़कर आए हैं, इसीलिए! मेम साहब नहीं आईं?"

क्षणभर के लिए महेन्द्र ठिठक गया। "नहीं, वह नहीं आई, वह नहीं आ पाई।"

"बाबा जब आए तो पहले दस-बारह दिन तो इनका मुँह ही नहीं खुले। न हूँ न हाँ, सारा वक़्त कोने में बैठे रोते रहें।"

आया कहे जा रही थी, "दोपहर को बाबा लोग खाना खाके खेलने चले जाएँ, और यह गेट पर जा खड़े हों, सड़क पर आँख लगाए हुए। रात पड़ जाए, यह वहीं खड़े रहें। हम पूछें तो कहें, माँ आएगी। इन्हें देखकर कलेजे में हूक उठती थी, सच कहूँ, यहाँ काम करते बीस बरस हो गए। ऐसा लड़का नहीं देखा। बस गेट से चिपटे खड़े हैं, और आँखें सड़क पर लगी हैं, कि माँ आएगी।

"मेट्रेन और हम और किलास टीचर, सभी लोग हम सोचें, करें तो क्या करें? आपको बुलाएँ, बाबा को लौटाल दें, बड़े साहिब से कहें। फिर सोचें जहाँ सैकड़ों बच्चे पढ़ते हैं, वहाँ एक लड़के को सँभाल नहीं सकते! फिर एक दिन बाबा डारमिट्री में बैठे थे जब एक बिल्ली खिड़की में से कूदकर अन्दर आ गई। तब लड़के उसके पीछे भागे तो बाबा भी उसके पीछे-पीछे भागने लगे। तभी से यह कुछ-कुछ खुलने लगे हैं..."

पप्पू किसी आया की मदद से नई निक्कर पहनकर और हाथ-मुँह धोकर बाहर निकल आया। और महेन्द्र बिना कुछ कहे-सुने पप्पू का हाथ पकड़कर उसे फिर से ले चला : साढ़े तीन यहीं बज रहे थे, पिकनिक क्या खाक होगी?

जंगल में चलते-चलते वे दूर निकल आए थे। जंगल में दोपहरी की धूप पेड़ों के बीच से छन-छनकर टेढ़ी-तिरछी खपचियों में बिखरी पड़ी थी। पैरों के नीचे चरमराते पत्तों, और चारों ओर की निस्तब्धता के कारण सारा का सारा दृश्य अलौकिक लगने लगा था।

मिसेज़ भगत का बेटा, पप्पू को साथ लिए आगे-आगे चलता जा रहा था। एक जगह उतराई पर महेन्द्र ने मिसेज़ भगत की बेटी को उठाकर अपने कन्धों पर उठा लिया। महेन्द्र उचक-उचककर चलता तो बच्ची चहक-चहक उठती। एक छोटे-से पेड़ के नीचे महेन्द्र खड़ा हो गया।

"तोड़ो पत्ता!" उसने बच्ची से कहा। और लड़की ने अपना नन्हा-सा हाथ ऊपर को उठाकर टहनी पर से पत्ता तोड़ लिया और किलकारियाँ भरने लगी।

मिसेज़ भगत के संग चलते हुए किसी-किसी वक़्त महेन्द्र को सुखद-सा

भ्रम होने लगता कि वे सभी एक ही परिवार के सदस्य हैं, बाहर का भी कोई आदमी देखता तो उसे भी यह एक ही परिवार नज़र आता—तीन बच्चे और पति-पत्नी।

दोनों एक बड़ी-सी चट्टान पर बैठ गए। बच्ची को महेन्द्र ने कन्धे पर से उतार दिया, और वह सड़क के किनारे स्ट्राबेरी के छोटे-छोटे दाने और फूल चुनने लगी।

"मेजर भगत के स्वास्थ्य में कोई अन्तर आया है क्या?" मिसेज़ भगत ने आँखें ऊपर उठाईं। "आपको मालूम है?"

"हाँ, मैं स्वयं तो मेजर भगत से कभी नहीं मिला, लेकिन मेरे दो-एक मित्र उन्हें जानते हैं।" महेन्द्र ने झूठ बोल दिया। मतलब सान्त्वना देने से था, झूठ-सच असंगत थे।

"सुनती हूँ विलायत में इसका कोई इलाज़ निकल आया है। कोई किरणें वगैरा देते हैं, पर विलायत में भेजने का इन्तज़ाम सरकार ही करे तो करे।"

"आपकी बड़ी हिम्मत है जो आप इतना कुछ सह पाई हैं और सह रही हैं...।" महेन्द्र कहे जा रहा था।

मिसेज़ भगत की आँखें डबडबा आईं। "छोड़िए इस बात को। बच्चे पढ़-लिख जाएँ, बस।"

परन्तु महेन्द्र का मन बातें करने को चाह रहा था। मिसेज़ भगत के साथ बैठते हुए उसे फिर से स्निग्धता, आत्मीयता का भास होने लगा था। प्रत्येक स्त्री का अपना विशिष्ट आकर्षण होता है, वह अक्सर सोचा करता था। प्रत्येक स्त्री अपने अनुरूप ही पुरुष के व्यक्तित्व में से अपने लिए गुण खींच लेती है। सुषमा के साथ बैठता तो मन कामुकता की ओर दौड़ता था। मिसेज़ भगत के साथ बैठता तो लगता जैसे संसार खिल उठा है, उनके साथ कविता की पंक्तियाँ दोहराने को मन चाहता—चाँद-सितारों की बातें करने को, मन चाहता अपने जीवन के समस्त अनुभवों की पिटारी उनके सामने खोलकर रख दे। पहले साक्षात् से ही दूरियाँ मिट गई थीं और औपचारिकता की दीवारें ढह गई थीं।

वन के एकान्त में यह स्निग्ध आत्मीयता और गहरी होती जा रही थी जब सहसा मिसेज़ भगत घबराकर बोलीं :

"बच्चे कहाँ हैं? पप्पू और बेटा कहाँ गए? मुझे अजीब-सी आवाज़ आई है।" और वह चट्टान पर से उठ खड़ी हुई। महेन्द्र ने कान लगाकर सुना। उसे भी हाँफने की-सी आवाज़ सुनाई दी। और वह उन्हीं क़दमों भागकर उस

ओर गया जिस ओर दोनों बालक चले गए थे।

महेन्द्र कुछ ही दूर गया था जब उसे दोनों बच्चे नज़र आ गए। दोनों एक-दूसरे के साथ गुत्थमगुत्था हो रहे थे। पप्पू ने मिसेज़ भगत के बेटे के ब्लेज़र का जेब फाड़ डाला था और अब उसके बाल पकड़े हुए था और छोड़ने में नहीं आ रहा था। दूसरे लड़के ने उसका गाल मरोड़ दिया था और उसे गले से पकड़ रखा था जिसके दाँतों में से कहीं खून की बूँदें निकलकर पप्पू के कन्धे और सफ़ेद कमीज़ पर पड़ रही थीं।

"हटो, छोड़ो, छोड़ दो!" महेन्द्र ने चिल्लाकर कहा और लपककर उन्हें एक-दूसरे से अलग कर दिया। और छूटते ही पप्पू के मुँह पर चाँटा रसीद कर दिया।

"नहीं, मारिए नहीं, मारते क्यों हैं?" पीछे से मिसेज़ भगत भी भागती हुई पहुँच गई थीं, "बच्चों को पीटा नहीं जाता। लाइए, हटिए, मैं सँभाल लूँगी इन्हें।"

महेन्द्र ने पप्पू को छोड़ दिया, मगर छोड़ने से पहले एक और चाँटा उसे रसीद कर दिया।

पप्पू चुप रहा। अविश्वास और धृष्टता की मूर्ति बना ज्यों-का-त्यों खड़ा रहा।

"आ बेटे, तू मेरे साथ आ," मिसेज़ भगत ने कहा और जेब में से रूमाल निकालकर पप्पू का मुँह पोंछ दिया। उसी रूमाल से उसके घुटने भी पोंछ दिए। पर मिसेज़ भगत का मन खिन्न हो उठा था। पप्पू के हाथों के निशान उनके बेटे के चेहरे पर थे, और ब्लेज़र फट गया था। उधर महेन्द्र ने अपने बेटे को चाँटे मार दिए थे। मिसेज़ भगत को बाप-बेटा दोनों का व्यवहार बड़ा अभद्र-सा लग रहा था।

"चलिए, लौट चलें। पाँच बजे इन्हें डारमिट्री में पहुँचाना भी होगा।" मिसेज़ भगत ने कहा और वे लौट पड़े।

रास्ते में देर तक दोनों के बीच चुप्पी छाई रही। पर स्कूल के नज़दीक पहुँचते-पहुँचते, महेन्द्र इस घटना के लिए खेद प्रकट करते हुए बड़े रुद्ध कंठ से अपने दुर्भाग्यपूर्ण जीवन की चर्चा करने लगा।

तेरह

बरामदे के दाईं ओर, एक के बाद एक, चार कमरे थे, जिनमें मानसिक रोगों के डाक्टर बैठते थे, और सबसे आख़िर के कमरे में डायरेक्टर बैठता था। इसी अस्पताल के पीछे वह इमारत थी जहाँ मानसिक विकारोंवाले मरीज़ों को रखा जाता था। बरामदे में सभी कमरों के सामने लोगों की लाइनें लगी थीं जो कभी उठकर लाइन में खड़े हो जाते, तो कभी थककर बेंचों पर जा बैठते थे, जो बरामदे की दोनों दीवारों के साथ लगे थे। बरामदे में दाख़िल होते ही दाएँ हाथ एक खिड़की थी जिसके सामने बहुत से आदमियों की भीड़ जमा थी। डाक्टरी नुस्खे और अर्जियाँ हाथों में झुलाते लोग एक-दूसरे पर पिल पड़ रहे थे। यहाँ मरीज़ों के नुस्खे दर्ज किए जाते थे और डाक्टर या अस्पताल के किसी अन्य अधिकारी से मिल पाने की इजाज़त ली जाती थी।

नाटा और महेन्द्र आँगन पार कर बरामदे में आ गए थे। दोनों काले रंग के सूट पहनकर आए थे, शायद इस विचार से कि अस्पताल के अन्दर जाने के लिए काला रंग ही ज़्यादा मुनासिब रंग है। नाटा बार-बार बच्चों की तरह रुक जाता था, और कभी किसी खिड़की के सामने तो कभी बतियाते किसी सनकी मरीज़ के सामने खड़ा हो जाता और उसकी बातें सुनने लगता था। डायरेक्टर के कमरे के सामने भी एक छोटी-सी लाइन लगी थी। यहाँ पर नाटा फिर ठिठक गया। अधेड़ उम्र का एक सरदार नाटे को डाक्टर समझ बैठा था और उसकी आस्तीन पकड़कर उससे बार-बार पूछ रहा था :

"क्यों डाक्टर साहिब, मैं जल्दी ठीक हो जाऊँगा?"

"हाँ, हाँ, क्यों नहीं, आप ज़रूर जल्दी ही ठीक हो जाएँगे।" नाटे ने

आश्वासन देते हुए कहा और अपनी आस्तीन छुड़ाने लगा। इस पर सरदार उठ खड़ा हुआ :

"पुलिसवाले कहते हैं मैं राह जाती लड़कियों को चुन्नी करवाता फिरता हूँ। उन्होंने मेरी पर्ची पर भी लिख दिया है कि यह लड़कियों को चुन्नी करवाता है।" कहते हुए सरदार ने रहस्य-भरे लहज़े में उसके कान के पास मुँह ले जाकर फुसफुसाते हुए कहा :

"घर की लड़की तो चुन्नी करती नहीं, बाहर की लड़की चुन्नी करेगी? सोचनेवाली बात है। वह तो मुझे सौ जूते मारेगी और एक गिनेगी।" इस बीच सरदार ने नाटे का कन्धा छोड़कर हाथ पकड़ लिया था, और दूसरे हाथ से नाटे के हाथ को सहलाते हुए कहे जा रहा था, "हमारे पिंडी-पेशावर में कहते थे कि लड़की का सिर ढँका होना चाहिए, चुन्नी में औरत की इज़्ज़त होती है। क्यों डाक्टरजी, मैं ठीक कहता हूँ, इन्साफ़ की बात है..."

नाटा और महेन्द्र को अपने पास खड़ा देखकर सरदार का चेहरा दमकने लगा। उसने कुर्ते की जेब में हाथ डाला और चूसनेवाली मिठाई की दो-तीन गोलियाँ निकाल लाया :

"लो जी, परसाद लो...गुरु महाराज ने कहा है, निमाणा होकर रहना चाहिए। अपने को सबसे नीचा समझना चाहिए, सभी से 'निमाणा', मैं आप सबका दास हूँ।" कहते-कहते सरदार की आँखों में आँसू आ गए और वह अपनी पगड़ी के सिरे से अपने आँसू पोंछने लगा।

नाटा और महेन्द्र आगे बढ़ गए और डायरेक्टर के कमरे के सामने खड़े एक चपरासी को अपना कागज़ दिखाकर सीधे डायरेक्टर के कमरे में चले गए।

डायरेक्टर का कमरा धूप से खिला था। एक चौड़े-से मेज़ के पीछे डायरेक्टर, चुस्त-दुरुस्त हलके नीले रंग का सूट पहने बैठा था। खिड़की में से आनेवाली धूप उसके चिकने काले बालों पर पड़ रही थी। कमरे में लगता था हर चीज़ हौले-हौले हिल रही है। मेज़ के दोनों सिरों पर गुलदानों में सजाए गए स्वीट-पीज़ के फूल, खुली खिड़की के पास लटकता हुआ पर्दा, मेज़ पर रखे चौकोर काँच के टुकड़े में हिलता डायरेक्टर का अक्स, सभी हौले-हौले हिल रहे थे। डायरेक्टर बड़ा सज्जन व्यक्ति जान पड़ रहा था, उसके दफ़्तर के अन्दर कितनी ही किताबें रखी थीं, और चेहरा खिला हुआ। महेन्द्र को वे लोग बहुत पसन्द थे जिन्हें किताबों का शौक हो। उनके साथ वह बहुत जल्दी हिल-मिल जाया करता था।

"मैं आपकी ही राह देख रहा था। खन्ना साहिब ने मुझे टेलीफ़ोन पर बता

दिया था," डायरेकटर ने कहा।

जब दोनों बैठ गए तो डायरेक्टर ने सिगरेटों की डिबिया उनकी ओर बढ़ा दी और नाटे की ओर देखकर बोला :

"प्रमिला देवी आपकी पत्नी हैं?"

"नहीं, नहीं, मेरे मित्र की पत्नी हैं, इनकी पत्नी हैं।" नाटे ने कहा।

डायरेक्टर ने शिष्टता से सिर हिलाया, शिष्टता से ही राख़दानी में सिगरेट को झाड़ दिया, फिर बोला :

"मैं आप लोगों को उनके पास नहीं ले जा सकूँगा। दूर से ही आप उन्हें देख सकेंगे। सनकवाली स्त्री के पास उसका पति पहुँच जाए तो उसकी मानसिक उत्तेजना बढ़ जाती है।"

दोनों चुप रहे।

"यों डाक्टर ने मुझे बताया है कि उनकी हालत पहले से बेहतर है। यह वास्तव में पागलपन नहीं है, केवल एक प्रकार का दौरा है। किसी परेशानी या सदमे के कारण मन में गाँठ-सी पड़ जाती है, और व्यक्ति पागलों-जैसा व्यवहार करने लगता है। वक़्त बीतने पर धीरे-धीरे यह गाँठ अपने-आप खुलने लगती है..." डायरेक्टर ने दोनों हाथों से उँगलियों को ऐसे हिलाया जैसे गाँठ खोल रहा हो।

नाटा महेन्द्र को यहाँ खींचकर ले आया था। वह अभी भी उस पर दबाव डाल रहा था कि वह प्रमिला को वापस बुला ले और पहले की तरह अपनी गृहस्थी चलाए।

"चलिए, मैं आपको ले चलता हूँ, मरीज़ों के कमरे पीछे की ओर हैं।" डायरेक्टर ने कहा और तीनों व्यक्ति बरामदे में निकल आए। बरामदा पार करते हुए उस सनकी सरदार ने नाटे का कोट पकड़ लिया और फुसफुसाकर बोला :

"अगले दो साल में दिल्ली शहर पर मुसीबत आएगी। सभी औरतें बेपर्द हो जाएँगी, सभी के सिर नंगे हो जाएँगे। सबको पाकिस्तानी उठाकर ले जाएँगे। मर्दों के बाएँ हाथ को लकवा मार जाएगा, लोग कुत्तों की तरह बसों के नीचे आकर मरेंगे। लड़कियों के सिर नंगे होंगे। सबके सिर नंगे होंगे..."

एक लम्बा गलियारा लाँघकर, जिसके एक ओर खुला मैदान था, और दूसरी ओर साज़-सामान की कोठरियाँ थीं, वे लोग अस्पताल के पिछवाड़े में पहुँचे। सामने की ओर, तारों की ऊँची बाड़ से पागलखाने के क्षेत्र को अस्पताल से अलग कर दिया गया था। गलियारे के सिरे पर पहुँचकर वे लोग

बाएँ हाथ को घूम गए। डायरेक्टर ने क़दम धीमे कर दिए। बाएँ हाथ, बरामदे में खुलनेवाला एक लम्बा हॉल-कमरा था जहाँ जगह-जगह कुर्सियाँ और बेंच रखे थे। कमरे में तीन-चार व्यक्ति इधर-उधर डोल रहे थे। सभी मानसिक रोगों से पीड़ित थे। एक सिरे पर एक आदमी अलग-थलग एक बेंच के पास छाती फुलाए खड़ा था और सामने की ओर देखे जा रहा था। नाटा ठिठक गया, और अपने साथियों को छोड़ धीरे-धीरे उस सनकी की ओर बढ़ने लगा। नाटे का रुकना देखकर डायरेक्टर और महेन्द्र भी मुड़कर उसके पास आ गए।

वह आदमी अभी भी सामने की ओर देखे जा रहा था। दुबला-पतला तीसेक साल का आदमी रहा होगा, गोरा-चिट्टा। इन तीन व्यक्तियों को अपनी ओर आता देखकर वह और भी तनकर खड़ा हो गया, अपनी तंग-सी छाती को फुला लिया और दायाँ हाथ उठाकर अपनी मूँछें सहलाने लगा।

"मेरा बयान कब लिया जाएगा?" उस आदमी ने तीनों को सम्बोधित करते हुए कहा, "मैं पूछना चाहता हूँ मेरा बयान कब लिखा जाएगा?"

"हम ज़रूर आपका बयान लिखेंगे। आपने सचमुच बड़ी बहादुरी का काम किया है, बड़ा मर्दोंवाला काम किया है।"

इस पर उस आदमी की छाती और भी फूल गई और वह मूँछें ऐंठकर बोला :

"हमने अपना फ़र्ज़ अदा किया है। हमने समाज में से गन्दगी को साफ़ किया है। ऐसी औरत को जीने का कोई हक़ नहीं था।" और फिर मूँछों को ऐंठता हुआ टहलने लगा।

"यह आदमी जेल में से यहाँ भेजा गया है। अपनी पत्नी की हत्या के जुर्म में कैद भोग रहा है।" डायरेक्टर ने फुसफुसाकर कहा, फिर मुस्कराकर बोला : "अपने को बहुत बड़ा हीरो समझता है।"

नीम-पागल उसी तरह छाती फुलाए टहलता हुआ लौट आया और बहुत बड़े नेता की तरह इन तीनों की ओर मुड़कर देखा, फिर मूँछों को ऐंठता हुआ बेंच पर बैठ गया :

"लिखिए! मेरी पत्नी की एक आदमी से आशनाई थी। ऐसी औरत को मार डालना मेरा फ़र्ज़ था। वह औरत समाज को गन्दा कर रही थी। हमने अपना फ़र्ज़ पूरा किया है।" वह छाती फुलाए सामनेवाली दीवार की ओर देखने लगा, और थोड़ी देर बाद फिर उठकर टहलने लगा। धीरे-धीरे चलता, दाएँ-बाएँ देखता हुआ वह सीधा दीवार तक चला गया, फिर वहाँ से लौटा और डायरेक्टर के सामने आकर खड़ा हो गया, और सिनेमा के हीरो की-सी मुद्रा में बोला :

"हमने उस औरत को रेलवे स्टेशन पर ख़तम किया था। हमने उसे औरतों के डिब्बे में बैठाया, फिर हम उसके लिए नल पर से पानी लेने गए। हमने सीधा उसके पास जाकर लोटा उसके हाथ में दिया, और उसी वक़्त जेब में से कमानीदार चाकू निकालकर, एक ही बार में चाकू उसकी पसलियों में गोंप दिया। पहले तो उसे पता ही नहीं चला कि क्या हुआ है। फिर जब हमने चाकू खींचकर निकाला तो वह छटपटाई और चिल्लाने लगी। पापी आदमी मरने से पहले बहुत छटपटाता है। बहुत चिल्लाता है।" और वह फिर मुड़कर टहलता हुआ दीवार की ओर जाने लगा।

"इस आदमी की माँ कभी-कभी इससे मिलने आती है," डायरेक्टर फुसफुसाकर बोला, "वही औरत जो आज गेट पर खड़ी थी और चौकीदार उसे अन्दर नहीं आने दे रहा था। वह देर तक बैठी इसे दुलारती रहती है और इसका दूसरा ब्याह करने की बातें करती रहती है। वह सचमुच चाहती है कि इसका फिर से ब्याह हो जाए और इसकी गृहस्थी फिर से बस जाए। उसके सामने यह आदमी बिलकुल दूल्हों की तरह व्यवहार करने लगता है।"

नीम-पागल नज़दीक आ गया था, और पास आकर, वह घूम जाने से पहले, बोला :

"एक भाफ़ीनामा आएगा, ध्यान रखिएगा, हम उस पर ग़ौर करेंगे।" और कहकर फिर से घूम गया।

उसके दूर निकल जाने पर डायरेक्टर फुसफुसाया :

"यह समझता है कि वह आदमी जिसके साथ इसकी पत्नी की आशनाई थी, अपने खून से इसे माफ़ीनामा लिखकर भेजेगा, और यह उस पर गौर करेगा।"

अबकी बार जब नीम-पागल नज़दीक आया तो डायरेक्टर ने मुबारकबाद के स्वर में कहा :

"सुना है आपकी सगाई की बात पक्की हो गई है। बड़ी धूमधाम से ब्याह होगा जनाब का! बड़ा मुबारक दिन होगा।"

इस पर नीम-पागल के चेहरे का तनाव कुछ ढीला पड़ गया, मुस्कराहट की झलक दौड़ गई, और वह सिर हिलाकर बोला :

"लड़की अच्छी है, सुना है सलीकेवाली है, देखने में भी सुन्दर है। पतली नाजुक-सी है," कहते हुए उसकी बाँछें खिल गईं, फिर मुस्कराहट समेटने की कोशिश करते हुए बोला :

"सुना है सुन्दर है, अच्छी है, हम गौर करेंगे।" और वह सिर हिलाते हुए

फिर घूम गया।

तीनों हॉल के कमरे में से बाहर आ गए और फिर से लम्बे बरामदे में जाने लगे। महेन्द्र पहले की ही तरह गुमसुम चले जा रहा था, लेकिन नीम-पागल के इस साक्षात् ने उसे विचलित कर दिया था। कुछ दूर जाने पर आँगन की ओर खुलनेवाली बरामदे की ऊँची-ऊँची मेहराबों को तख़्ते चढ़ाकर बन्द कर दिया गया था, केवल जगह-जगह उनमें छोटी-छोटी खिड़कियाँ छोड़ दी गई थीं। इन्हीं खिड़कियों में से एक खिड़की के पीछे डायरेक्टर खड़ा हो गया। खिड़की के पार लम्बा-चौड़ा आँगन था और आँगन के पीछे गहरे चाकलेटी रंग की दो लम्बी-सी बैरकें बनी थीं, वहीं पर सनकवाली तथा पागल स्त्रियों को रखा गया था।

जिस वक़्त ये लोग पहुँचे, आँगन लगभग खाली था। उलझे हुए बालोंवाली एक औरत, मैली-सी सलवार और कुर्ता पहने, दुपट्टे की झोली-सी बनाए इधर-उधर घूम रही थी, और ज़मीन पर से काग़ज़ों के टुकड़े, खपचियाँ, थिगलियाँ आदि चुन-चुनकर अपनी झोली में डाल रही थी। महेन्द्र और नाटे ने ध्यान से उसकी ओर देखा। वह प्रमिला नहीं थी।

दूर, बैरकों के पास, ख़ाकी कमीज़ और ख़ाकी रंग की ही सलवार पहने, हाथ में छोटा-सा बेंत उठाए, अस्पताल की एक स्थूलकाय जमादारन, अपनी ड्यूटी पर इधर-उधर टहल रही थी। दूर से कड़े स्वभाव की लग रही थी।

दाईं ओर की बैरक के बाहर एक लम्बी अलगनी पर एक औरत छोटी-छोटी थिगलियाँ और कतरनें टाँग रही थी।

अख़बारों के कागज़ और खपचियाँ इकट्ठा करनेवाली औरत चलती हुई खिड़की के पास आ गई थी। साँवले रंग की इस पगलाई हुई औरत ने खिड़की के पीछे खड़े इन लोगों की ओर कोई ध्यान नहीं दिया। बालों की लटें उसके माथे पर गिर रही थीं, दुपट्टे में बनाई अपनी झोली में उसने पहले से ही बहुत-सी खपचियाँ और मुचड़े हुए कागज़ों के टुकड़े जमा कर रखे थे। वह धीरे-धीरे आँगन के दूसरी ओर बढ़ गई।

"वह रही आपकी पत्नी!" सहसा डायरेक्टर ने कहा।

प्रमिला ही थी। थिगलियाँ टाँग चुकने के बाद वह अपना कुर्ता फाड़ने जा रही थी, शायद इस आशय से कि उसमें से छोटी-छोटी टुकड़ियाँ काटकर उन्हें टाँकने लगेगी, जब जमादारन सहसा आगे बढ़ आई और लपककर प्रमिला के दोनों हाथ पीठ-पीछे से पकड़ लिए। इस पर डायरेक्टर मुस्कराकर बोला :

"इन्हें चमड़े का कुर्ता भी बनवा दो तो भी ये फाड़ डालेंगी। अलगनी पर

जितनी थिगलियाँ टँगी हैं, सभी इन लोगों ने अपने कपड़े फाड़कर ही टाँगी हैं,'' फिर दार्शनिक अन्दाज़ में कहने लगा, ''सभी पागल औरतें अपने कपड़े फाड़ डालना चाहती हैं, कपड़े फाड़कर वे मन की घुटन से छुटकारा पाना चाहती हैं, कपड़े फाड़कर ये अपने को आज़ाद समझने लगती हैं, मानो कपड़े फाड़ने से ही इनके सब कष्ट कट गए।''

प्रमिला के दोनों बाजू पकड़े हुए जमादारन उसे अलगनी से दूर, आँगन में रखे एक बेंच की ओर ले जाने लगी। प्रमिला की चाल धीमी थी, और उसका शरीर पहले से कुछ ज़्यादा गदराया हुआ था। अनायास ही प्रमिला को देखकर महेन्द्र का दिल बेचैन-सा हो उठा। इस वक़्त प्रमिला उसे बड़ी निरीह और निःसहाय नज़र आई। उसके दिल में फिर वैसी ही बेचैनी उठी जैसे पहले भी कई बार उठ चुकी थी, क्षोभ, परिताप, आत्मानुकम्पा, अन्दर-ही-अन्दर सुलगता रहनेवाला क्रोध, जिसमें प्रमिला ही हर बात की दोषी थी, साथ ही इस बात का भी भास कि प्रमिला लोगों की नज़रों में अभी भी उसकी पत्नी थी, उसके नाम के साथ महेन्द्र का नाम जुड़ा था। उसकी मानसिक स्थिति अजब-सी हो रही थी, कुछ-कुछ उस अपराधी की-सी हो रही थी जो अपराध करने के बाद ज़रूर उस स्थान पर जाना चाहता है, जहाँ पर उसने अपराध किया था—कभी अन्तःप्रेरणावश तो कभी नाटे के दबाव में आकर उसका मन कचोटता कि वह क्यों अभी तक प्रमिला से अपना नाता तोड़ नहीं पाया, क्यों वह अधर में लटक रहा है। वास्तव में अकेलेपन की ज़िन्दगी अभी तक उसे रास नहीं बैठी थी, दूसरी ओर गृहस्थी में अभी भी उसे जड़ता, बोझ, तरह-तरह की बन्दिशों का जाल नज़र आता था। यों सुषमा ने महेन्द्र की स्थिति को ठीक समझा था कि वह या तो प्रमिला को वापस बुला लेगा या किसी अन्य लड़की से प्रेम करने लगेगा। बेंच की ओर जाती प्रमिला की चाल में महेन्द्र को वही स्थिरता नज़र आई, जैसी घर में कभी-कभी नज़र आया करती थी, सन्तुलित, कमनीय, तनिक बोझिल, जब प्रमिला घर का काम करती हुई एक कमरे से दूसरे कमरे में आया-जाया करती थी। वह गुमसुम खड़ा बराबर प्रमिला की ओर देखे जा रहा था जब पास खड़े डायरेक्टर की आवाज़ आई :

''धीरे-धीरे जब पेट में बच्चा बड़ा होता जाएगा तो इनकी मानसिक स्थिति बेहतर होती जाएगी। अभी से इनका मन सुधरने लगा है।''

डायरेक्टर की बात महेन्द्र के समझ में नहीं आई। अटपटा-सा महसूस करता हुआ वह डायरेक्टर के चेहरे की ओर देखने लगा।

''गर्भवती स्त्रियों का पागलपन कई बार बच्चा पैदा हो जाने पर अपने

आप ठीक हो जाता है। कुदरत उनकी मदद करती है, और आपकी पत्नी को तो केवल दौरा-सा पड़ा है..." डायरेक्टर आश्वासन के स्वर में कहे जा रहा था, "बच्चा पैदा होने के समय तक सारा तनाव दूर हो जाएगा, निश्चिन्त रहें।"

महेन्द्र को काटो तो खून नहीं। उसका चेहरा पीला पड़ गया और दिल घबराने लगा। नाटे ने भी डायरेक्टर की बात सुनी थी, उसने हैरान होकर कनखियों से महेन्द्र की ओर देखा, फिर मन-ही-मन बुदबुदाया : "चलो, छुट्टी हुई!"

पर महेन्द्र का सिर घूमने लगा था। डायरेक्टर से अपनी आन्तरिक स्थिति छिपाने की चेष्टा करते हुए भी वह अपनी ज़बान को लड़खड़ाने से रोक नहीं पाया :

"हाँ, ठीक है, आप ठीक कहते हैं।"

मगर जेलर चहकने लगा था :

"आप नहीं जानते, आपकी पत्नी के मन में कौन-सी बात समाई है। रोज़ कागज़ के पुर्जे लिख-लिखकर जमादारन को देती रहती है...लम्बी-लम्बी फेहरिस्तें भेजती रहती है, मुझे यह चाहिए, मुझे वह चाहिए। और सभी चीज़ें बच्चे के लिए : बच्चे को दूध पिलाने की बोतल, ग्राइप वाटर, साबुन, नैपकिन, जाने क्या-क्या। दफ़्तर में इनके पुर्जे रखे हैं, मैं आपको दिखाऊँगा। बल्कि मैं तो चाहूँगा कि आप कुछेक चीज़ें ख़रीदकर भेज दें। इससे इनके मन में दृढ़ता आएगी।"

"अच्छी बात है, भेज देंगे।" नाटा बोला।

"हमारे पास इतना फंड नहीं होता कि हम यहाँ से मुहैया कर सकें। हमारे बस का नहीं," डायरेक्टर कह रहा था, "उन लिस्टों को देखकर ही आपको पता चल जाएगा कि इनकी स्थिति पहले से बेहतर है..."

पर महेन्द्र की कनपटियों पर हथौड़े बजने लगे थे। वह यहाँ से जल्दी-से-जल्दी निकल जाना चाहता था। एक ही सवाल बार-बार उसे परेशान किए जा रहा था : यह गर्भ कहाँ से ले आई? क्या यह उसी रात का दुष्परिणाम तो नहीं जब वह भावावेश में अपनी सुध-बुध खो बैठा था? यह कौन-सा नया पचड़ा खड़ा हो गया है! जब कभी वह भावावेश में प्रमिला के नज़दीक गया था, बुरी तरह से ठोकर खाकर लौटा था। उसे मन-ही-मन नाटे पर गुस्सा आया, यह मेरे पीछे नहीं पड़ा रहता तो मैं इस वक्त तक अपना कोई-न-कोई रास्ता ढूँढ़ चुका होता। बच्चा हो जाने पर तो तलाक़ ले पाना नामुमकिन हो जाएगा। उसकी आँखें अभी भी प्रमिला पर लगी थीं, जो अब अलगनी के पास

जा पहुँची थी और उस पर से वह छोटे-छोटे कपड़ों के टुकड़े खींचकर-खींचकर उतार रही थी। सचमुच प्रमिला को गर्भ था। उसका पेट फूल रहा था। इसी कारण वह हौले-हौले चल रही थी। क्रोध, आत्म-भर्त्सना और लज्जा से उसका रोम-रोम दहकने लगा। फिर से मुझे गृहस्थी में बाँधने के लिए प्रमिला ने जो षड्यंत्र रचा था, उसमें वह कामयाब हो गई है—प्रमिला भी और प्रमिला का बाप भी और अब उसके पैरों में जंजीरें डालकर उसे घसीट लिया जाएगा... पर इस बात का क्या प्रमाण है कि इसकी कोख में मेरा ही बच्चा है? क्या मालूम...क्या मालूम और यह सोचकर महेन्द्र का दिल कुछ-कुछ सँभलने लगा। कौन कैसे प्रमाणित कर सकता है कि इसकी कोख में मेरा बच्चा है, कानून की दृष्टि से ये लोग मेरा कुछ भी नहीं बिगाड़ सकते। न जाने किसके साथ मुँह काला कर आई है।

डायरेक्टर अभी भी फ़ेहरिस्तें दिखाने पर इसरार कर रहा था, और उन्हें फिर से दफ़्तर में चलने को कह रहा था, मगर महेन्द्र ने माफ़ी माँग ली और दोनों छुट्टी लेकर बाहर आ गए।

"भाभी तो बड़ी तेज़ निकलीं," अस्पताल का आँगन लाँघते हुए नाटा बोला।

महेन्द्र चुप रहा। महेन्द्र के मन में तरह-तरह के भयानक अनुमान कौंध रहे थे : कहीं नाटा ही तो इस होनेवाले बच्चे का बाप नहीं? यह भी प्रमिला के हाथ-वाथ बड़े पकड़ा करता था। पागलपन में न जाने कहाँ-कहाँ घूमती रही है। न जाने किसके साथ मुँह काला कर आई है।

"अरे इतना सटपटा क्यों रहा है, क्या हो गया है तुझे? तुझे तो खुश होना चाहिए।"

महेन्द्र के कान लाल हो गए। उसे झेंप हुई। उसकी दृढ़ता पर चोट थी। नाटा मन-ही-मन हँस रहा है, वह जान गया है कि मैं बड़ा कायर और बुजदिल साबित हुआ हूँ, जिस औरत को दुत्कारता रहा हूँ, एक ही रात उससे मिलने पर, उसके सामने ढेर हो गया हूँ। उसे अपनी हीन स्थिति पर बड़ी कोफ़्त होने लगी।

"न जाने कहाँ से गर्भ ले आई है!" महेन्द्र बुदबुदाया।

"अरे वाह रे!" नाटा बोला, "अरे हमारे सामने बनता है, यह किसी दूसरे का बच्चा कैसे हो सकता है साले, हमारे साथ मक्कारी करता है। इसे बसाना नहीं चाहता तो बात दूसरी है, मगर हमारे सामने यह फ़रेब तो नहीं कर। हमें तो यह उसी रात की करामात जान पड़ती है।"

महेन्द्र तनिक आगे-आगे चले जा रहा था। रास्ते में एक पुलिया पर दोनों चुपचाप बैठ गए और सिगरेट सुलगाकर अपने विचारों को तरतीब देने लगे।

"मैं तुझे सच बताऊँ," एक लम्बा कश खींचकर महेन्द्र बोला, "तुम लोगों ने मुझ पर दबाव डाला तो मैं मन-ही-मन इस बात के लिए तैयार हो गया था कि मैं इस औरत को माफ़ कर दूँगा, इसने जो-जो बेवकूफियाँ की हैं, उन्हें भूल जाऊँगा, और इसे वापस बुला लूँगा, हालाँकि गृहस्थी में मेरी तनिक भी रुचि नहीं रह गई है। अब यह जाने कहाँ से गर्भ ले आई है। स्त्री बाहर कहीं से गर्भ ले आए तो उसे घर में लाकर कौन बैठाल ले? मेरी गैरत मर गई है क्या? अपने घर में किसी दूसरे की औलाद को लाकर पालूँ? लोग थू-थू करेंगे। डूब न मरूँ इससे? सड़कों पर घूमा करती थी, मैंने खुद देखा है।"

नाटे ने सिर हिलाया :

"वाह भाई वाह, महेन्द्र बाबू, मान गए तुझे," और फिर अपने दोनों हाथ उठाकर महेन्द्र के बाजू, उसके कन्धे, उसकी पीठ दबा-दबाकर टोहने लगा।

"यह क्या मज़ाक है, क्या कर रहा है तू?"

"मैं देख रहा हूँ कि मेरे पास महेन्द्र बैठा बोल रहा है या महेन्द्र का दादा। तू तो नई रोशनी का आदमी है ना?"

महेन्द्र ने नाटे के हाथ झटक दिए।

"मगर तू ठीक कहता है, भोले बादशाह," नाटा कहता गया, "तू किसी दूसरे का बच्चा क्यों पाले! अगर सचमुच भाभी बाहर से गर्भ ले आई है तब तो हम भी नहीं कहेंगे कि इसे घर ले आओ। आख़िर मर्द की ग़ैरत भी तो कोई चीज़ है। हमारे भी कुछ नहीं तो पाँच बच्चे हैं, पर हैं तो अपने। कोई माई का लाल यह तो नहीं कह सकता कि अमुक बच्चा किसी दूसरे का है। अगर बाहर बच्चे पैदा किए हैं तो दिए ही हैं, अपने घर के अन्दर तो किसी का बच्चा नहीं लाए? पर एक बात हमें बता, भोले बादशाह, तुममें और हममें फ़र्क़ क्या है?"

महेन्द्र के लिए नाटे के साथ बैठ पाना नामुमकिन हो रहा था। वह महेन्द्र की स्थिति का मज़ाक उड़ा रहा था, जबकि मित्र के नाते महेन्द्र को उससे सहानुभूति की आशा थी।

चौदह

"आओ, बाहर चलकर बैठती हैं," बाँहों में अपने नन्हे-मुन्ने को उठाते हुए प्रमिला बोली, और दोनों सहेलियाँ घर के बाहर आ गईं। सतवन्त उसके पीछे-पीछे, आँगन में बिखरे लकड़ी के तख़्तों के बीच में से बच-बचकर चलती हुई आँगन पार कर गई। दोनों सहेलियाँ बढ़ई की लकड़ी रँदने की बल्ली के पास पहुँच गईं। सतवन्त ने लकड़ी की एक पुरानी पेटी को उलटा किया और उस पर बैठ गई, प्रमिला उसके सामने दो ईंटें जोड़कर बैठ गई।

"पेटी पर नहीं बैठ, सत्तो, कपड़े गन्दे हो जाएँगे।"

"नहीं गन्दे होते, मैं यहीं बैठूँगी। तू अपनी फ़िक्र कर।"

बच्चे को प्रमिला कभी गोद में लिटा देती, कभी उठाकर छाती से लगा लेती, कभी बाएँ कन्धे से सटा लेती, कभी दाएँ कन्धे से। बच्चा हुंकारता तो वह भी उसकी नकल उतारते हुए हुंकारा भरती। बार-बार कभी उसकी ठुड्डी चूमती, कभी होंठ, कभी नाक।

"जा, अपनी मौसी के पास। जानता है यह कौन है? यह तेरी मौसी है। हाय, हाय, अभी से ठुड्डी बिचकाने लगा है, देख सत्तो, उई, उई, उई..." और हँसकर प्रमिला ने उसे छाती से लगा लिया। "न जा, न जा मौसी के पास, मेरे पास ही चिपटा रहा कर सारा वक़्त।"

फिर बच्चे को धमकाती हुई-सी बोली, "अब नहीं रोना, अब रोया तो मैं फिर कुएँ की जगत पर छोड़ आऊँगी। हाय, हाय, देख सत्तो, देख कैसे चलित्तर करता है मेरे साथ, हाय देख, ठंडी साँसें भरने लगा है, बड़ा आया है, माँ को

डराता है," और उसे छाती से लगाकर दाएँ-बाएँ झूलने-सी लगी। बच्चा जैसे झिंझोड़ दिया गया, जिस पर पहले वह सुबकने फिर ऊँचा-ऊँचा रोने लगा, "हाय, हाय, मैं बारी जाऊँ, हाय, हाय, माँ ने भींच दिया, उई, उई, उई, माँ बहुत बुरी है, माँ मर जाए, माँ बहुत बुरी है।" प्रमिला उसे बाँहों में लिए अभी भी दाएँ-बाएँ हिलोरें ले रही थी।

बच्चा चुप हो गया तो प्रमिला ने उसे अपनी गोद में उलटा लिटा दिया और उसकी पीठ थपथपाती हुई उसे सुलाने की कोशिश करने लगी : "मेरा बेटा बड़ा अच्छा है, मेरा राजा बेटा कभी माँ को तंग नहीं करता," प्रमिला ऊँ... ऊँ...करके उसकी पीठ थपथपाने लगी।

प्रमिला को देख-देखकर सतवंत का दिल बार-बार भर उठता।

सतवंत जब आई थी तो उसके मन में अनेक सवाल घूम रहे थे, पर बच्चे के प्यार में डूबी प्रमिला को देखकर उसे उन सवालों को पूछने की जरूरत महसूस नहीं हुई, वे उसे असंगत-से लगने लगे थे।

प्रमिला आश्वस्त लग रही थी। उसने अपने बाल भी समेटकर बाँध रखे थे, उसकी आँखों में से तनाव के कारण पैदा हुआ ऐंचापन भी अब नहीं था, चेहरे पर एक प्रकार की स्निग्धता आ गई थी, आवाज में भी स्थिरता थी, उसकी आँखें अब भटकी-भटकी इधर-उधर नहीं ताक रही थीं।

दिन-भर की ठक-ठक के बाद बढ़ई घर जा चुके थे। नारंग साहब के कमरे का दरवाजा चौखट में से निकालकर बाहर दीवार के साथ खड़ा कर दिया गया था। सतवंत घर की ओर मुँह किए बैठी थी। उसकी समझ में नहीं आ रहा था कि इतनी तोड़-फोड़ के बाद इस घर का क्या रूप निकलेगा। इस वक्त तो लगता था सारा-का-सारा घर नीचे आ गिरेगा। नारंग साहब की वकालत के साइनबोर्ड अभी भी ज्यों-के-त्यों टेढ़े-मेढ़े टँगे थे। एक कील पर लटका हुआ बोर्ड पहले की ही तरह झूल रहा था। लगता था, बढ़इयों का समस्त कौशल भी उसे सीधा नहीं कर पाएगा।

"क्या देख रही है, सत्तो?" प्रमिला ने कहा और स्वयं पीठ फेरकर घर की ओर देखने लगी। फिर सहसा हँस पड़ी :

"पिताजी बड़े निराले हैं, तुझे क्या बताऊँ।"

सतवंत की आँखें फिर से लौटकर अपनी सहेली के चेहरे पर आ गईं। लगता था उसके हृदय का समूचा स्नेह उसकी आँखों में झलक आया है। प्रमिला हँसती तो सतवंत का दिल भर-भर जाता।

"बड़े कंजूस हैं, पिताजी! बढ़ई को कील-मेखें भी गिन-गिनकर देते हैं,

और...'' प्रमिला फिर हँसने लगी, ''शाम को जब वह काम कर चुकता है तो कभी अंदर से कोई टूटी हुई खाट उठा लाते हैं, कभी गुसलखाने का पटरा, और कहते हैं, 'इसे भी ठोंककर ठीक कर जा।' वह बड़बड़ाता है तो उसकी ठुड्डी पर हाथ रख देते हैं 'मान जा, यार, छोटा-सा तो काम है, तेरे लिए क्या मुश्किल है, दो बार हथौड़ी से ठोंकना ही तो है।' छोटे-छोटे काम मुफ्त में करवाते रहते हैं। बढ़ई बड़बड़ाता रहता है, मगर इनका काम कर जाता है...''

''दूकान तेरी कहाँ बनेगी, और रहने के कमरे कौन-से होंगे?''

''हाय, सत्तो, इसमें समझाने की क्या बात है?'' प्रमिला बोली, फिर घर की ओर घूमकर हाथ के इशारे से समझाती हुई बोली :

''पिताजीवाला कमरा तो देखा है ना, वह सामनेवाला, बाईं ओर। वहाँ दूकान बनेगी। उसके साथवाला छोटा कमरा भी साथ में मिला लिया है। दो कमरे मिलाकर, वहाँ दूकान बनेगी। पीछे के कमरों में हम लोग रहेंगे। बन जाएगी तो बड़ी अच्छी लगेगी, देख लेना।''

''फिर भी कहती है, तेरे पिताजी कंजूस हैं? घर तुड़वाकर तेरे लिए दूकान बनवा रहे हैं!''

''हाय, बड़े अच्छे हैं! अब तो बहुत बड़बड़ाते भी नहीं। पहले बहुत बड़बड़ाते थे। अब तो दिन-भर बढ़इयों के साथ बैठे बतियाते रहते हैं।'' फिर थोड़ी देर तक चुप रहकर प्रमिला, सतवंत के घुटने पर हाथ रखकर बोली :

''दूकान चल जाएगी ना, सत्तो, तू क्या सोचती है, दूकान चल जाएगी? हाय, मैं क्या जानूँ? कभी-कभी मेरा दिल डूबने लगता है, पर सत्तो, इधर सारे इलाके में दवाइयों की एक भी दूकान नहीं। मैं तो सोचती हूँ, चल जाएगी।''

''चलेगी, चलेगी,'' सतवंत ने बीसवीं बार प्रमिला को आश्वासन देते हुए कहा।

''चलेगी नहीं तो मैं घर-घर जाकर दवाइयाँ बेच आया करूँगी।'' प्रमिला ने कहा, पर उसकी आवाज लरज गई।

सतवन्त के मन में बीसियों सवाल उठ रहे थे। प्रमिला को दवाइयों की क्या समझ है, यह अंग्रेजी दवाइयाँ कैसे बेचेगी? दसवीं जमात तक ही तो पढ़ पाई है, और फिर इसे दूकान चलाने का तजरबा ही क्या है? कैसे अकेली काम चला पाएगी? दूकान के लिए पैसा कहाँ से आएगा?

''पिताजी की वकालत अच्छी चलती है, प्रमिला? पहले तो तू कहती थी उनका बहुत थोड़ा काम है।''

प्रमिला ने सिर हिलाया : ''काम तो इनका अभी भी कुछ नहीं, सत्तो! बस,

यह मकान-ही-मकान है। पर इन्हें बीमे की अपनी एक पालिसी के सात हज़ार रुपये मिले हैं। वह सारा रुपया इन्होंने मुझे दे दिया है। कहते हैं, एक हज़ार रुपया दूकान पर लगाएँगे, बाकी छः हज़ार का सामान ख़रीदेंगे। मेरे साथ दूकान पर भी काम करेंगे। तू जानती है, सत्तो," प्रमिला फिर हँस पड़ी, "दसियों डॉक्टरों से मिल आए हैं। भला डॉक्टरों से मिलने से क्या लाभ? डॉक्टर लोग तो केवल नुस्खे लिखते हैं, वे दवाइयाँ थोड़े ही ख़रीदते हैं! पर पिताजी कहते हैं, नहीं, उनसे ज़रूर मेल-मिलाप रखना चाहिए। इनका एक वकील दोस्त है। उसका दामाद दवाइयों की दूकान करता है। उसी ने इन्हें यहाँ दूकान खोलने का सुझाव दिया है। उस वकील को यह बहुत मानते हैं। उनकी दूकान बहुत चली हुई है। मैं उन्हें चाचाजी कहती हूँ। हाय, बहुत अच्छे हैं। पहली बार जब आए तो मेरे सिर पर हाथ रखकर कहने लगे : 'जैसे तू नारंग की बेटी है, वैसे ही मेरी भी बेटी है। तू किसी बात की चिन्ता नहीं कर।'...शुरू में वह अपनी दूकान का ही कुछ माल यहाँ डाल देंगे। ज्यों-ज्यों बिकता जाएगा, वह और माल डालते जाएँगे। बाद में जब दूकान चल निकलेगी तो दोनों दूकानों के लिए इकट्ठा माल मँगवा लिया करेंगे। इस तरह सस्ता बैठता है, सत्तो!"

फिर पम्मो चहककर बोली : "तुम्हें मालूम है, सत्तो, मैं उन्हीं की दूकान पर काम सीखने जाती हूँ। काउन्टर के पीछे ग्राहकों के लिए दवाइयाँ उठा-उठाकर देती हूँ। चाचाजी कहते हैं, इस तरह तुझे दवाइयों के नाम और कीमतें पता चल जाएँगी। डॉक्टरों के नुस्खे पढ़ने लग जाऊँगी। और वह कहते हैं, मुझे इंजेक्शन लगाना भी सिखा देंगे।"

पम्मो बोलती जाती और सतवन्त के दिल में अजीब-सी हलचल मचती जाती। कभी जी चाहता रो पड़े, कभी जी चाहता, पम्मो को छाती से लगा ले।

"पर, अभी यह मुन्ना, दम ही नहीं लेने देता। ज़रा बड़ा हो जाए तो मुझे आराम हो जाएगा।" प्रमिला ने कहा और लाड़ से मुन्ने के बाल सहलाने लगी।

मुन्ने ने लेटे-लेटे गहरी लम्बी साँस खींची।

मुन्ना शक्ल-सूरत में बहुत-कुछ प्रमिला पर गया था। वैसा ही पीला, पतला-सा चेहरा, वैसी ही छोटी-सी ठुड्डी। केवल बाल घुँघराले थे, जबकि प्रमिला के बाल सीधे थे, आँखों का रंग भी हलका-हलका बादामी था, जबकि प्रमिला की आँखें काली थीं। पर आँखों की बनावट वैसी ही गोल-गोल थी, और नाक तीखी।

"मैं तो सोचती हूँ, दूकान चल जाएगी, सत्तो," प्रमिला ने दसवीं बार

कहा। "मैंने काम सीख लिया तो मुश्किल नहीं होगी। अभी से चाचाजी कहते हैं, दवाइयाँ पहचानने लगी हूँ। हिसाब भी कर लेती हूँ। अब कितने ही बिल अपने हाथ से बनाती हूँ। काम तो मुश्किल नहीं, आगे भगवान मालिक हैं..." फिर देर तक शून्य में आँखें लगाए बैठी रही, मानो अपना भविष्य पढ़ रही हो, "चाचाजी तो कहते हैं, तू दूकान का काम सीख जा, तो तुझे नर्सिंग का भी काम सिखवा दूँगा। दाइयों का काम भी सीख लेना। आजकल नर्सों को भी अच्छे पैसे मिल जाते हैं।"

सत्तो आँखें फाड़े अभी भी अपनी सहेली को देखे जा रही थी। प्रमिला की ओर देखते हुए बार-बार उसकी आँखें नम हो जातीं और शरीर में पुलकन-सी दौड़ जाती।

"ज्यों-ज्यों माल बिकता जाएगा, हम उसकी लागत उन्हें देते जाएँगे। अपनी बचत के पैसे अपने पास रखेंगे। दवाइयों में अच्छी कमाई होती है, मैं रोज़ देखती जो हूँ..."

प्रमिला दवाइयों के व्यापार की बात यों कर रही थी, मानो बरसों से उसके रहस्य जानती हो।

"दूकान के दरवाज़ों पर तो सफ़ेद रंग करवाएँगे। ठीक है न, सत्तो? दवाइयों की दूकान पर तो सफ़ेद रंग ही फबता है। दरवाज़ों पर सफ़ेद रंग, दीवारों पर हलका नीला, अलमारियों पर भी सफ़ेद रंग। क्यों ठीक है ना? जब कुछ पैसे आ जाएँगे तो नीचे सीमेन्ट का फ़र्श करवा लेंगे। तू चाचाजी की दूकान पर जाकर देख, छम-छम करती है, तेरी आँखें चुंधिया जाएँ। हर चीज़ ऐसी साफ़-सुथरी, हाथ लगाओ तो मैली होती है। मैंने दो सफ़ेद साड़ियाँ भी ले ली हैं। सूती हैं, मगर अच्छी हैं। चाचाजी कहते हैं, दवाइयों की दूकान में सफ़ेद कपड़े पहनकर काम करना चाहिए, ऐन साफ़-सुथरे, चम-चम करते। मैं तो पिताजी को भी सफ़ेद पतलून और सफेद कमीज़ पहनाकर दूकान में बैठाऊँगी। मैं अब उन्हें अदालत में ठोकरें खाने थोड़े दूँगी! बहुत कर लिया उन्होंने। हाय, सत्तो, जब मैं यहाँ आई तो घर में बर्तनों पर जाले लगे हुए थे, तुम्हें क्या बताऊँ! दो-दो इंच धूल और मिट्टी। अब तो वह भी कहते हैं, मैं घर पर रहूँगा, तेरा काम देखूँगा। हिसाब-किताब वही रखेंगे। मैं थोड़े ही रखूँगी!"

इन दो बरसों में प्रमिला ने लम्बा फ़ासला तय कर लिया था, और सतवन्त को लग रहा था कि आनेवाला रास्ता और भी लम्बा होगा।

"मैं तो दूकान में बच्चों का सामान भी रखूँगी।" प्रमिला कहे जा रही थी,

"चाचाजी कहते हैं, साबुन-तेल भी रखना, साबुन-तेल, ब्लेड, दाढ़ी मूँड़ने के ब्रुश, टूथ-पेस्ट, शैम्पू, बाल काले करने के खिज़ाब, ऐसी चीज़ें दवाइयों की सभी दूकानों में रहती हैं। ग्राहक को आसानी रहती है ना! दवाई लेने आया, साथ में टूथ-पेस्ट भी ले ली, साबुन की दो टिक्कियाँ भी ले लीं।"

बीच में अनायास ही सतवन्त पूछ बैठी :

"तुम्हें पागलखाना याद है पम्मो?"

प्रमिला चुप हो गई, उसका चेहरा उतर-सा गया। फिर धीरे-से बोली :

"मुझे कुछ भी याद नहीं। बहुत याद करने की कोशिश करती हूँ तो आँधी-सी चलने लगती है। जाने क्या था..."

"मैं और सरदारजी तुझे देखने गए थे। कुछ नहीं तो पाँच बार गए थे, तुझे याद है?"

प्रमिला का चेहरा उदास हो गया। "मुझे कुछ भी याद नहीं। कोशिश भी करूँ तो याद नहीं आता..."

"तू वहाँ बुत्तियों पर बैठकर थिगलियाँ और चिथड़े बटोरती रहती थी।" सतवन्त ने उसे हँसाने की चेष्टा करते हुए का।

"करती रही होऊँगी, मुझे क्या मालूम, क्या करती रही हूँ!" उदास चेहरे से, ठंडी साँस भरकर बोली, "मुझे कुछ याद नहीं। बहुत सोचती हूँ तो जैसे गाड़ी के पहिये-से घूमने लगते हैं।" फिर ठंडी साँस भरकर बोली, "किस्मत फूट जाए तो कोई क्या करे। पिछले जन्म में बहुत पाप किए होंगे जिनका फल भोग रही हूँ, और क्या!"

दोनों सहेलियाँ चुप बनी रहीं। थोड़ी देर बाद सतवन्त ने पूछा :

"उसे कभी देखा है? उसका अता-पता कुछ मालूम है? कभी मिला है तुझे?"

प्रमिला का चेहरा तनिक कठोर पड़ गया। इस सवाल के लिए वह तैयार नहीं थी। फिर सहसा सिर झटककर धीरे-से बोली, "मुझे मालूम करके क्या लेना है। वह जाने उसका काम। सच पूछो तो सत्तो, अब वह मेरे मन पर से उतर गया है। उसके पीछे बहुत भागी-भटकी हूँ, पर अब मन नहीं करता।"

प्रमिला थोड़ी देर तक चुप बनी रही, फिर सहसा चहककर बोली :

"सत्तो, मैं तो पप्पू से भी मिल आई हूँ!"

"सच?"

"हाँ, हाँ, सत्तो! सच कहती हूँ।" और उदासी की छाया प्रमिला के चेहरे पर से झरकर गिर गई। "सीधी उसके स्कूल जा पहुँची। रात को गाड़ी में बैठी,

सुबह देहरादून पहुँच गई। नौ बजते-बजते मैं स्कूल के बाहर खड़ी थी। पहले तो उन्होंने मुझे इजाज़त ही नहीं दी। कहने लगे, तुम्हारा नाम नहीं लिखा है हमारे पास। मैंने कहा, मैं तो अपने बेटे से मिलकर जाऊँगी, तुम होते कौन हो मुझे रोकनेवाले! फिर एक भारी-भरकम-सी औरत आई। मैंने कहा, मैं अपने बेटे से मिलने आई हूँ। पहले तो उसने भी बड़े तेवर दिखाए, फिर मान गई, कहने लगी, अच्छा, तुम अन्दर तो नहीं जा सकतीं, तुम यहीं दफ़्तर में उससे मिल लो। हम दफ़्तर में उसे बुला देती हैं।''

सतवन्त की फैली-फैली आँखें प्रमिला के चेहरे पर लगी थीं।

''फिर?''

''फिर वह आया। हाय, सत्तो, मैं क्या बताऊँ, पहले से लम्बा हो गया है, मेरे कन्धे तक आता है। पर मुझे दुबला-सा लगा, न जाने वहाँ कुछ खाने को देते हैं या नहीं!'' फिर सहसा सत्तो से पूछने लगी, ''क्या मैं बहुत बदल गई हूँ? बहुत दुबली हो गई हूँ? क्या मेरी शक्ल बहुत बदसूरत हो गई है?''

''नहीं तो!''

''हाय, पहले तो उसने मुझे पहचाना ही नहीं, दरवाज़े में ही ठिठका खड़ा रहा। फिर जब उसने पहचाना तो लपककर मेरी ओर आया। पर फिर रुक गया, और घूमकर वापस जाने लगा। हैं, देखो, कैसे कसाई लोग हैं, उसके मन में बैठा जो दिया था कि अपनी माँ से नहीं मिलना। मैंने खींचकर उसे छाती से लगा लिया। कैसे दुष्ट लोग हैं, बच्चे के मन में उसकी माँ के ख़िलाफ़ ज़हर भरते रहे हैं। मैंने छाती से लगाया तो मुझे लगा जैसे मेरा कलेजा टुकड़े-टुकड़े हो रहा है। जी चाहा उसे उठाकर भाग जाऊँ। पहले तो पप्पू डरता रहा, सहमा-सहमा रहा, फिर धीरे-धीरे खुलने लगा। तुझे मालूम है सत्तो, जब मैं लौटने लगी तो मुझे क्या कहता था? कहने लगा, 'तू मत जा माँ, यहीं पर स्कूल में चपरासन की नौकरी कर ले।' '' और प्रमिला हँस दी, और हँसते-हँसते उसकी आँखों में आँसू छलक आए, ''बेटा भी जानता है कि माँ चपरासन ही बनने योग्य है।''

''कब गई थी पप्पू से मिलने?''

''महीना-भर हुआ है। अब तो मैं हर दूसरे महीने जाकर उससे मिल आया करूँगी।''

''अगर उन्होंने मिलने नहीं दिया तो?''

''नहीं मिलने देंगे तो मैं लुप-छिपकर मिल आऊँगी। मिलने क्यों नहीं देंगे?''

प्रमिला चुप हो गई और थोड़ी देर तक दोनों के बीच चुप्पी छाई रही।

शाम घिरने लगी थी। आँगन के पार एक ओर पुराना, भीमकाय जामुन का पेड़ था जिसमें शाम के साए झुरमुट बाँधे पहुँच गए थे। गोद में लेटा प्रमिला का बेटा कुनमुनाने लगा था। प्रमिला ने उसे गोद में सीधा लिटा दिया और कन्धों पर से चुन्नी उतारकर बच्चे पर डाल दी।

अनजाने में सतवन्त ने फिर महेन्द्र की बात छेड़ दी। उसका ज़िक्र आने पर प्रमिला के चेहरे पर एक छाया-सी दौड़ गई, उसका मन बुझ-सा गया। एक क्षीण विरक्त-सी मुस्कान-सी उसके चेहरे पर आई, सायंकाल के घिरते सायों से मेल खाती हुई, फिर वह धीमी-सी आवाज़ में बोली :

"मैं क्या जानूँ, सत्तो, मुझे कुछ भी नहीं मालूम," फिर गहरी साँस खींचकर बोली, "जो दे उसका भी भला, जो न दे उसका भी भला—हमारी गली में एक फकीर बोला करता था--उसके करम उसके साथ, मेरे करम मेरे साथ।" पर प्रमिला अन्दर-ही-अन्दर विचलित हो उठी थी, "मैं अब उन बातों के बारे में सोचना नहीं चाहती। शाम का वक़्त है सत्तो, किसी का बुरा नहीं चेतना चाहिए, पर उससे अब मेरा दिल फिर गया है।"

"अगर कल वह कहे कि वह तुझे बसा लेगा तो उसके पास चली जाएगी?" सतवन्त ने मानो प्रमिला का दिल टोहते हुए पूछा।

प्रमिला चुप हो गई। क्षण-भर शून्य में देखती रही, फिर धीरे-से बोली, "मैं क्या जानूँ सत्तो, मेरे दिल से पूछती है तो उसके साथ रहने को मेरा मन नहीं करता। हाँ, कभी-कभी यह मन में आता है कि बच्चे बड़े होंगे तो क्या कहेंगे, हमारा बाप था भी, फिर भी हम अनाथों की तरह पले हैं। वे यह तो नहीं सोचेंगे कि हमारे बीच क्या बात हुई थी। क्या मालूम ये मुझे ही दोष देने लगें। पर अब मैं उसके पीछे मारी-मारी तो नहीं फिरूँगी। बहुत हो गया। रूखी-सूखी खिलाकर जैसे-तैसे अपने बच्चों को पाल लूँगी, इनके लिए दो जून रोटी का बन्दोबस्त तो कर ही लूँगी। भगवान ने मुझ पर बड़ी दया की है, सत्तो, मुझमें हिम्मत आ गई है, अब मैं डरती नहीं, थर-थर काँपती नहीं रहती। अब तो मैं पिताजी को भी परेशान नहीं होने देती। पहले वह बहुत घबराते थे, बहुत परेशान रहते थे, और मेरा भी दिल डोल-डोल जाता था। वह कमरे में ऊपर-नीचे टहलें और रोज़ रात को एक ही सवाल करें, अब क्या होगा? अब क्या होगा? तब यह मुश्किल से दस-बारह दिन का रहा होगा। इसे देखकर वह और भी घबरा जाते थे। एक दिन साफ़-साफ़ मुझसे कहने लगे : 'क्या सबूत है कि यह महेन्द्र का ही बेटा है? तू पागलपन में गली-गली, सड़क-सड़क घूमती